木島日記

もどき開口 下

大塚英志

presented by Eiji Otsuka

星海社

目次

（十二）蓑《みの》笠《かさ》と杖《つえ》　4
（十三）逃亡奴隷　30
（十四）不《ふ》妄《もう》語《ご》戒《かい》　56
（十五）エンゲルブレヒト劇場　85
（十六）すてる　113
（十七）にいる人　137

（十八）しひ物語　172
（十九）藤沢の上人　195
（二十）ロオマンス　221
（二十一）迦具夜　259
人喰い異聞　319
あとがき　340
引用資料　346

主な登場人物

木島平八郎　仮面の古書店主。瀬条機関の仕分け屋。
折口信夫　鼻梁に青痣のある民俗学者。歌人としての名は釈迢空。
柳田國男　民俗学者。折口の師。
藤井春洋　折口信夫の弟子。
土玉　瀬条機関研究員。
安江仙弘　陸軍大佐。辻褄師。
清水少尉　二・二六事件に決起しなかった男。
根津　八坂堂店番。

藤沢親雄　ドイツ文学者。
大杉栄　アナキスト。
甘粕正彦　満州映画協会理事。
岡田建文　世間師。
藤無染　新仏教家。
月　木島の元恋人。
美蘭　跛行の少女。
魔子　大杉の愛人。
人魚売り　人魚を売る男。
兵藤北神　柳田國男の弟子。

木島日記　もどき開口　下

（十二）蓑笠《みのかさ》と杖《つえ》

根津《ねづ》はお使い先が映画館だと聞いて喜んだが、映画館の前に立つとがっかりした。そこは満州某重大事件を境に、雨後の筍《たけのこ》のように帝都中にできたニュース映画館であったからだ。ニュース映画館で流すのは記録映画と漫画映画だ。映画の中では人が人の姿で見えるのに、記録映画は別だ。布袋の人形が蠢《うごめ》いていて、現実と少しも変わらない。それは記録映画が本当のことを映しているからかもしれない。漫画映画は、当たり前だが奇妙な猫や鼠《ねずみ》しか出てこないので退屈だ。早く用事を済ませて違う映画を観に行こうと根津は決めた。

根津はもぎりの前を通って、言われた最前列の一番右端の席に座る。スクリーンがこれでは見え難《にく》いが、観たい映画ではないからこれでいい、と思った。

そして言われた通り、膝《ひざ》の上に言付けられた包みを置く。

盗んでこい、と言われたものだ。

スクリーンの前を冷たい気配が横切った。人なのに物のように冷たい気配なので依頼人だとわかったが、顔は見ない。人が人の顔に見えないのは少しも恐くないが、それでもこの男の顔だけは見てはいけない気がした。

気配が、隣りに座る。背丈の高い男である気がした。

「あの娘と男がまぐわっている間に、あの家の書斎から言われた通り持ち出した」

そう根津が正確に答え、そして身体を強張《こわば》らせ、男の手が包みに伸びるのを待った。膝の上の重さが消えた。

これで役目が終わった、と思うと、つい気が緩んだ。

「それは青い染みが顔にある奴が書いた映画の筋だよね。それはおもしろい映画なのか」

映画のことなのでどうしても気になって、うっかり訊《き》いてしまった。

「おもしろくなどない」

意外にも男は返事をしてくれた。

「おもしろくないのか」

残念だった。映画がつまらないことほど悲しいことはない。

「そもそも下敷きとなった元の本からしてつまらぬ」

「では元の本を変えればおもしろくなるのか」

根津は思い切ってもう一度、訊いてみる。

「なる。だから元の本を取り換え、その上にこの儂《わし》が手を加えておもしろくしてやる」

何とも嬉《うれ》しい答えが返ってきた。どんなふうにおもしろくなるのか、あれこれと聞きたかったが、その前に気配は立ち上がってしまう。

「そういや、あんた何て名だっけ？　何て名前で脚本を書く？」

人の名など興味はなかったが、脚本家の名前を覚えるのは好きだった。

「儂が青い染みの男の書いた文章をおもしろくしてやる時の名は決まっている。尾芝古樟《おしばこしょう》という」

根津はその本当でない響きが素敵だと思った。

「ああ。いい名だね」

根津はうっとりして見上げるが、男の姿はもうなかった。

女は、名はまだ無い、と言った。

表札には名があるが、それは共産党員の女にしてみれば仮の名で真の名は教えぬ、とでも言いたいのか。何にせよ、漱石《そうせき》の猫のような言い草だったので、猫を猫と呼ぶように、女を女と呼ぶことにした。

女は昼間、臨時の教師の仕事をしてわずかの給金をもらい、質素というよりは出家した尼僧に近いような暮らしをしている。何がおもしろいのかずっと机に向かい、禁書のマルクスの本などを熱心に読み、ノートをとり、残った時間は鉄筆でずっとガリ版を切っている。細胞のための機関紙か何かだ。

俺は昔から、まだ人であった頃から、女が座卓に向かって根を詰めて書き物をする時の、少し強張って筋肉が張ったようになる腰が好きだった。野枝《のえ》も、それから名をすぐに忘れてしまう雑誌記者のひどく気の強い女も、俺が好きだったのは、女が熱心に書き物をするその後ろ姿であった。俺は女の脇でごろりと横になり、気が向けば女の腰に掌《てのひら》で触れ衣の上から腰に手を這《は》わせる。すると女が欲情するスイッチのようなものがある場所がわかる。それで女の理性は一瞬で崩れる。

しかし女は違った。

女は自分の意志で欲情するのである。

それは一つの決まり事のようでさえあった。

まず、人魚の肉だという妖《あや》し気な肉を俺に与え、そして当然のように俺の上に跨《また》がってくるのである。事によると肉片は精力剤の類《たぐい》なのかとさえ疑ってみたくなるが、肉を食《は》むごとに俺のまだ人としての姿に戻っていなかった足に、肉や皮膚《ひふ》が戻ってくるのがわかった。

それにしても曲芸団の獣が餌をもらい芸を仕込まれるのは、こんな気分かと思った。

しかし、考えてみれば俺は蘇《よみがえ》ってからずっと女たちに抱かれ続けてきたのだ。抱いたのではなく、抱かれたのだ。

そうやって俺は薄紙を剝《は》ぐように、実際、俺の足は幾度か蛇のように脱皮し、人へ人へと近づいた。そして少しずつ、忘れていたことも思い出した。

ある時は数字が突然、頭に浮かんだ。それは電話番号のような気がした。それで女の居ぬ間に引き出しから銅貨をいくつか拝借して、壁伝いに表通りに出て、自動電話を探した。番号はやはり電話番号で、通じた相手先はここはホテルだ、と言った。それでふざけて俺の名を言って部屋はあるか、と言ったら切れてしまった。

その日も俺が果てるのを確かめると、女は深く腰を落とし、まだ硬い俺のそれで子宮の中をぐいと掻《か》き混ぜるように腰をゆっくりと動かし、そして自分も果てた。

いつもならそれで下穿《したば》きを着けて（何しろ女は事を済ますのに下穿きを脱ぐだけで、それは唯物論者らしい合理主義なのだろうかと俺は思う）再びガリ版切りを裸電球のスタンドの下で始める。

部屋には灯《あか》りはそのスタンド一つしかなく、それから机と書棚があるだけだ。天井にはソケットだけがぶら下がっている。頭から毛布を被《かぶ》り光が洩《も》れぬようにして国家の転覆の計画を書いたことのある俺としては同じことかと思ったが、要は、女は実際の生活の中では無頓着《むとんちゃく》なだけなのだ。電球をもう一つ買いに行くのが面倒のようなのだ。だから俺は闇の中に横たわり、女の後ろ姿を鑑賞することになるのだが、悪くはない。電球の橙色《だいだいいろ》の灯りに逆光で浮かび上がる女の、少し右に首を傾けた後ろ姿を見ながら俺はうとうととして、いつも夜鍋《よなべ》をする母の後ろ姿を見ていないと眠りにつけない子供であった、と思い出す。

そして目蓋《まぶた》が重くなると、俺は機を織る音を聞いた気がいつもした。きっとお伽話《とぎばなし》の鶴のように女は俺の衣を織ってくれているのだと思った。俺が欲しい衣は何と言ったっけ。そうだ。

うつはただ。

ヒルにねだったが、とうとうそれだけはもらえなかった衣をこの女は織ってくれているのか。そう考えると、更に甘美な気持ちで俺は眠りに落ちるのだ。

ぴしゃりと冷たいものが頬にいきなり触れた。

鞭《むち》、かと思った。

「杖よ。出かけるの」

と女は俺を見下ろし、俺に示した。

衣ではないのか。欲しいのはずっと衣だ。

「足なえはもう随分と元に戻ったでしょう、夷三郎《えびすさぶろう》」

女は俺に勝手に付けた名を呼んだ。

手も足もなく御玉杓子《おたまじゃくし》のような姿で生まれた蛭子《ひるこ》は、葦船《あしぶね》だかうつろ船だかに入れて流された。だが誰かに拾われて足も生えて、最後は西宮《にしのみや》に祀《まつ》られて夷三郎という神になった、と女は由来を説明した。

女は西宮の近くの芦屋《あしや》川のほとりで生まれたからよく知っているのだ、と言った。

芦屋の生まれということは随分と良家の子女だったということか。

何故《なぜ》、神様にそんな奇妙な子供が生まれたっけ、と聞くと、女は男神と女神が禁忌を犯したからよ、と言った。どんな禁忌だ、と訊くと、女から男を誘ったの、と言いながら俺に跨り、俺はそれから夷三郎になったのだった。


木島《きじま》と土玉《どたま》は石室から出た。黄泉戸喫《よもつへぐい》は食わなかったが、黄泉《よみ》から帰った伊邪那岐《いざなぎ》の気分が少しわかった。世界が更なる絶望に満ちている。

引き潮になって、島との間に点々と岩礁が露わになっているのが見える。

はるかの沖にも、石はあるもの。

夷《えびす》ノ御前《ごぜ》の腰掛け石。

土玉が小声で詠う。

木島は意味がわからず、困惑した表情を浮かべる。

「知らないのかい？　狂言の『石神《いしがみ》』だよ。妻と別れたくない夫が京都の出雲路幸神社《いずもじさいのかみのやしろ》の神石《じんせき》に成りすまし、彼女を欺く話だが、こういう光景を詠った気がしたんだがね。狂言だとか国文学関係はむしろ君の専門ではなかったかい」

言いかけて土玉は自分の方からかぶりを振った。

「そうだね、八坂堂《やさかどう》の主人の座は譲ったんだよね」

言われて、あの古書店で本の埃《ほこり》の中に佇《たたず》んでいたことが嘘のように思える。その困惑を慰めるつもりなのか、木島には益々《ますます》わからないことを言う。

「仕方がないよ、君はもう木島平八郎《へいはちろう》ではないのだ」

まるで惜別するように土玉は言うのだ。

「ではぼくは何なのだ」

聞かれて、土玉はしげしげと木島を見て、少し困ったように、

「ただの木島くんだね」

と言った。そして、

「名前はまだ無い」

と付け加えた。

おかしなことだ、と言い返そうと思ったが、いつの間にか隣にいた男がしゃがんで試験管を一本、砂

の中から抜いたことに気をとられる。確かこれはここに来る時の渡し舟の船頭だった者ではないか。

男は試験管を幾本かおきに慎重に抜いては手にしている籠《かご》に入れていく。その仕草は少女が花を摘む様子を連想させたが、男の姿はそれにはさっぱり似つかわしくなかった。小男なのだが身体の骨が異様に太いのか、後ろ姿は岩のように見える。

よく見ると、試験管はずらりと一列に岩に向かって幾百と等間隔に並んでいる。

浅瀬の砂がそこだけ白くまるで一本の道があるかのように見える。

「あの辺りは御前沖といって、恵比須《えびす》が一休みする岩があると言われている。松江《まつえ》の美保《みほ》神社の海上三キロほどの所にも沖《おき》ノ御前《ごぜん》という、事代主命《ことしろぬしのみこと》が鯛を釣っていたっていう小島があるだろう。事代主命は恵比須の別名とされるが同じようなものだ。沖ノ御前は神が降りてくる場所だとされるが、あれも恵比須の休息所ってわけだ。あの下にさっき君が見た水槽がある」

石室は小島の下ではなく、海の下にあるのか、と木島は思う。

「あの島やこの浅瀬はけたい、というものらしい。神の通り道といったところだ。漢字は気多と書く。折口《くち》博士の愛人の生まれ故郷が能登《のと》半島の気多だったっけ。なるほど、すると博士は依代《よりしろ》の素質がある青年を選んだというわけか。ふむ」

土玉は自分で言って納得すると、腰を屈《かが》め、足許《あしもと》の湿った白い砂を指先につまんだ。そして木島の前に差し出した。

砂よりもはるかに粒子が細かい。

「あの島を造ったら自然に集まってきたんだ。瀬条《せじょう》で分析したら人の骨とわかった。人の骨が砂より細かくなって、浅瀬となってあの場所まで続いている」

　ああ、と木島は思う。確かにこの白さはまるで藤田嗣治《ふじたつぐはる》が油絵の具の白に黒を混ぜて白人の女の肌を描いた、その白に似ているのだ。乳白色、というのか。あの白も本当は人の骨を混ぜたのではないか、といつも思っていた。

「しかし一体、幾人分の骨があるのか。第一にそんなにたくさんの死人が集められるものなのかね」

　しゃくり、と試すように足許の砂を踏みながら気多の上を歩くと、足許で骨が砕ける気がした。小さな粒子が更に砕け、死人の上を歩いている気持ちになったが、実際に死人の上を歩いているのだ。

　岩のような男が抜きとった試験管を、空の月にかざした。

　それを木島は目で追って半月である、と気づいた。夜になっていたのである。

　しかし、おや、と木島は違和を感じる。半月の日の引き潮に普段は見えぬ島が現われるというのは理に合わない。

「そう、半月なのだ」

　土玉は木島がやっと気づいたのかと、教師が教え子にするかのように頷《うなず》いた。

「全く理に適《かな》っていないではないか」

　土玉の口許がわずかに微笑する。いつもの引きつった痙攣《けいれん》のような笑いではない。

「理に適っていないのだ。何もかも」

　その時、まるで土玉の言葉を待っていたかのように、岩のような男が振り返った。

「だからこんなものが育つ」

木島は本当はその男の差し出したものの方に驚かなくてはいけなかったが、蒼《あお》い月に照らされた男の方に息を呑《の》んだ。

男の口は太い凧糸《たこいと》のような糸で縫い合わされていたのである。

昔、幾度もこの男に会ったのは同じ木島でも平八郎であった木島だから、ただの木島でしかない木島には初めて見る顔であった。

女が磨《す》り硝子《ガラス》の引き戸を開けると、空には月があった。

蒼い。

その月に照らされて女の肌も黒髪も、いや、女だけでなくこの世の全てが蒼く見えた。空も月に照らされた屋根の瓦《かわら》も足許の地面も、そして、俺も俺の影も、さっき女にもらった杖さえも。

「まるでこの世でないみたいだ」

そう言うと女が振り返って、ひどく真面目《まじめ》な顔で俺を見た。

「あたしの後をついてきて。そしてあたしの足許をよく見て、あたしの踏む石を必ず踏んで歩くこと」

女教師のように言った。いや、女は本物の教師であったか。

「石？」

「そう。踏み外すと落ちるから」

「落ちる？」

おかしなことを言う、と思ったが、女の言いたいことは何となくわかった。

俺と野枝と一緒にいたために甘粕正彦《あまかすまさひこ》に首を絞められて殺された宗一《むねかず》が、そういう少年だった。三人で銀座《ぎんざ》のみゆき通りを歩いていると、宗一だけがひどく遅れる。慎重に足許を見て、まるで曲芸の綱渡りのようにゆっくりと歩を進めるのである。

宗一が何をしているのかはすぐに理解した。下石と下石の繋《つな》ぎ目の上から足がはみ出さぬように歩いているのだ。野枝は怪訝《けげん》そうにしていたが、俺にも覚えがあった。同じ遊戯を小さい時にした記憶があり、それどころかパリに行った時は、わずかに色の違う石畳のうち同じ色のものの上を石蹴《いしけ》り遊びの要領で、片足飛ばしで歩き、道行く人びとの奇異の目を集めたものだ。

こういう見えない飛び石のような途《みち》を言う言葉があった。確か。

「気多だろう」

思い出した俺は女に言った。

女は小さく頷く。正解らしい。

「橋桁《はしげた》の、けた。湯桁とか井桁とか海からやってくるものの足溜《あしだま》りというのか、通り道のようなものだ。何しろ俺は海から来たからな」

「あんた物知りだね」

「だろう」

俺は笑ったが、本当は部屋の本棚にあった雑誌を女が臨時教師に行っている間の退屈しのぎにめくったら書いてあったのだ。折口信夫《おりくちしのぶ》とかいう名の学者の論文だ。「春来る鬼」という妙な題名に魅かれて読んだ。鬼などと、この世のものではないものについての論文の載る雑誌を本棚に置くなんて、共産党員のくせにおかしな女だと思った。

だが、俺には大層おもしろかった。何しろ、今や、俺も海から来たし、俺を最初に拾って殺された女は海に還してやった。まれびととかいう春になると海から来る鬼の話だったので、何だか俺やあの女のことが書いてある気がした。それで同じ男の書いたものを探したが、それ一冊しか女の部屋にはなかった。

「わかっているなら話は早い。あんたはいくら人魚の肉を食ったって足は御玉杓子の生えたての足のように役に立ちはしない。だからその杖の先であたしの踏んだ石を軽く突けばいい」

最初はこれ。

女は爪先《つまさき》で示した。

よく見ると、女の足許が火垂《ほた》るのように鈍く光っているではないか。

そして行く先を見ると点々と光る石が、なるほど気多になっている。

「迂闊《うかつ》に突くと余計な魂を拾ってしまうから注意しな」

「何のことだ」

「たまきといって、死者の魂を探す時は杖を突くのが決まりだろうに」

何も知らぬのかという女の言い草に、俺は叱られたのが嬉しくて顔を綻《ほころ》ばせる。

俺は物覚えよく、女の足許の一つめの光る石を杖でこつんと突いた。

女はそれを見て「よくできた」と俺を子供のように誉めた。そして手に提げた買い物籠から鳥打帽《とりうちぼう》をとり出して、よくできた御褒美だとでも言わんばかりに俺に被せたのだ。ずっと衣が欲しかったが、帽子も悪くない。

「やつしの恰好《かっこう》だよ」

また女が言った。俺はまた意味がわからない。

「身を窶《やつ》して彷徨《さまよ》う時の装束は蓑笠と杖と決まっているだろう」

また叱られた。

何にせよ、杖に帽子とは仲々に洒落《しゃれ》ている。

何より久しぶりの外である。女の後を追いながら俺はあれやこれやと話しかける。少し高揚しているのかもしれぬ。

「この石は共産党の人が埋めたのかい」

「なんで」

「だって秘密の道なんだろう。人でないものが通る」

そうなのだ。

女の隠れ家であるあの粗末な平屋の前の通りならともかく、往来に出たというのに俺たちのことに誰一人気づいていない様子なのだ。昔の俺は四六時中、それこそ特高からだっていいから注目されていなければ気が済まなかった。だが、今はそこまで人から見られたいとは思わない。

しかし今の俺はひどく滑稽《こっけい》なはずだ。足を大きく引きずり杖で石を突きながら女の後を必死で追う男の姿は滑稽であり奇怪であり、人は目を背けるはずだ。なのに、その気配がしない。

気配がしないのはどうやら俺たちの方かもしれぬ。前から来た紳士が女など眼中にないかのようにそのまま進んできた。

「あぶない」

俺は思わず口にした。

しかし女は俺の声が絶対に届いているのに、振り返りさえしない。

ぶつかると思った刹那《せつな》、男はそのまま女の中を通り過ぎたのだ。そして唖然《あぜん》としたままの俺の身体も足早に通り過ぎると、その先の角で若い男の肩を摑《つか》まえて何かをわめきだした。俺たちよりも、何をしでかしたのかわからないが、その気の弱そうな苦学生然とした青年だけが気にかかっていたことがわかる。

「ああ、俺たちは幽霊なのだな」

俺はそれで納得した。

しかし、すると俺は死んだのか、と思いかけて、井戸の中で石詰めにされた俺自身を思い出してくすりと笑った。

「何がおかしい？」

女が今度は振り返る。

「なあに、箸《はし》が転んでも愉快な年頃だ」

「悪いが、あたしもあんたも幽霊じゃない」

「じゃあ、これは何だ」

ちょうど俺の身体を、騒動を通報されたのか慌てて駆けつける巡査が通り過ぎていったところだ。

「あたしたちは隠《かく》り世《よ》にいるの」

「隠り世？　あの世の一種か。俺はてっきり地の奥か天の果てかどちらかにあるのかと思っていた」

「この世に重なっているの、隠り世は」

「ふん。つまり、よくわからねえがその隠り世に気多とかいう道標《みちしるべ》がある、ということか」

理解しようとしてみるが、唯物論者の俺にはちょっと難しい。

すると不意に足許に俺のものではない別の杖が伸びる。

こつん、と杖と杖とが触れた。

俺が顔を上げると、白濁した目が気配だけでこちらを睨《にら》んでいる。首に笠をかけ剃髪《ていはつ》のまるで法師のようだ、と思い、実際に汚れた衣と背中に琵琶《びわ》が見えた時、何だこいつは琵琶法師か、なるほど、そういう連中専用の途か、と思った。そう考えれば共産党の連中だって似たようなものである。外道《げどう》の類の一つのようなものだ。

俺は嬉しくなって女の後を追った。そして御玉杓子の生えたての足で思わずスキップをしてみせた。

安江《やすえ》仙弘《のりひろ》は、昼間でも建物の谷間である上に迫《せ》り出すいくつもの看板が空を遮る銀座裏で、丁字路の奥にある店の扉を開けた。密会の場所としての演出が鼻につく。そして、カウンター席の薄闇で、しかし、そこだけはどうにも人工的な闇の中で気障《きざ》に座っている男の座り方にうんざりして座った。

「成程、君の言っていた通り、この店の看板に描かれた人物と似ていなくもない」

近頃は誰もが妙に芝居がかっている。この、カウンターが歌舞伎の花道のようで人をその気にさせるのか。

「ふむ、確かに怪人マブゼの如き、といったところか」

安江はヒトラーを嫌ってアメリカに亡命した映画監督の犯罪映画の主人公に見立ててみる。しかし、目の前の男は何だかそれよりはひどく安っぽい気がした。安江の斜視の目は芝居を見ていても役と役者の素の両方が見えてしまうのでいささか面倒だが、その釣り合いがこの男はとれていない気がする。

「同じ変装の名人で怪紳士でも、この店の名は別の盗人です」

「おおそうか、江戸川乱歩《えどがわらんぽ》の怪人二十面相《かいじんにじゅうめんそう》であったか」

安江は内務省の検閲で悶着《もんちゃく》をいつも起こす作家の名を思い出した。骨のある男で嫌いではなかった。

「まあ結構です。母親がユダヤ教徒のフリッツ・ラングの映画の人物に喩《たと》えて下さったのは光栄です」

「ふむ、噂は聞いた。ジュネーブの国連で柳田國男《やなぎたくにお》君に日ユ同祖論を説いたという人物は君かね」

安江はそう言って男を改めて観察する。品定めと言った方がいい。

しかし斜視の目でじっくり見れば、その者の外観と本質が二重写しに見えるはずなのに、この男は一重であった。およそ人間は器と中身がぴったりと重なり合うことなどありえない。だから、一重にしか見えぬ、ということは寸分なく重なっているか、そうでなければ、中身がないかのどちらかだと安江は警戒する。

「こんなところまでお呼び立てして申し訳ありませんでした。目立った場所では人の目があるので」

だから、その言い方が安っぽい、と安江は思った。

「用件を言いたまえ」

どうせ碌《ろく》でもない、と思う。

「出資をお願いしたいのです」

「儂に金はない」

それは本当である。陰謀や工作に関わっていれば大きな金は動くが、それはただ目の前を通り過ぎていくだけだ。

「無論、安江大佐にではありません」

大佐と言われ、あれ、少佐ではなかったっけと安江は思うが、自分の階級に頓着しないのでいつの間にか出世したのかもしれぬ。

「では誰に」

答えはわかっている、やはりこいつもそういう輩《やから》だ。

「ユダヤの財閥に出資願いたいのです」

それみたことか。

「出資させてどうする」

「映画をつくる資金に致します」

「映画？」

「はい、民族の起源を探る映画です」

映画と言われ、一瞬、興味が湧いたが、民族の起源と続いたのですぐに冷めた。

「日本人の起源がユダヤ人と同じという映画を撮ると言ったら、儂が喜んでユダヤの財閥に話を持っていくと思ったら大間違いだ」

うんざりして、腹が立った。するといつもの癖で尿意をもよおした。不快なものが溜まらぬように腎臓が活性化する体質なのである。

「小便」

安江は言って席を立つ。

便所が見つからぬわけでもなかったが、こういう時は立ち小便に限るのである。

安江は表に出て犬が好みそうないい具合の電柱を見つけ、思いっきり放尿する。

すると丁字路の行き当たりのはずの先に、ぼんやりと坂が見える。安江の斜視は前を向いていても後ろが見えるのである。

その坂を一つの影が降りてきた。

ぞわりと総毛立つ。先程のバーの男とは比べものにならない。満州で幾度かその影だけは見たことがあった。安江はその正体を確かめようと思ったが止めた。ただ、奴は、今度はどういう名を名乗るのだろう、と思った。

影は安江がたった今、出てきたバーの扉の隙間から中に入り込んだ。それを後ろが見える目で見届けると安江は振り返る。すると、バーの看板が目に入って、仏蘭西《フランス》の探偵小説の怪盗の名前が目に入った。マブゼや二十面相よりも誰でも知っている変装の名人であった。

そして「変装の名人か」と呟《つぶや》いてみて、安江はさっきの男の愚かさに気づいた。本人は正体不明の怪人を決め込んだつもりだろうが、こんな安っぽい場所で安っぽい人物を気取ったら、あの影に皮をべろりと剝がされてしまうに決まっている。

安江ははあと溜息《ためいき》をつき、事が終わるまで十数えてから扉を開ける。

カウンター席にはあの男が座っている。

しかし、もう映画の出資の話をすることもないだろう。

男はずるりと椅子から滑り落ちるように床に崩れて仰《あお》向《む》けになった。

顔には皮がなかった。

この人物の全てである外側がそっくり剝ぎ取られたのである。そしてこの男の陰謀が映画をつくることであったことを思い出し、全く面倒なことになった、と安江は思った。近頃は、余計な陰謀を素人《しろうと》が立てるからいかんのだ、と憤るが、それより急いで辻褄《つじつま》を合わせなくてはいけない。

さて、どうしようと左右の目がそれぞれ別に思索するのであった。

口を綴《つづ》った男のその異形の顔に、木島は普通の人間がするように驚愕《きょうがく》し、息を呑んだのである。

だが、男が見せたいのは己の顔ではない。目の前に差し出された壜《びん》に木島が渋々視線を移すまで、口を綴った男は許してはくれなかった。

硝子の中に木島は目の焦点を合わせる。

蓋がされた中には水藻と小魚が泳いでいる。常識で測れるものをまず人の目は見てしまう。そしてその中を漂うもう一つのものに、もう一度、木島は目が釘付《くぎづ》けになったのである。

人魚がいるのだ。

腰から上は人、下は魚。

文字通りのお伽話の中の人魚である。

両手を試験管の内側につけて、黒い瞳《ひとみ》でじっとこちらを見ている。

不意に木島はその人魚と同じ顔の娘を見たことがある、と思った。

美蘭《メイファン》だ、と今度はその名をすぐに思い出した。

殺すと決めた娘だ。

人魚であり蛭子である。つまり美蘭もまた海から来た者なのか。海から戻った恵比須の類なのか。木島は月《つき》や殺した女たちとの一致を考える。坂で出会う前の彼女らも皆、海から戻ってきたと土玉は言っていたっけ。月だけが出会うのに急ぎすぎて水辺で拾ってしまった。

なるほど、やはり月の替わりに美蘭を殺せばいい。これは一種の啓示というやつに違いない、と壜の中の人魚を見た。

「ふむ、よくできているな」

「これは何なのだ」

「壜の中で一つの生態系が完全に閉じた状態にあるんだ。藻が光合成をし、微生物がそれを食べ、人魚がその微生物を食べ、この試験管の中がいわば一つの小宇宙になっている。いわば、この杜《もり》全体の縮図のようなものだ。自分でも、仲々、うまくいったと思う」

土玉は自分の発明品の成果を満足そうに説明する。

「そうではない。何故、こんなものがこの世にいるのだ」

こんなものとは人魚のことである。土玉がくっくっくっと堪《こら》えきれないように笑った。うひゃっといった。うしゃっくりのような、あの笑い方ではない。

「何がおかしい」

「だって、ついこの間までは、あってはならぬものとそうではないものを仕分けることが、君の仕事だったのだよ。それがこんな人魚如きに驚くなんて君の変わり様は全く愉快じゃないか」

言われて木島は少し憮然《ぶぜん》とするが、確かに仮面を被っていた頃より自分ははるかに凡庸になった気がする。これで一体、人が殺せるのかと不安になる。

「さっき説明したろう？　あの島もそしてこの浅瀬も海から来る神の通路のようなものだ。国文学者か民俗学者ふうに言えばね。しかし国文学や民俗学は、文字通り文学であり文芸であり科学ではない。無論、現象の本質を表象や比喩《ひゆ》としてうまく解釈する点において、我が国の民俗学はドイツの国策科学たるフォルクスクンデと比べればはるかに優秀だがね」

「では、科学で言えば何になるのだ」

木島は少し苛立《いらだ》っている自分に気づく。

仮面を被っていた時は遠くから超越者のように見てきた世界が、仮面をとってその内に入った途端、自分のことなのに自分だけが蚊帳《かや》の外であると感じることばかりだからだ。

「あの世とこの世の境目とでも言おうか」

「それも文芸的比喩ではないのか」

「いいや比喩でも象徴でもない。国学者どもの言う隠り世は存在すると先日、瀬条機関に堂々と力説したのは君だろう。物理的現象として。古い世代の国学者などは此岸《しがん》と隠り世は二重写しのようなものだとうまい比喩で表現しているがね。だから隠り世、つまりミューの接近を観測するためにこんな実験施設を造っているんだ」

「これは月を蘇らせるための実験場ではないのか？」

月を蘇らせるためにしては確かに大掛かりすぎるとは思っていた。

「まさか。一つの目的のためだけにこんな施設を使うなんて予算の無駄遣いは、スポンサーやユダヤの財閥だって許してはくれない」

土玉は瀬条の資金源に事も無げに触れる。

「ここはいわば気象台のようなものだ。ただし観測するのは天気や潮の満ち引きではない。喩えて言うなら、隠り世の水位だ。この一帯は彼岸と此岸の間に穿《うが》たれた穴のようなものなので、あちら側の水位が上がると、言うなれば隠り世が漏れてくるのだ。隠り世の水位が上がると、あってはならないことが起きる。その指標は色々あるが、それをいちいち探していてもきりがない。それでこの試験管で観測する。この気多として現われた浅瀬にこうやって人魚の受精卵を採取して瓶に詰める。気多はミューの干渉が元々強い場所だが、この人魚の成長の仕方でその強弱がわかる。いわば観測装置のようなものだ」

木島は随分と大昔のように、幾週間か前の瀬条との会話を思い出していた。

「そう。君もそういう偽書を昔書いたろう、木島平八郎であった頃は。アメリカの釣り雑誌の記者が好事家《こうずか》向けに書いたところ、物好きだけでなく大衆の一部までもが飛びついた。その本からその名を借用して瀬条ではミューと言っているが、常世《とこよ》でもヨモツでも妣《はは》の国でもニライカナイでも呼び名は何でもいい。とにかくそれが何らかの法則に基づく周期でこの列島に近づいてくる。周期的に離れ、近づき、そしてこれも周期的に大接近する。だが、その周期がまだ計算できぬから、観測の必要がある。それで日本の神秘地政学的特性が初めて明らかになる、というわけだ」

そういう話を確かに瀬条とした気がする。しかし、今の自分はあの時と比してさえもっと常識の近くにいる。

「わかり易いように比喩で話そう。その方が君もわかり易いだろう」

土玉は試験管を、口を縫った男の背の籠に入れた。

「この海は海に見えるがミューだ。ミューは普段は海の中にある。一年に一度、春になると潮が満ちるようにせり上がってきてこういう気多や依代を通して人の許にやってくる。まれびとという全ての神のアーキタイプ、ユング博士の言う人の心の中にある象徴作用の種のようなものだ。それに人は勝手な名をつける。ところが今年はどうやら今までに類のない大接近の年なのだ。それが観測結果から推察された。それはこの世のものではない物理作用が起きるということだから、試しに月の破片を運び込んでみた、というわけだ。石室は無論、新しく設《しつら》えたがね」

なるほど。ここは気象台であり、実験場でもあるわけか、と木島は思った。

「しかし、君はミューが近づくと言ったが、半月なのに潮はいつもより引いている」

「そこだよ。ミューとは形ではない。僕が思うに、ある種の磁気のようなものだ。だから、ミューが大接近すればその電気的作用で理に適わぬことが起きる。例えば百恵比須事件のように死人が戻り、あるいは獣が喋《しゃべ》り予言を始める。まあ、そういう予兆めいたものが大接近の数年前から始まることはわかっている」

ここまで言えばわかっただろう、という顔で土玉は木島を見た。

「ぼくが仕分け屋として仕分けていたのは、全てはミューの異常接近が引き起こしたものだったということか」

「残念だが、少し違うね」

「では何だ？」

「全く……何週間か前、瀬条教授と打てば響くようなやりとりを僕の前でしてくれた木島くんとは到底、同一人物とは思えない」

そう言って木島に手を差し出し、頰の月に触れた。

「触らないで。死体ばかり触ってきたその手で」

月が心底、嫌そうに言う。

「死んだ女が何故か戻ってきて、そしてまた死んで破裂してもこんな肉片になって生きているのだって、全て瀬条の研究のおかげなんだよ。ミューが近づくと理に適わぬことが起きる。瀬条機関はそれを利用してこの機を逃さじと様々な実験をしてきた、と今、言ったばかりだろう。その結果、使い物にならない研究を君は念を押すようにあってはならないと仕分けていただけだよ。言っては悪いが、仕分け屋と言ってもつまりは廃品回収のようなものだ」

土玉は侮蔑《ぶべつ》ではなく、ただ事実としてそうだと言っている。だが木島にはそんなことはどうでもよかった。

「しかし、ミューが近づけば近づくほどその作用は大きくなるのだな」

「そうだ。実はああいうふうに人の形に戻ったのはつい最近のことだ」

「つまり、ミューの干渉が最大に近づいている、ということか」

「いかにも」

「であれば月が蘇る可能性も高くなる」

「そういうことになる」

「ならば急いで美蘭を殺そうではないか」

「ふむ。どうやら今回は良心の箍《たが》を外す必要はないようだね」

土玉が木島を観察して言った。

（十三）逃亡奴隷

猫が俺をまた訝《いぶか》し気に見下ろしているのだ。

猫というのは先を行く女の比喩ではなく、本当の猫だ。額が鉢割れて、手足だけが足袋《たび》を履いたように白い。不吉な模様だと生まれてすぐに捨てられる種類の猫だ。そういう迷信を今はどれほど人が信じておるかは俺は知らぬが、猫を憐《あわ》れんでも仕方がない。それより猫が俺を憐れんでいる気がして、そちらの方がひどく気になる。

そういえば昔、俺の途連《みちづ》れになって殺された女と俺の甥《おい》だったか続柄さえ忘れた男の子と三人で暮らした家にも、俺たちが引っ越してくる前から鉢割れの猫がいた。俺たちが棲《す》むようになっても当然のように家に居た。猫にしてみれば俺たちの方が間借り人だったのかもしれない。実際、女と刃傷沙汰《にんじょうざた》を起こし、四六時中、国家転覆を企《たくら》む男に、家など貸す酔狂な大家もそうそういるはずはなく、最後には俺の方がそいつの間借り人のような気がしてきたものだ。

あの猫はふと目をやると、庭木やら縁側やら場所はまちまちだが、宙の一点を凝視していることがあり、それが不思議で猫が見る方を俺が見つめると何も見えぬ。そして猫が俺の視線に気づき、振り向くと、嘲笑《あざわら》うように必ず小さくにゃあと啼《な》いた。すると隠り世を見ているのよ、と唯物論者の情婦らしからぬ台詞をこれも約束事のようにあの時、暮らした女は言ったものだ。

その時と同じような目で猫は俺を見ている。

人は俺に気づかぬどころか俺の中を通り過ぎていくのに、猫たちは俺に途を譲る。そして、また幾匹めかの猫がひょいと塀などに乗り、俺を憐れむように見るのだった。

そして俺は思い出す。

ああ、そうだ。

あの大地震の後、家を出る時の俺を大家であった猫は同じ目で見たのだ。隠り世などお前には見えぬというういつもの冷笑ではなく、俺をしばしの間、見つめた。

明らかに憐憫《れんびん》であった。

多分、あの時、俺は既に隠り世にいたのかもしれぬ。

すると俺を最初に拾い、殺されたあの女も、俺の前を行く猫のような共産党の女も、猫のようにこの世のものでないものが見えるから俺に構うのか、と合点さえいく。

「余所見《よそみ》をしていると落ちるよ」

女の声がして顔を上げると、俺はさっき足袋の猫を見上げていた塀の上にいた。なるほど、塀の上もけたなのかと納得する。その先で女が猫と同じ目で俺を見ている。

そらね、と俺は思い、くすりと笑った。

俺さえも猫である。

そしてひらりと塀の向こうに降りたので、猫の眷属《けんぞく》として俺はそれに倣った。

蒼い月に俺の萎《な》えていた脚は、ばね足ジャックのように跳ねた。

この世のものでないのも悪い気分ではなかった。

すると思いがけなく高く跳ぶことができた。遠くに森が広がっていた。

椨《たぶのき》の原生林だ。

ああこれは入らずの森だ、と思った。

俺は入らずの森に行くのか。


さて、かくも入り組んで混沌《こんとん》としたこの事態に辻褄を合わせるには、どうするべきなのか、と安江仙弘は思った。

その逡巡《しゅんじゅん》は一瞬であった。

辻褄師には直感が大切である。

直感と思いつきは同義であるが、考えねば答えは早いに決まっている。

陸軍参謀本部を出た安江は待たせてあった黒塗りの一九三六年式ビュイックに乗り込んだ。メルセデスベンツより格式は落ちるが、ドイツ車でなくアメリカ車というのは安江なりの矜持《きょうじ》である。彼なりにユダヤ人たちに気を遣っているのだが、果たしてアメリカ車に乗り込む姿をユダヤ人が目撃しているのかといえば、そこは抜け目なく車に乗り込む前に清水《しみず》に記念写真のシャッターを押させていた。

ユダヤ人の資本家との交渉の時に臆面《おくめん》もなく持ち出すためである。

「君をカメラマンと運転手代わりに使っておるが、他意はないのである」

後部座席に乗り込むと、左ハンドルの運転席に乗り込んだ清水に声をかける。

矛盾することを同時に行えるが、隠し立てはしない。空気やら忖度《そんたく》やら斟酌《しんしゃく》やら、言外の意味をあれこれ読むことを求められる軍の中で安江のみが例外であった。

違うことを同時に言うが、安江の場合、それは口が二つあるようなものだから仕方がない。

「流言蜚語《りゅうげんひご》の仕分けよりははるかにマシです」

それも清水の本音だった。

まるで共産党の活動家のように裸電球の下で愚にもつかない流言の記録を吟味し、その結果を一つ一つ公文書としてガリ版切りまでを一人でする、受刑者にでも似合いそうな仕事から今日は安江が解放してくれたのである。

「出石《いずるいし》にやってくれたまえ」

斜視である安江は二つの目で違う方を見て言った。

行き先が二つでも驚かないが幸いにも一つであった。

「木島君に用件ですか」

「いかにも」

「仕分けの依頼ですか」

これにはまるで考えあぐねているかのように安江は答えない。

安江はこれまでも木島に奇妙な仕分けを持ち込んだことがあった。

「しかし、木島君に面会するなら世田谷《せたがや》でしょう。彼は仮面を脱いで瀬条に戻ったという噂ですよ」

「それは聞いておる。しかし新しく出石の家にも仮面を被った男が現われたと、君の流言蜚語の報告書に書いてあったではないか」

あんなものを読む者がいたとは驚きだが、わざわざそう言うところが人たらしの達人たる安江でもある。

「それは藤井《ふじい》君とかいう折口博士の書生でしょう。所在不明の博士に替わって仮面を被って國學院《こくがくいん》で代講していると専らの評判ですよ。何しろ折口博士の一番の寵愛《ちょうあい》を受けた弟子ですから、門下の者も諫《いさ》められず遠回しで糺《ただ》しても「自分は先生のもどきだから、もどきらしく面を被っている」としれっと相手を煙《けむ》に巻くとか」

ガリ切りをしていた噂の中にはそんなものさえ混じっていた。

「ふむ。今度の木島君は仲々に頓智《とんち》が利いているとみた」

「木島君は一人です」

おかしなことを言うが、安江の言うことに理などないのは清水も知っていた。

「何、仮面を被っていたのが誰かなどその正体を見た者はおらぬのだから、今、木島君の面を被ればその者が木島君でいいではないか」

いいではないか、と言われても、そうですとも答えられぬが、しかし安江は鷹揚《おうよう》なのかただのいい加減なのか、そのいつもの言動が言動だけに、いいえ、とも言いかねる。何しろヒトラーが排斥したユダヤ人たちを満州にユダヤ資本ごと引き入れ、投資させる計画を立案し、それを河豚《ふぐ》計画などと嘯《うそぶ》いてみせる男である。毒がある河豚もうまく料理さえすれば美味《おい》しく食することができる、ということなのだが、陰謀の魂胆をわざわざ堂々と名乗るところが安江という人であった。安江には、隠さなければならぬ他意などどこにもない。

しかし、その一方ではアメリカの産業と映画をユダヤ人が全て握っていると無邪気に信じている。だからユダヤ人を懐柔できれば即ち合衆国を懐柔でき、満州国が国際社会に承認され日米開戦さえも回避できる、と一石で一体何鳥を狙う気なのかと呆《あき》れるが、この男の陰謀は陰に隠れることもなく、かくも堂々としている。世を拗《す》ねて裏からしか世界を見ることのできぬ連中と比べた時、一人だけ底抜けに明るい。

子供のように無邪気であり、その無邪気さが、恐い。

「ときに」

二つの方向を見る瞳の一方が、フロントガラスに映った清水を一瞥《いちべつ》する。

「何か？」

「新しい木島君も、あのだらだら坂の上の古書店の主《あるじ》をやっているのかい？」

「八坂堂ですか」

「そういう名であったか」

清水は幾度坂を上っても決して一人では辿《たど》りつけぬ、あの嵌《は》め殺しの彩色玻璃《ステンドグラス》に八坂堂と書かれた扉を思い出した。

「噂では木島平九郎と名乗っているとか」

「ふん。前の木島君が平八郎だから、平九郎というのは九代目店主ということか」

なるほど仮面と名と店ごとの襲名か、と思うと、清水は苦笑いした。そんな名跡など好んで継ぐ者がいるとは思えなかった。何の酔狂なのか。だから、ただ「はい」と無責任に答えてみる。

「それはよかった」

安江はしかし満足気に頷く。

「ということは、やはり新しい木島君も今のところ隠り世に出入りできるのだね」

成程、八坂堂を継ぐというのはそういうことかと得心する。そしてあの男は最初から此岸の者ではなく、幽霊かと思い、不気味に思うより同情する。死に損なった自分もまたその一味のような気がしてきたからだ。

「ならば行き先は変更だ。八坂堂とやらに行くのである」

行く先が一つであることは変わりなかったが、あってはならない場所であった。一人で辿りつけるとは清水には思えなかったが、安江が乗っている以上、多分、行けるのだろうと思うことにした。安江の杜撰《ずさん》さを少しは見習う必要があると思った。

「八坂堂に木島君を訪ねて、どうなさるおつもりです」

もう一度、目的を訊いてみた。

「木島君の力が必要だが、そもそも八坂堂がまだあるのかが不安になったのだ」

「何故ですか」

これは清水は本気で訊いた。

「この世界とそうでないものの境がどうも崩れている気がする。最初は儂の錯覚かと思ったが、そうではないという資料が時間を追うごとに増えてきた」

「そんなことを証明する資料などがあるのですか」

「君が毎日、作っていたではないか。あの流言蜚語報告は毎日熟読していた。流言というより妄想か幻覚に近いものが日々増えていたではないか。何故ならあの仕事は儂の発案だからである」

そう言った安江の瞳が、東洋人の黒い瞳ではなく光を吸い込む漆黒の闇であることに気づく。ああ、知らぬ間にこの男の走狗《そうく》であったのだ。まだ俺は何につけても甘いなあ、と清水は思った。


俺は後ろからいきなり羽交い締めにされると、黒い袋を被せられた。頭巾《ずきん》かもしれぬが被された側にはどちらかは解らぬ。

すっかりいい気になっていたので不意打ちであった。

「これから首でも括《くく》られるのかい？」

嘯いてみせたが誰もくすりとも笑ってくれぬところをみると、案外と正解なのかもしれぬ。調子に乗って塀の上から跳ねてみて、そして目に入ったのは黒服の男たちの一群だ。正確に言えば、その黒服の袖口《そでぐち》から突き出された十幾つかの白い手が蒼い月にまるで磯巾着《いそぎんちゃく》のように揺れていて、俺はそこに吸い込まれるように身を投げてしまったのだと、悟った時には遅かった。

いくつかの白い手で受けとめられ胴上げのようにもう一度、白夜に向かって跳ねると、次の瞬間、誰かが羽交い締めにして頭から頭巾を被せてくれた、というわけだ。

そして簀巻《すま》きにされて、もう一度、幾人かで担がれた。

簀巻きになるのは人生で二度めの経験だ、と自分でも呆れる。

それからは俺が何を言っても奴らは一言も答えず、そうだ、女はどうしたと思い、「女はどこだ」と訊《たず》ねると、女などおらぬと誰かが返した。

人のことだと言っても通じなかった。

そのまま俺は森の奥へと潜っていく。道はすり鉢のように傾斜していて、湿気が重く俺の身体にのし掛かった。まるで水底へと連れていかれるようであった。見えぬのに見えるように感じた。

まあ、簀巻きにされ井戸に放り込まれるよりはましか、と思った。

だが俺は井戸に放り込まれる替わりにいきなり縄を解かれ、今度は跪《ひざまず》かされる。

女の夢を見たろう、と頭の上で声がした。

俺は「見た」と答える。

最初はヒルと名乗った女、最後はただ女と俺が呼んだ名のない女。女はいつも夢のようなものだ。十三の時、初めて女の白い肌の夢を見て夢精した時のことを俺は思い出した。

「弓矢かカヌーの夢は見たか」

わけのわからぬ問いだ。

「弓はないが礫《つぶて》を投げつけ殺され、それからうつぼ船で流される夢を見たぜ」と俺は答えた。

夢というよりは実際にあったことの気がするが、同じことだ。

「悪くない」

また声がした。一人の声でなく、いくつもの方向から木霊のように。

そして不意に俺は足払いを食らい、そのまま何かに押しつけられる。頭巾に覆われた顔は、押しつけられた先がひどく硬く平たい台座のようなものだとすぐに感じとる。シャツ一枚隔てた胸や腹にも同じく、そして頭巾越しでは感じられない石の冷たい感触が伝わってくる。俺はいつの間にか自分の身体にすっかりと五感が戻ったことに妙に感心する。女の家でただ食い、そして女に跨られ、自堕落過ぎる暮らしであったが、その間にすっかりと身体が若返ったのか。

その敏感になった左右の手首に何かが巻かれる。

皮紐《かわひも》だ、とその感触ですぐに知れる。

そして足首も同じように。

そこで俺は初めて恐怖を感じた。

俺は張り付けられているのだ。

この石台はまるで昔何かの本で読んだ南アメリカの今は滅びた種族が、神の犠牲獣としての羊や、時には人を捧《ささ》げる時に使う祭壇に似てはいないか。

女の手が後ろから俺の頭を鷲摑《わしづか》みにして石台に更に押しつける。すると頭巾が少しずれて、首筋がひんやりとした空気に晒《さら》される。

俺はそこに斧《おの》が振り下ろされるのを想像して、生まれて初めて恐怖で声にさえならない声で叫んだ。

叫び声は誰かに届いたろうか。

悲鳴がした気がして春洋《はるみ》は顔を上げる。

男の声の気がしたが、空耳だろう。

春洋の上で女として果て、しばらく大きく仰《の》け反ったままバレエのダンサーのように静止していた美蘭は、上体を起こして立ち上がる。そして春洋を見下ろして下穿きをたくし上げながら、「では明日の講義の準備を始めましょう」と、まるで秘書のように言った。

國學院で講師の職が決まった時、最初の講義の前の晩、折口は夜の零時を回った頃、春洋を居間に呼びつけ、ノートを開くように言った。そして一日分の講義をもどかし気に喋《しゃべ》り、それを一字一句洩《も》らさず筆記するように命じたのだ。このようにして春洋の講義はただ折口のもどきであることが求められた。

その折口が姿を消した。そして折口の代講を仮面をつけたままの春洋が務めることは、正式の手続きを踏んだものではないが、誰も異議を唱えかねていた。

誰もそのことに触れたくないという気配だけが伝わってくる。まるで障《さわ》り神のようだと思ったが、実際、春洋は元からそういう存在だった。学問的実績が乏しいままなのは、その道で研鑽《けんさん》する替わりに折口の日々の暮らしに妻のように尽くし、折口の一番身近にいながら理不尽にも折口の学問からは最も遠ざけられてきたからだ。折口が教授を務める三田《みた》の慶應《けいおう》の学生たちなどが気易く折口を取り巻き、その学問を論じる姿に羨望《せんぼう》とも嘲笑《ちょうしょう》ともつかぬ態度を抑え殺してはみたが、いつの間にかそれにさえ飽きた。

だが折口の失踪《しっそう》後、口述ノートはとうに尽きていた。そして折口の代講も同じ講義は繰り返さないのが折口の流儀であったから困り果てていると、美蘭が「明日なさるお話を今聞かせて下さい」とまるでアリス・リデルが哀れな数学者に懇願したように、春洋の目をじっと覗《のぞ》き込んできたのである。

それからの新しい習慣である。

美蘭は春洋の前に文机《ふづくえ》を引きずり出して、そしてノートを広げる。そして青いインクの壺《つぼ》の蓋《ふた》を開け、スクールペンにたっぷりとインクを付ける。

インクの壺からペン先が離れるや、青いインクは大学ノートにぽたりと落ち、そして折口の顔にあるインクの染みと同じ染みになる。

それが合図で春洋は口を開く。

まるでその青い染みが依代となって折口が降りてくる気がして、これでは益々もどきではないかと思うが、考えるより先に口が勝手に語り出す。美蘭はすらすらと筆記し、それが明日の講義となる。

「遠い遠い昔のことだ」

語り始めるが、自分が今日、何を話すのか春洋にとてわからぬ。

やはり、俺はもどきだ、と春洋は思う。

「この国のお話ですか？」

「この国でもあったのかも知れぬが、遠い異国の話だ。しかし文明などというものも常に先にあったものの もどきだ。だからどこであったかなどは少しも大切なことではない」

「ああ、では私は私の空想の国のお話としてお聞きしましょう」

「それでは、古《いにしえ》の人々が美しい女神のための鏡のようだと唱えた湖があったと空想しなさい」

「はい。緑の丘陵に挟まれた谷間《たにあい》に、きっとその鏡のように美しく静かな水面《みなも》はあるに違いありません」

「丘の上の彼方の村も、湖にせり出すように雛壇《ひなだん》を形作る庭園も、その湖の静けさを破ることはできない。その深く静かな水面は此岸のざわめきなどでは漣《さざなみ》一つ立てることなどできないのだ。この森は古の頃よりも更に遥《はる》かな昔から続いている、悲劇の繰り返される場所であった。丘の果ての切り立った崖《がけ》の真下に湖に挟まれたその森はあった」

「入らずの森ですか」

「それとは違う。しかし入った者は二度とは戻らぬという点では入らずの森に等しい。その森の中心には一本の木が生えていた。昼は森の奥底にあるから仄暗《ほのぐら》く、夜は月の光も届かない。だから昼夜を問わず松明《たいまつ》でその木は照らし出されていた。そして目を凝らせば、必ずやそこに一人の男の姿が認められるはずだ。男の目は兎のように赤い」

「美蘭のようにですか」

「だが美蘭のように肌に色素がなく血の色の赤が透けて見えるわけではないのだ。男はもう幾日も幾週間も、いや幾月も眠ってはいないのだ。赤い目の男の手には抜かれたままの剣が握られている。そして落ち着きなく四方を見回し、誰かがその木に近づいてこないかと心の安まることなどなかった」

「その男は何者なのですか」

「いい質問だ。いいか、男は第一に祭司だ。女神の森の言うなれば王である。そして第二に男は殺人者でもある」

「まあ、人殺し？」

「そうだ。男はかつてこの森に忍び込み、木の前で目を腫《は》らし徘徊《はいかい》する祭司の背後から忍び寄り、首を刎《は》ねそして隙を見て木の枝を折ったのだ」

「木の枝を？」

「そうだよ。その枝は金色に輝く」

「金色の枝？」

「そう。ゴールデンバウ。英国の学者フレイザー卿《きょう》の本に書かれている逸話だ」

「素敵」

美蘭の甘い吐息。

「血塗られた伝説だ。伝説の更に始まりにある伝説はこうだ。森の奥にある聖なる場所に、一本の枝とて決して折ってはならない禁忌の神の木があった。だが唯一、これを折ることが許された者がいた」

「誰ですの？」

「逃亡奴隷だ。異国で捕えられ奴隷に身を窶した者が唯一、その身分から解放される術《すべ》が人々の目を盗み、この金の枝を折ることだ。それに成功した奴隷は森の王たる祭司と一対一の決闘をする権利が与えられる。そして仮に奴隷が祭司を殺せば、彼が森の王たる地位に就く。そして奴隷の習慣がなくなってもこの森の王の不寝番の習慣は続いた、というわけだ。女神の湖の畔《ほとり》の森の王たらんとする者は森の奥深くに入り金の枝を折らんとし、戦わずば王に殺され、もし王を殺せば次の者に殺されるまで森の王であり続ける。だから森に入った者は二度と戻らぬのだ」

「何て素敵。自分を殺しに来る者を待ち続けるなんて」

「素敵なものか。体のいい犠牲獣なのだぞ。ただ束の間、王であることが許されるだけの」

「でも王を殺せば束の間、王になれます」

美蘭の声が不意に低くなった。そして木島の仮面の向こうの春洋を問うように見据えた。

「何が言いたい」

「おわかりでしょう」

「私に王を殺せと言うのだろう?」

「はい。殺さねば、貴方は生涯、奴隷のままです」

奴隷ではなくもどきだ、と言いかけたが同じことだ。

「エディプス王は母と交わり、父を殺しました」

美蘭に重ねて言われ、ふん、と小さな怒りが湧いてきた。失踪する前あたりから折口は春洋に養子の話を持ち出してきた。学問とは一つの家であり、家は父から子に相伝される。父は師であり子は弟子である、という言い分だが、父が子を犯すのは母が子と交わるのと同じ類の禁忌だ。何故なら、折口は母なくして子を生《な》そうとしている。父になろうとする折口は同時に母になろうとしている。ならば父と交わるは、母と交わるも同じ。

そうすれば残る大罪は父殺しである。

悪くない思いつきだ。

春洋はずっとそのことを考えていた。

そして折口があの奇態な学問の森の中の祭司であるなら、自分は金の枝を折り、その首を刎ねてやればいい、と春洋は思った。

それは復讐《ふくしゅう》ではなく、いわば愛の試練だ。

折口がもし自分に全てを継がせようとするのであれば、春洋にみすみす殺され、王の座を譲ってこそ義理の父と子の間の相伝は真実のものとなる。

そう考えると、春洋はすっかりときめいて、そして机の上のフレイザー卿の『THE GOLDEN BOUGH』の背表紙の金文字を指でなぞってみた。

それから気多の森に似た森の奥深く、抜き身を携えて不寝番の男に忍び寄る自分を想像した。男の頭上の、きらきらと輝く金の枝が春洋に折られるのを待っているのだ。

王が誰の顔をしているかは言うまでもないだろう。


した、と水滴が頬に落ちた。

夜露が広葉樹の葉に溜《た》まり、鼻の上の青いインクのような痣《あざ》の上にちょうど落ちたのである。折口博士はそれでようやく口唇の渇きを覚えて上を向いた。そして舌を窄《すぼ》めて口唇から突き出した。

静かに待っていると、うまくその先に露が一滴、命中した。

喉《のど》まで届く前に乾いた舌に吸い込まれたが、緑の味がして、そして生気が戻った気がした。

そして一体、自分はいつから微睡《まどろ》んでいたのだろうと考えたが、頭がすっかり晴れた代わりにそのまま靄《もや》とともにそれまでの夢ともつかぬ記憶が消えてしまったことだけはわかった。

しん、としている。

すう、と鼻で息をしてみる。

空気は水をたっぷりと含んでいて、鼻孔から森の匂いが鼻の底へと流れ込む。コカインの煙を吸うようにもう一度深呼吸をしてみると、益々頭が澄み渡ってきた。

ああ一体いつ以来だろう、こんなに身体が心地良いのは。

そして自分が一本の大樹の許にいることに気がついた。

生気が頬に戻ってくると、肌が赤い炎に照らされていることに気がついた。

昼か夜かわからなかったが、夜だと今ははっきりと知れる。

森の木立が数多く松明に照らされ、その姿がちらちらと木の葉の間で揺れる。

折口は頭上の木を見上げる。

椨《たぶ》の木である。

そして、この森はどこか知っている、と折口は思った。春洋の故郷の気多の入らずの森のその奥に違いない、と入ったこともない森のことを思った。

折口は初めてそこで怪訝に思った。

頭上の木の枝の、ちょうど背伸びして手が届きそうな一本の枝が、ひどくまぶしく輝いているのである。

最初はただ松明に木の枝が照らされているだけかと思った。しかし、炎を反射していることは確かだが、それは明らかに黄金色に輝いているのである。

「金の枝……」

折口はつい口にして、そして自分が禁忌にたった今触れたことに気づき、愕然《がくぜん》とした。

確かに金の枝がそこにあった。

ここは入らずの森などではない、と思った。

慌てて足許をまさぐると、やはり手に触れる感触があった。

やはりそれは剣の柄《つか》であった。

覚醒《かくせい》しきった意識が緊張へと変わった。そして自分が今置かれた状況の理不尽さを前に、言葉は何一つ出てはこなかった。

ここは気多の森ではない。

帝都だ。

東京だ。

その中心にある森の大樹の下で、金の枝に照らされ剣を手に自分は誰かを待っているのである。

誰を？

それは明らかであった。

自分を殺し、あの金の枝を折ろうとする者。

金の枝は印である。

なぜならたった今、自分も冠として頭上に戴《いただ》いているのである。

そして殺しに来るのは誰かわかった。

そう想像すると折口は背筋がぞくりとしたが、それは恐怖でなく昂揚《こうよう》であった。性的な。

そして折口はこれはその者の夢の中だと思った。

そして殺しに来る若者の顔を折口は想像してみる。

すると想像をもどいたかのように、折口の前に春洋が現われた気がする。

ああ、春洋は私を殺す夢を見ている。

折口はその首を差し出すように下を向く。

そして春洋がその首を刎ねようと剣を振り下ろすのを待つ。

自分は春洋に殺されるのだ。

その恍惚《こうこつ》とした一瞬を待ち、身悶《みもだ》える。

だが、いつまで待っても剣は振り下ろされないのだ。

折口は恨めしくなって顔を上げる。

見上げて目に入ったその顔はしかし、春洋ではなかった。

青年というより少年に近いが、鼻筋に青いインクのような染みがあった。

「誰が、あなたを殺してやるものですか」

どこかで春洋の声がした。

斧の代わりに振り下ろされたのは鞭であった。

いや、鞭というのは正確ではない。恐らくは木の枝だ。火箸《ひばし》を押し当てられた、という比喩を何かで読んだことがあるが、火箸では骨までは響かない。電気が身体の中を貫いたようだ、と言った方がまだ近いのだ。

息が止まり、俺の叫び声も止まった。

静寂。

しかし、それは次に来るもう一振りの予兆であることを俺は既に学習している。

俺は身体を硬くする。

固く身構え、そして鞭が当たる瞬間、脱力すれば鞭の力は身体に吸い込まれる。ボクサーがパンチの衝撃を受けても、それを逃がす技術と要は同じである。

しかし鞭は振り下ろされない。

そしてほんの一瞬、気が緩んだ隙を鞭の主は見逃さない。容赦なく振り下ろされた。

痛みが幾十倍にもなって骨に響く。

そのまま鞭は一体、幾人の手に渡ったのか、まるでイスラムの罪人のように容赦なく鞭打ちを俺はされた。

石責めよりひどい刑がこの世にあり、石責めと双方を我が身が受けるとは俺もさすがに思ってはいなかったが、高笑いする余裕など無論、ない。

そうして幾人めかの鞭で俺の意識は身の中で弾《はじ》けた。

頭から浴びせられた水で俺は目を覚ます。気がつくと俺は水の中で跪いている。今度は浅いプールのような場所である。

俺は裸体にされている。

背中の傷を女の手が絹の布でやさしく撫《な》でる。ああ、この手には覚えがある。

あの女か。

ちがう。

ヒル、だ。

俺のために最初に土車を引いてくれた俺の照手姫《てるてひめ》だ。

死んだのではないのか？

俺はヒルの手首を掴む。

するとヒルは跪き、そして顔を俺の股間《こかん》に近づける。

そしていつの間にか直立しているそれを口に含んだ。

「ああ」

と俺はまるで十三歳の少年のように声を上げてしまう。ヒルの舌はヒルのように俺にまとわりつく。

俺は睾丸《こうがん》と尻《しり》の穴の間が麻痺《まひ》した感じになる。俺はその先から放出される精が俺の中から今にも噴き出さんとするのがわかる。

「ああ」

俺がその甘美さにもう一度はしたなく声を上げた刹那、快楽とは違う痛みが走った。

ヒルが何かを嚙《か》み千切ったのだ。

そしてヒルは嚙み千切ったものを吐き出した。

「何をした？」

俺は情けないほどのか弱い声で女に訊ねた。

「割礼だよ」

いきなりヒルとは違う声がした。

「ユダヤ人の少年なら剃刀《かみそり》で切るが、あんたはユダヤ人でもないしね。あたしの歯で充分だ」

共産党の女の声だ。

俺は陰茎の皮を嚙み切られたのに、安堵《あんど》する自分がおかしかった。

「何故、こんなことをする？」

「何故？」

声が俺の声を鸚鵡《おうむ》返しすると、そのまま俺はまた頭巾ごと水に頭を突っ込まれ、そして俺は鼻から水を吸い込んでしまう。

これでは特高の私刑と同じだ。

「まだわからないのかい」

女の声。

まさか本当にこれは特高の私刑なのか。

すると女は共産党の組織に潜り込んだスパイか？

女は俺をまた鷲摑みにして立ち上がらせる。

そして視界がわずかに明るくなった。

頭巾がとられたのである。

代わりに、俺の身体を丸ごと覆うように白い布が頭から被せられた。するとたちまち世界が白くなった気がした。

俺は白いその布を指でまさぐった。上等の絹で織られている。

一枚の布から作られた衣だ。

これこそが俺が探していた衣だ。

いいや、うつつはただ。

とうとう衣をもらえたのだ。

俺は女たちに衣が欲しいとずっと言っていたが、あの女は俺が寝ついた後、夜鍋をしてこっそりと織ってくれていたのだ。

今度、俺がこの白い衣を脱げば、俺はこいつらの一味となる。

「これはイニシエーションってやつだな」

俺はもう絡繰《からく》りがわかっていた。

「子供だって知っているぜ？　ベティ・ブープのアニメーションで犬のビンボーが白頭巾の男たちに攫《さら》

われて、怪しい地下室で張り付けられ、今にも太刀が振り下ろされようとする。その刹那、怪しげな白頭巾たちは正体を現わす。ロッジのメンバーは全員がベティ・ブープなんだよ」

俺はすらすらと映画の筋を話した。

話しながら、俺はそんな映画は観ていない、ただ仕事から帰った女が何かの時に不思議そうに話したのだ、と思い出した。

あれは、秘密結社、というやつだ。

俺はそう教えてやったのだった。

フリーメイソンや何とかの騎士団や名乗る名前は大仰だが、つまりは社交の会だ。そこに加入するために神秘主義めいた儀式をやる。アメリカの中産階級たちに流行した奇妙な娯楽である。

「それで一体、これは何の結社の儀式だ？」

そう訊くと、白い布を身に纏《まと》ったままの俺の目の前に一人の気配が立つのがわかった。

その気配は忘れられるものではない。

誰かすぐにわかった。

何であいつがここにいる？

芝居がかった拍手が聞こえた。

「これで君はやっと現世《うつつ》の者となったのだよ、大杉栄《おおすぎさかえ》」

そう言って俺の白い衣を脱がしたのは、やっぱりあの男だった。

全く千両役者のようにいい場面で登場する。

あいつである。

「甘粕正彦《あまかすまさひこ》。久しぶりではないか」

俺を殺した男に俺は鳥打帽を被り直して再会の挨拶《あいさつ》をする。ドイツ映画の俳優のように鉤鼻《かぎばな》で、俺の首を柔術で折った甘粕の体軀《たいく》とは随分違う気がしたが、俺がそう思った以上、甘粕である。俺がそう思えばそいつが甘粕だ。

「カ――ット」と誰かの声がした。

俺は幼馴染《おさなな》み《じ》に異郷で再会したかのように、懐かしいその顔を見上げた。

そして俺は納得した。

「これはキネマか」

甘粕の後ろには巨大な映画の撮影カメラが俺を見据えていた。

「いかにも。蛭子が王を殺しに戻ってきた、その記念すべき一瞬だ」

天井高くには照明が吊《つる》されている。

ここは入らずの森ではなく、映画のスタジオである。

そうか。俺はよりによって甘粕の一味となったのか。

「君が察したように、再生の儀式はアメリカの秘密結社の加入儀式を参考に演出した。何しろあの連中の儀式は大抵が映画の脚本家が副業で考案しているから、実に視覚的だ」

全く俺がどれほどの醜態を演じたことか。しかし役者でもないのだから、その方が迫真の演技になるな、と思った俺はすっかり甘粕の術中に嵌《はま》っている。

そうだ。

俺はキネマが大好きだったのだ。

「それでこれから一体、俺はここで何をすればいいんだ？」

「無論、あの時の続きだ」

そうか、あれは予告篇であったのか。

「つまり？」

俺はわざととぼけて訊いてやる。

「王殺しだよ。いいキネマになる」

「王殺しか」

そう来なくちゃいけない、と俺は思った。

（十四）不妄語戒《ふもうごかい》

道に迷った、と清水は思った。

しかし、これは正しい迷い方ではない。

渋谷《しぶや》川を越えて國學院に向かう先をうっかりとどちらかに折れれば、だらだら坂の上に蜃気楼《しんきろう》の如く八坂堂はあるはずであった。この意図してうっかりと、というのが、八坂堂に往くこつである。かつて君はその古書店に幾度か足を運んだことがあったはずだと安江は車中で言ったが、そんなことをこの世とあの世の双方にさえ目配りできる男に話した記憶などなかった。もしかすると、知らぬ間に坂を上る自分の姿を、この男は振り向いてもいないのに見たのかもしれぬ。

安江の顔の後ろに目がついているとは思えぬが、その斜視は背中にあるものまで目が届きそうな気が清水にはした。

無論、喩えとしてである。

大陸の特務機関が他愛《たわい》のない陰謀を針小棒大に政界やら財界やらで耳打ちしては活動資金を集める姿を見て、清水は落ちぶれてもああはなりたくないと思っていた。しかし、安江という男は違った。陰謀を思わせぶりに耳打ちするのではなく、拡声器で宣伝して回っているところがある。それで陰謀が陰のものでなく、日なたのものになってしまう。

ユダヤ資本を丸め込んで満州にユダヤ人の共和国を作らせる。見返りに大陸開発の資金を出させる。ついでにこのところ日本への風当たりの強い合衆国の政府に裏工作をしてもらう。そう法螺話《ほらばなし》を大声で吹聴《ふいちょう》しているうちに、ナチスを嫌ったユダヤ系の住民は事実、満州や日本に集まりつつある。元々日本人とユダヤ人の先祖は同じという俗説が明治の頃から大衆に人気があった国だから、彼らには同情的な知識人も少なくないだろう、とまで見込んでの法螺話であるに違いない。だがその法螺話を幾度も聞かされているうちに、その何割かはいつの間にか本当になりかけている。

この男には嘘と本当の境がない。

言ったことの後に実がついてくる。

嘘をもどくと本当になるのだ。

しかしそれは虚実が混合するのとは少し違う。嘘と本当の辻褄を巧みに合わせるのである。それが安江が密《ひそ》かに辻褄師と呼ばれてきた所以《ゆえん》である。

それは揶揄《やゆ》に違いないが、仕分け屋などという職能の男がいる以上、辻褄師もどこぞの機関の正式な工作員のような気さえ清水にはした。

それに比べれば、革命の大義に乗り損ね、世を拗ねているうちに、奇矯な男たちの後をおろおろとついて回るだけの自分がひどく惨めに感じる。

「本郷《ほんごう》を過ぎたな」

安江が窓の外をちらりと見るのがミラー越しに窺《うかが》える。迷ったことを咎《とが》める様子もない。

「だいたい國學院に向かう坂はだらだら坂ではない。本郷の帝大に向かう坂だというのに、誰もそんなことを気にかけている節もなかったのは妙であった」

言われて気づいた。何故、誰一人、あのだらだら坂を上る時点で一度もおかしいと気づかなかったのか。

「ふん、駿河台《するがだい》を下るのか」

安江に言われて、上っていた坂をいつの間にか下っていたことに清水は気づく。

「ならば、ここらだろう」

安江は言うや、車が止まらぬうちに表に出る。頬を木枯らしのように冷たい風が打つ。

冬の乾いた風である。清水はそこで、さっき車に乗った季節が夏だったのか秋だったのかを忘れていたことに気づく。もっとも、裸電球の下で流言の記録をずっとガリ版の蠟紙《ろうし》に鉄筆で刻んでいた間、季節など感じたことはなかった。

だから、そうか、今は冬か、と納得するしかない。

安江はそのまま神保町《じんぼうちょう》の路地をわけ知ったように横折れて入る。

清水は後を追いながら、おや、と思う。震災で焼け野原になった神保町の界隈はモダンな煉瓦《れんが》造りに変わっていたと思ったが、そうではない。家並みは低く続いていて、露店のように軒を連ねている。そして軒下にせり出した縁台の上に古書が積まれている。

ある店の本は高くそそり立って、隣の店は低くなびいていて、まるで本の塚が峰のように堆《うずたか》く連なっているようだ。

安江はその古書店の前を冷やかすように歩いていく。風にカンテラが揺れ、その仄かな灯りに本の表紙の文字がちらちらと照らし出される。

「ここらのはずだ」

安江は軒下を覗き込み、それから半歩下がって看板の名を確かめる。

「ここらって、何がです」

「何がですって、八坂堂だよ。儂は八坂堂に行ってくれと言って、君の運転でここに来た。ならばそれでいいではないか」

安江はカンテラの底で吸い込んだ油をちりちりと焼く炎を見やりながら、鷹揚に清水の困惑をいなす。

「しかし、ここは神保町ですよ」

「昔はこの辺りにあったんだ」

「八坂堂がですか」

「そうだ、この店だ」

覗き込んだ縁台の上に目をとめる。

一冊の橙色の書物が目に入る。フランス綴《と》じの本で、頁は切り離していない。書名は擦《かす》れて読めないが、本の名だけを押したとおぼしきその活字の文字と文字の間の気品とでもいうべきものに魅せられて、つい手を伸ばしかける。

ぴしゃり、と手を蠅叩《はえたた》きで叩かれる。

「そりゃあんたの手には負えないよ」

清水は古本屋の主人の叱責《しっせき》に、少しむっとする。

顔を上げるが、カンテラの灯りは主人の胸から下しか照らさない。

「手に負えぬと言われたって、漢籍ぐらいは多少は……」

と、むきになったところに、いつの間にか隣にいた男の赤いブランケットからすうと別の手が伸びた。

カンテラの炎に一瞬だけ、表紙の擦れた文字がはっきりと読めた。

古典の類なのか「……物語」と、下の二文字だけ、かろうじて読めた。

清水ははっと顔を上げ、手を伸ばした男の顔を見る。

短髪で鼻梁《びりょう》に青いインクの如き染みがあった。

背広の上に赤いブランケットを肩から羽織っている。男のくせに赤なのだ。

若いが、その顔には確かに見覚えがあった。

「買うのかい？　買ったら不幸になるよ」

主人の籠《こ》もった声がした。

闇の中の店主の顔に訊く。

「ここは八坂堂か？」

「それがどうした」

聞いた清水に主人は犬でも追い払うように手をひらひらさせる。

青い痣の男は震える指先で、まだ自分のものになっていないフランス綴じの頁を一枚破った。

カンテラの光が波紋のように揺れた。揺れたのは清水の身体も同様で、まるで自分の身体が水面に映って、その上を波紋が走った気がしたのである。

その清水の困惑を、仮面の店主は訝し気にちらりと見た。

「五銭」

また頁を破ろうとしている痣の男を少し窘《たしな》めるように言う。男は慌ててポケットの中をまさぐり、白銅貨を大切そうに一つとり出して、店主に渡した。

「頁を破っちまったから、要らなくなってももう同じ値では買い取れないよ」

店主の言葉が終わらぬうちに男は本を引ったくると、逃げるように走り出し、祭りの縁日のように延々とカンテラの揺れる雑踏に吸い込まれた。

「一体今のは？」

清水は一緒にいるはずの安江を振り返る。

するとそこには映写機がカラカラと回っている。

もう一度、反対の方を振り返ると、安江がスクリーンの前に立っている。映写機の放つ四角い光の中に立つ安江は、まるでたった今、画面から抜け出てきたばかりのようであった。

「キネマであるな。誰かが映画をつくっている」

安江は言った。そして、スクリーンを引っ張ると、夏の日射しが清水の目に刺さった。

陽炎に揺れる八坂堂が遠くの坂の上にあった。

「そして世界がキネマになっている、ということは、やはり間に合わなかった、ということだ。これで辻褄合わせは更に厄介になりそうだ。事によるとキネマの中に入り込まねばならなくなる」

安江はわけのわからないことを勝手に呟き、そして、呻《うめ》きながら坂を上り始める。

清水は慌てて後を追う。

坂道の脇で人が死んで倒れている。顔の皮が剝がれている。しかし、八坂堂に行く坂だから、そんなものか、としか清水は思わない。安江も一瞥さえしない。

「間に合わなかったって、何にです」

気がつけば世の中への関心が清水には戻っている。無論、ここが世の中の内かは心許《こころもと》ないが。

「きっかけだよ」

「きっかけ？」

「ああ。今がこうなってしまったことのきっかけの出来事だ」

「あの男が本を買ったことがですか？」

「そうだよ。あの男が本を買ったことが罪なんだよ。儂らはその罰を受けている」

「わかりません」

何故、本を買うことが罪で、それが罪だとして何故、その罰を他人が受けるのか、と清水の常識が及ばない。それでは、安江という存在自体が何かの罰なのかと皮肉の一つも言いたくなる。

「わからんかい？　おかげで世間中の嘘と本当が一緒になったじゃあないか、君。それでは困る」

確かに困るだろうが、それはこの白日夢のことを言うのか。つまりたった今も夢で、自分は相変わらずあの窓のない部屋で鉄筆を握っているということか。

「それは胡蝶《こちょう》の夢が現世と一つになったようなものですか。今、私たちがいる夢のように」

「夢の中でこれは夢だと言える人間はいない。だからまず、現世と思い込んでいるものが夢や虚や嘘で成り立っていると疑ってかかることが必要だ。その点で君には仕分け屋の素養がある」

「仕分けなどまっぴらです」

煽《おだ》てられる筋合いはない。

「しかし、君とて本当は儂らが嘘を生きていることは知っていよう。そしてその嘘の源も」

安江はそこまで言うと、映画館の客が椅子から立ち上がって元の世界に戻る時にするような大きな背伸びをした。

清水も首を回してみると、強張っていた節がぐしぐしと鳴って解《ほぐ》れた。すると血の巡りがよくなったせいか、一つの禍々《まがまが》しい答えが浮かんだ。そして口にした。

虎の尾を踏む問いとわかっていたが、踏んでみたい気に安江という男は人をさせる。

「この国が神武《じんむ》天皇によって始まったことをおっしゃっているのですか」

清水は天皇の名をまるで左翼の学者のように漢風諡号《しごう》で呼んだが、それはうんざりするほどの流言に浸《つ》かっていれば自然とそうなってしまうのだ。

「それだよ、それ。それがそもそも問題なのだ。嘘と本当の区別がつかない象徴のようなものだよ。全くこの国は神武天皇をキリストにでも喩えたつもりか紀元節などと言い出して、西洋暦より長い暦を作って悦に入っているが、歴史学者の津田左右吉《つだそうきち》君なんかは最初の頃の天皇は神話上の創作だと言っているよ。彼は確か満鉄《まんてつ》にいたんだよな、昔。大陸からこっちの国を見ちまえば見えてくるものも随分違うさ」

「津田博士は近頃では聖徳太子《しょうとくたいし》の実在も疑う論文を書かれているという噂です」

「噂？　特高あたりの拾ってきた情報だろう」

「はい」

「全く大政翼賛会の馬鹿どもは、ナチスのアトランチス説に倣ってミュー大陸なる怪し気な古代書まで持ち出しているが、つまりは起源なんてものは全部物語なんだよ。お話だよ。わかるかい？」

「プロパガンダ、というものですか」

「まあそうだが、人間ってのは妙なもので、始まりの物語がないと不安でならない。親が誰かわからねば不安だろう？　人がそうなら国も民族も同じだ」

「では日ユ同祖論も同じですか」

一応、安江はその信奉者という触れ込みである。

「当たり前だよ。日本人とユダヤ人が同じ民族なんて、お話に決まっている。しかし、わくわくはする。まあ、わくわくしているぐらいがいいのだ。本気になったらただの狂信者だよ」

なるほど、と清水は思う。この男が日ユ同祖論を喧伝《けんでん》して回るのは、却《かえ》ってそのことで隙だらけに見せているのかと思ってもいたが、そうでもないようだ。おもしろがっている。しかし信じてはいない。おもしろがるのと信じることは違う、ということは、一つの節度のようなものなのかもしれないと清水は思う。

「それで何の話を儂はしていたのだっけ」

「国の始まりが偽りである、とのお話かと」

「そうだよ、それ。国の始まりなんてものはどうしても知りたきゃ科学ってものがあるだろう。津田博士のように歴史学で証明すればいい。歴史学だって科学だ。しかし、科学ってのは退屈で、それじゃ大抵の輩は納得できない。それでこの国の始まりをおもしろおかしく聞かせてみせる輩がまさに、その始まりの時からして必要とされる」

「『古事記』の稗田阿礼《ひえだのあれ》のことをおっしゃっているのですか」

天武天皇が「あれ」と指さされた稗田の中にいた舎人《とねり》である。

「まあそうだな。そういう輩が明治の世になってまた必要になって、阿礼ほどの才覚さえない有象無象どもがそれは山ほどの始まりの物語を語ったんだよ。語る、というのは正確ではないな。明治に入ってやっとこの国もグーテンベルク男爵の印刷革命の恩恵をば得たから、書物の形をとった。日本人はどこから来たか？　パレスチナだギリシャだ、と高天原《たかまがはら》を探し、キリストやモーゼが日本に来た、と西洋の歴史に無理矢理押しかけて養子になりたがるようなものだ。義経《よしつね》が生きていてジンギスカンになった、なんてのもあったな。とにかく鎖国が長かったから一つの国の歴史を世界の歴史に繋げるやり方がわからんのだろう。そうやって書かれた妄言が全て本となり、いつの間にかここに吹き溜まった」

安江はそこまで一気に言うと、立ち止まった。

ちょうどあの八坂堂の前であった。清水も久しぶりの八坂堂を見る。なるほど、ここはそういう類の妄言の集まる場所か。ならば流言が堆積した裸電球の部屋と同じ類か、と清水は思った。

だが、おや、と清水は思った。何か違和を感じた。嵌め殺しのステンドグラスやモダニズムふうの「八坂堂」の文字は前に来た時と同じだが、ひどく見窄《みすぼ》らしく感じるのだ。

第一、よく見れば安普請《やすぶしん》である。

そもそも八坂堂をよく見るのは初めてだった。

安江は「木島君はおられるか」と大声で叫び、硝子に手をかけた。清水は反射的に安江と扉の間に身を滑らせて制止した。

「首を刎ねられます。木島がどこかで拾ってきた殺人鬼の青年が、仕込み杖《づえ》を構えて門番をしています」

確か津根だか根津だか——と言ったっけ、と清水は名を思い出そうとした。

「物騒な話だが、それは君の後ろにいる彼かね」

いきなり安江に言われて、清水は自分の首が飛び、自分が切り離された胴体をちらりと下に見るのを覚悟した。それでも身体だけは脳の発した命令をほんの刹那は実行してくれるはずだ。清水は振り返り、後ろにいる男の喉仏《のどぼとけ》を人差し指で突こうとして、手を止めた。

殺気が一切ない。

伝わってくるのはひどくだらしない脅《おび》えだけだった。

清水の指の先で、口許から涎《よだれ》を垂らした青年がそのまま尻餅《しりもち》をつき、そして遅れて「ひいっ」と、小さな悲鳴を閉じた喉からかろうじて絞り出した。そして失禁した。

「やれやれ。臆病《おくびょう》にも程がある。彼が、瀬条機関がかつてこさえた殺人機械という触れ込みの青年かね」

呆れて覗き込む安江に、男は更に後ずさりする。

「……木島君は居るか？」

「居ないよ。居ても居ないと言えと言われている」

台本を棒読みするように根津であるはずの男は言った。

「どっちが本当だ？」

苛立たし気に清水が言う。

「本当に居ない方の居ないだ」

男はまた棒読みで言う。

やれやれ、と安江は首を振り、男の上を跨いで、八坂堂のステンドグラスの扉を閉じる。まるでヨモツの入口にも見えたことのあった硝子戸が、ひどく年代遅れの安物にしかもう見えないことに清水は不思議な気分に襲われる。

「君は確かに根津君だよな」

清水は記憶の奥から青年の名をもう一度、思い出して尋ねてみる。殺気どころか知性さえも見てとることができないが、顔立ちだけはあの青年と同じだ。

「そうだよ」

「そうに違いないさ」

安江はなぐさめるように根津の言葉を繋ぐと、書棚をつまらなそうに見上げる。

ああ、とその視線の先を追いながら、清水はかつて一緒に決起しようと誓った仲間の一人の書棚にこんな類の本が山ほど並んでいたことを思い出す。怪し気な宗教の開祖か何かの家督を継ぐと称した人物で、明らかに模造とわかるモーゼの十戒石なるものを見たのも、あの男の誘いだったのではなかったか。

「憐れだろう？」

安江が、ぼそりと言う。

「はい？」

「この本の山がだよ。こういう偽の物語でも、それ一冊を書くのに人生の半分ぐらいは無駄にするものだ。しかし浦島が夢から覚めれば老醜《ろうしゅう》しかなかったように、ここにあるのはこの国の妄想の残滓《ざんし》のようなものだ」

「木島はここを捨てたのですか」

「平八郎も平九郎もここにはもはや寄りつかないようだな。つまり八坂堂はあるにはあるが、抜け殻ということだ」

安江の言葉に根津が縋《すが》るような目をした。

「お前も捨てられた、ということだ」

安江は根津の運命を告げる。

「捨てられたので、魔法が解けたのだ」

「魔法ですか」

「あるだろう。お伽話で蛙にされていた王子が元に戻る」

「この男がですか」

王子に戻ってこの憐れな姿なら、蛙の方がましではないかと清水は思う。そして根津を捨てた男のことを考える。

「何故、木島はここを捨てたのです？　最初の木島も木島を名乗る折口の弟子の男も、書物の塚で創った夢の城にでも籠もらなければ生きていけぬはずなのに」

「ずいぶんと口さがないな。もっとも、大衆の妄想ともいうべき流言の城に蟄居《ちっきょ》させられていれば、仮想の物語に冷淡になるのもわからないではないがな。だが、二・二六事件の青年将校どものクウデタアという名の夢に乗り損ねたことも含め、君には資質がある。夢に酔えない、という大変な素質が」

それはどうやら皮肉ではない、とわかるまでさすがに何秒かは必要だった。

そして安江に言われてみて、清水はずっと自分が他人との間に感じていた違和を言い当てられた気がした。

そうだ。自分は他人と同じ夢には酔えぬのだ。

「ああ、儂はすぐに脱線する。というよりも儂の思考に筋道というものがない。何を話しておったか？」

安江は禿《は》げ上がった額をぴしゃりと叩く。その仕草は浅草《あさくさ》あたりの軽演劇の役者にも似ている。およそ軍人の権威というものを感じさせないので人はこの男を軽んじるが、その迂闊さにつけ込もうものなら、この男は平気でそれを利用する。

「一つ前の話でしたら、木島はこの八坂堂を捨てたのか、というお話でした。何故ですか」

「そうだった。そりゃ当然だよ。今や世の中はかくも虚言で溢《あふ》れているのだ」

虚言とは流言や予言のことだろう、と清水は理解する。

「呼び名は何でもいい。妄想でも国学者ふうの隠り世でもいい。それで、あの現世が満ちれば、こんな楼閣は不要なのだ。八坂堂はあちら側との通路でもあり、堰《せき》でもあったのだ。それが要らなくなったというのは、今はここを通らずに虚が溢れ出しているからだ」

安江はそこまで言って、嘆くように息を吐く。

「何故、世の中は虚で溢れてしまったのですか」

清水はあの流言の山を思い浮かべながら訊いてみた。一体、人は何故、あれほどの流言を必要とするのかずっと疑問であった。

「それはだね、全く空っぽなのに中身を求めるからいけない、ということかな」

「空っぽ、とは人のことですか、この国のことでしょうか？」

「この国のことだ。日本っていう国家ってやつだ。明治の頃に鷗外漁史《おうがいぎょし》が言っておったろう。かのように、と」

鷗外漁史、とは森《もり》鷗外のことである。

「かのように？」

「そう。あたかもそこにあるかのように、ふるまう。国家やら日本やら、ない、というのが真実だが、ないと言うわけにもいかないから皆であるかのような芝居をする」

「芝居ですか？」

「ああ。おもしろくもない喜劇を糞真面目《くそまじめ》に、だ。しかし、そのおもしろくないってのが大切だった。嘘だってことを忘れずに済む。だがいつの間にかその芝居を本当だと思いたがる連中が増えた。大衆、ってやつだ。大衆は退屈が嫌いなんだ」

「それでこのような偽りの歴史書が書き連ねられたというわけですね」

清水は改めて書棚を見る。

「わかっているじゃないか。いいかい、そもそも、歴史ってのも科学であり、過去は資料で証明でき、その資料で未来は予測できる」

「予測？」

「そうだよ。例えばアメリカはもうすぐ日本の梯子《はしご》を外す。そして戦争になる。日本は負ける」

清水は言葉が出なかった。みんな内心そう思いながら誰も口に出せない真実だからだ。

「特高に言いつけてもいいよ。しかし、日米の軍事力を比較し、戦局を計算式で解いていけばそういうことになる。とすれば、戦争を避けるに越したことはない。問題は満州だ。ならばユダヤ人たちを懐柔して満州に資本参加させればアメリカも手が出しにくくなる。算数と同じわかり切った結論だ」

安江はまたいつもの法螺話に戻った。

清水は呆れながら、しかしわずかにこの男に敬意のようなものを感じずにはいられなかった。

「一つ質問があります」

「何でも聞きたまえ」

「ここに来る途中、私たちが見たものは何だったのでしょうか。あれがきっかけとはどういうことかがまだわかりかねます」

「ああ、あれか。あれは折口信夫博士の夢というか妄想の中だ。神保町の古本屋で、なけなしの五銭で古書を買ったんだ」

「何故、我らは折口博士の夢に入り込んだんです」

「我らが虚の中に入り込むしか虚の中の出来事を止める術はない。だから虚への入口である八坂堂に向かったのだ。運良く木島君には会えたが、目的は叶《かな》わなかった」

「木島ですって？」

「だって君、あの店主は幾代か前の木島だよ。平三郎だか平五郎だか知らんが。だからあの夢は八坂堂から繋がっている。いや、正確に言えばあの時から世の中は、八坂堂に、つまりは夢に憑《つ》かれてしまったんだよ。第一、八坂堂に行けと儂は言ったろう。だから君は行ったのだろう」

清水が向かったはずの八坂堂とは違ったが、その違いは安江には些細《ささい》なことなのだろう。

「間に合わなかった、とおっしゃったのは？」

「いくら儂でも、道に迷った勢いで過去に迷い込めるとは思わなかったんだ。だが、もう少し早く気がついていれば、折口博士の目の前で五銭でなく十銭出して奪いとれたのに口惜しい。あの本さえ折口博士が手にとらなければ……」

安江は文字通り、軍靴で床を踏みつけジダンダを踏んだ。

「あのフランス綴じの本はそんなに重要なのですか。私にはあの本の書名は読めなかったのですが」

「これだろう」

不意に橙色の薄い書籍が清水の前に突き出された。こちらは表紙の活字がはっきりとしている。

「遠野物語……」

反射的に清水はその活字で組まれた書名を読み、ついで、著者の名を読もうとした。

「書いたのは柳田國男。この男の妄想にあの青痣の青年が憑かれてしまったことがきっかけだというのが、安江さんの言い分だ」

違う声が本の後ろからした。

声の主は清水に本をさし出した。清水は思わず躊躇《ちゅうちょ》した。

「大丈夫だよ。手にしたところで、君のような凡庸な男にはただの古本に過ぎない」

清水をあからさまに見下して男は言う。

「おおっ」

清水の背後で安江が感嘆の声を上げる。

そして男の前につかつかと進むと、大仰にバンバンとその背を叩いた。

「君、いつ内地に来た？」

安江はその長身で髷《まげ》を解いた武士のように髪を肩まで伸ばした男のあちこちを、それが現世の者であることを確かめるように叩いていく。

そして清水を振り返り、

「紹介しよう、兵頭北神《ひょうどうほくしん》君だ。どう説明したらいいかね？」

安江は首を傾げた。

「仕分け屋でいいですよ。柳田國男先生専属の」

自嘲するように男は言い、清水は自分と同じ匂いをその男にははっきりと感じた。


折口は春洋に父として殺される愉悦を奪われた。

春洋は折口が一番望んでいたものを冷たく拒んだのだ。

それはずっと春洋の心の奥底、フロイド博士の言う無意識の中でちらちらと燃えていた敵意だ。その敵意をずっと感じていたのに、気がつかぬふりをして父と子として暮らした。

それにしても自分はいつからそんなものを夢見たのか。

夢に貌《かたち》を与えることになるきっかけは何であったのか。

折口は甘い記憶を遡《さかのぼ》る。

凪に揺れるゴールデンバウが、あの日のカンテラに変わるのをぼんやり見つめる。

カンテラの火が果てしなく、まるで鏡を二つ向かい合わせた中に立ったように続くのだ。

ああ、またあの夢の中にいる、と折口は思う。駿河台の交差点を神保町の方に折れて、一本入った路地。そこは古書店街のようであり、同時に折口が幼い日々を過ごし、一人で迷い出てみた道頓堀《どうとんぼり》の雑踏のようにも見えた。小栗判官《おぐりはんがん》の浄瑠璃《じょうるり》の看板の錦絵《にしきえ》が目に飛び込んでくる。折口は一間ほどの間口で軒を連ねる古書店街の中から八坂堂を探す。あの、口を凧糸で縫った店主のいる店だ。何故、口を凧糸で縫っているのかはわからない。久しぶりに見る夢だ、と思う。

折口はカンテラの照らす影が路地の乾いた土の上に揺れている中を歩くと、船に揺られているような錯覚にいつも陥る。

赤くカンテラが光る。時に青だったり、いつも色が違うが、あの店のカンテラだけはいつも毒々しい。

折口は火に近づく蛾のようにカンテラの下に駆けより、縁台を覗き込む。堆く塚を成す、まるで捨て子やほかい人の如き運命の書物たちが折口は愛《いと》おしく、己の身を重ね、同情的な視線を寄せる。

五銭の山。

拾銭の山。

拾五銭の山。

古書は魚の切り身のように値で分けられる。

あの目当ての本を探す。桃花鳥《とき》色の本の背が書物の塚のそこから慎《つつ》ましやかに覗く。まるで乙女に摘まれるのを待つ野の花のように見える。

折口は震える手で握り持っていた白銅貨をさし出す。

口を凧糸で縫った店主が、白内障の濁った目でじろりと折口を見る。

「これを買わぬこともできるのだぞ」

いつも夢の中では、値踏みするように折口を見た後で銅貨を奪いとるように受けとる口を縫った男が、今日は子供を諭すように言った。

幾度も見た夢なのに、初めてのことだ。

「だって、買わねば先生の学問とは出会えない」

喉から洩れる自分の声が、少女のように甲高い。そして恋する乙女のように一途《いちず》だ。

「しかし、それは罪に等しいぞ」

店主が折口を見る。白濁した瞳の向こうで、もう一つの瞳が折口を見つめる。

「出会って後悔はしておらぬのか」

糺すように問うてくる。

「それは……」

思わず、自分の運命を考え、折口は口ごもる。

「買わねばよかったのだ。買わねばうぬがその書の主の学問にとり憑かれることもなかったのに、愚かなことよ」

しかし、罪、という言葉は折口にとっては甘美であることを知ってか知らずか店主は言う。折口は白銅貨を店主の前に放る。

「物語に憑かれたから、うぬもまた物語らずにはいられないのだぞ。物語ることが罪だから『源氏物語』を語った紫式部《むらさきしきぶ》が「不妄語戒」の罪を犯し地獄に落ちたのを知らぬわけではないだろう」

その罪をこそ犯したいのだ、と折口は思う。

「お前の罪のおかげで科学の代わりにあってはならない物語を皆が語り始めて類が友を呼び、とうとうこの始末だ」

嘆くように店主は言い、「さっさと持っていくがいい」と、折口をなじるように店から追い出した。

折口は逃げるように路地を駆けて表通りに出て、最初にあったガス燈の下に立つ。そして肩で息をし、いつの間にか懐に仕舞い込んでいたあの本をとり出す。

するとー篇の詩が口をつく。


清かりし表紙やつれて、書の背《セチ》まろくすれたり。

然《シカ》はあれど、目にしむものは、

うち開くぺいじの面《オモテ》
つしやかにおしたる活字。
その文字の落ち居のよさや——。
文字と文字　さやかにかなひ、
　くだり〳〵清く流れぬ。

何処なる　誰とふ人の
読みふるす書にか　あらむ。
持ち出でゝ、かく　売るべしや——。
末ずゑは、ぺいじも截らず
　さながらにおきし幾枚《ヒラ》。
指《オヨビ》もて我は截りつゝ、
　立ちながら読めり——幾枚《ヒラ》。
喜びは渦汐《ウヅシホ》なして　うつそみの　心ゆすりぬ——。
　風の音の　遠野物語。

ああ、そうだ。自分はあの夢を詩にまでしたのだ。あの本屋で先生の本を買ったというのは嘘だ。後になって見た夢だ。夢を詩にすることも多分、不妄語戒を破る罪だ。

しかし罪だからこそ歌や詩は魅惑的ではないのか。

そして折口は自分が知る限り最も罪深い書物のフランス綴じの頁の小口を厳かに指で切ろうとする。

あの幾度も暗唱しようとした一節が現われる。


国内の山村にして遠野よりさらに物深き所にはまた無数の山神山人《やまのかみやまひと》の伝説あるべし。願わくはこれを語りて平地人を戦慄せしめよ。


それは煽動《せんどう》であった。

平地人の国家への反乱の企てであった。柳田がこの一節を校了したのは幸徳秋水《こうとくしゅうすい》一味が逮捕されるわずか十日前。法制局にいた柳田が事前にその情報を知らぬはずはない。秋水逮捕に誰もが沈黙する中で平然とこの書をそのまま刊行した。

だから折口は煽動されたのだ。

そしてその煽動の物語に包まれる歓喜の中で我が憑《たの》む師を思おうとして、その顔が思い出せないことに愕然とした。

まるでのっぺらぼうである。

すると、たちまち全身が石になったように重くなり、それは何故だかいつの間にか背におぶさっている赤子が石のように重いのが原因だと気がつく。これでは漱石の「夢十夜」だと思い当たり、そして背にあるものに一気に恐怖が生まれた。

きっと脅えてこれから振り返る赤子は、へるん先生こと小泉八雲《こいずみやくも》の「怪談」のようにのっぺらぼうなのだ。そう物語の落ちまで想像したら、振り返る勇気がわいた。

「のっぺらぼうなど恐くはないさ」

子供のように叫びながら折口は振り返り、「ひいっ」と結局は悲鳴を上げた。

背中で柳田の顔をつけた赤子がにやりと笑った。

春洋だけでなく柳田にも拒まれた気がして、折口は逆上して、その赤子を頭上まで抱え上げたが、地面に叩きつけようとして身体が石のように動かなくなった。

そして頭上から「くっくっくっ」と愉快そうに笑う声がして、見上げると、銃口のように突き出したレンズがこっちを向いていた。

カ——ット、と遠くで声がした。

何だ、これは映画なのか。

そういえば自分は誰かに映画の原案となる翻訳を頼まれていたが、あれは一体どうしたっけ？　靄遠《あいえん》渓《けい》という初めて自分に付けた筆名で中途まで書いたはずだが。

俺は三五ミリの現像したてのフィルムを一コマ一コマ目で追った。俺の後ろでは無声映画でもないのに、活動弁士が俺のためだけに声を張り上げて物語を語っている。

何のことやらさっぱりわからんが、甘粕正彦が序破急で言えば序のようなものだと言って置いていったものだ。お伽話で魔法使いの策略やら甘言やらにうっかり引っかかって大変な事態になることがあるだろう、あれだよ、と言われたが、そんなお伽話のことなどは思い当たらなかった。

だが、白黒のフィルムのそこだけ着色が施されている赤いブランケットの男が迂闊にも、あの文字しかない表紙の本を古書店で買ったことからこの物語は始まるらしい。

どうやら、この映画によれば、この世は物語に憑かれてしまった、ということのようだ。

妙な話だ。世の中を動かす因果律はニュートンの物理学にダーウィンの進化論に、それからマルクスの共産主義だけのはずなのに、俺が一度死ぬ少し前から「物語」がその因果律になってしまったらしい。

そういえばあの時も大衆が流言という物語に憑かれて人を殺して回ったっけ。

あのあたりからこのおかしな事態は始まっていて、だから俺は劇中の人物と化してしまったのか、と理屈で考えるが、理屈に合わぬ。まあいい。

だからただの水死体の俺に餓鬼阿弥蘇生《がきあみそせい》の物語がとり憑き、俺は人の姿に戻り、次に蛭子の物語がとり憑き、今度は夢にまで見た王殺しの物語を甘粕に唆《そそのか》されているわけか、とだけ納得する。

共産主義の替わりとしては悪くない。

要するに今や物語が俺の主義だということらしい。

俺はフィルムを繰りながら、弁士の話に耳を傾け、納得する。

そしてふと気になって、ずっと俺の後ろにいた弁士をちらりと見ると、愉快なことにその口は凧糸でしっかりと縫い合わされているではないか。

「何で弁士なのに口が縫われている」

「そりゃ君、これはトーキーだからね」

いつの間にか隣にいた甘粕が言った。

訳がわからんが訳などわかる気にもなれない。

「それにしても、あんたが創ろうとしている映画の始まりはわかったが、一番悪いのは本を買った奴じゃなくて、本を書いた男じゃないのかい？」

俺は素直に俺の感想を言った。

「いかにもそうだよ、君」

「じゃあ、そいつを退治すればいい」

「テロかい？　暗殺かい？」

「あんたも好きだな」

俺はこいつに殺された懐かしい夏の日を思い出した。

「殺し方は何でもいい。あんたが殺しに行ったらどうだい？」

甘粕だって俺を殺した黒色テロリストだ。

「それはできない。何故ならこれから始まるのは父殺しの物語でなくてはいけない。何しろ今やこの国では世界の因果律はキネマのシナリオと同じく〝物語〟となってしまったのだ。知ってるかい？　ロシアの学者がロシア中のお伽話を調べたら、お伽話にも法則ってものがあると発見したっていうんだ。ロシアのスパイで元は詩人だった男を拷問している時に聞いたよ」

なるほど、と、物語の主義者となった俺は納得する。案外、しっくりする主義だと思っていたら、ロシア人の発明した主義か。

「だから俺も、とうとう王殺しの名誉にあずかれるのだろう」

そこで俺はやっと理解する。

「そうか、赤いブランケットの男は、奴は奴で父と崇《あが》める男を殺さねばならぬということか」

つまり、あの本を書いた男は赤いブランケットの男の象徴的な父ということか。

これでも文学者の端くれでもあったから、それくらいはすぐに理解できる。

「つまり、これからたくさんの父殺しが起きるのだな」

大衆も物語の因果律で動くのだ。

それは革命家の俺も気に入った。大衆と行動が一致してこそ革命家というものである。前衛の前衛たる所以である。

「いかにも」

「それでは俺が殺すべき王はどこにいる?」

俺はわかり切ったことを訊いてやった。

「わかっているだろう?　君は映画の主役なのだろう?」

甘粕は俺をおだてた。

おだてられるのが好きな俺はすっかり調子に乗った。

「確かに皆まで言ったらキネマはつまらない」

そう言って俺は立ち上がった。

もう少しも俺の足は萎えていなかった。

（十五）エンゲルブレヒト劇場

　すたすたと、すたすた坊主の足音が聞こえる。すたすたと仮名で書いてしっくりする足音というのも妙な話だが、一度そう聴くと耳が決めてしまえば、それ以外には聞こえなくなる。鶯《うぐいす》の声が、「ほう、法《ほ》華経《けきょう》」と耳に残るのと同じだ。

　それにすたすた坊主ときたら「すたすた坊主の来る時は、世の中よいと申します」と自ら名乗る。顔を編笠《あみがさ》で隠し、しかし上半身は幇間《ほうかん》の裸踊りのようにはだけて、胸を叩《たた》きながら「節季に候」「春参らむ」と一続きにて唱えた後で、空手形の如き好事の訪れを告げるのだ。

　そうやって大晦日《おおみそか》と元旦《がんたん》の間の未明に奴らは来て、夷《えびす》を売って回る。夷とは無論、水死人でなく、宝玉の類だ。死人が何故、富にすり替わったのかわからぬ理屈だが、錬金術の類なのか。そういう摂理がきっとあるのだろう。

　そのすたすたという足音が深い闇の奥から湿った地面に響いてくるのを、幼い俺は家の板間に頬をぴたりとつけて待ったものだ、と俺は懐かしみ、そしていつものように俺でない誰かがその昔を懐かしんでいることに苦笑いする。

　黄泉の果てで意地汚い俺は黄泉戸喫をむさぼり食って餓鬼となり、そのまま他の餓鬼どもと骸《むくろ》のように山と積まれていたに違いないのだ。腐った俺の脳髄と隣り合わせた誰かの脳髄がへばりつき、夷となって流される時に、べりっと剝がれて、そいつの脳髄の欠片《かけら》が俺の方に残ったに違いない、と俺は俺に屁理屈《へりくつ》で説明する。何しろ唯物論者だから、理屈付けなくてはいられぬ性分だが、夷となった俺がそもそも考えている時点で理に適わなくなっている。前に生きていた頃は、獄中に繋がれる度に一犯一語と嘯いて、獄中で外国語を一つ身につけようとしたが、黄泉の国では隣の死人の記憶を盗みとってきたのなら情けない。

それにしてもすたすた坊主が来る、ということは今日は大晦日か早いものだ、と、少し人並みの感慨に浸ろうとして、しかし初夏の陽射しに照らされていることに気づいてやれやれと思う。

何だかこの世に戻ってからずっと夏ではないか。

だが、そうじっくりと思う間もなく、目の前に手垢《てあか》に塗《まみ》れた鉢がさし出される。そして、そこにいた白内障の白い瞳の女乞食《こじき》が、「ことこと」と呟く。鉢の中には天保銭《てんぽうせん》や西郷札《さいごうさつ》が交じっていて、老婆がそれを頑として引っ込めてはくれないので、仕方なく俺はポケットをまさぐり、すると真新しい一円札が出てきて、それがアテナイのテトラドラクマ銀貨でないことに感謝して喜捨してやる。

それにしても姥《うば》等が門口に立つのも師走《しわす》と決まっている、と俺の中の誰かの脳髄が不思議がり、まあ大したことじゃない、と俺は思う。

これはキネマなのだから。

何しろずっと俺の後をカメラが追っているのだ。それもプロキノ運動をやっている連中が使うような小型カメラではない。

地面に鉄道のようなレールが敷かれ、台車に載せられたカメラがどこまでも追いかけてくる。レールはどの道にも敷かれていて、わざと一人しか通れないような路地に入っても、屋根の上にレールが敷かれ、ハイアングルで俺を撮影するのだから呆れてしまう。

塀の上を歩いてみても「仰角《ぎょうかく》こそが、かのレニ・リーフェンシュタール女史の美学だと御存じのようで、感服致します」などと勝手に撮影監督の仲木《なかぎ》なんとかという魚のような顔の男に誉められて、うんざりするだけだ。挙げ句、

「世界は既にキネマなのです」

と、俺を殺したことになっていて名を上げた甘粕が、溥儀《ふぎ》のような丸い黒眼鏡を掛けて、上海《シャンハイ》あたりの国籍不明のスパイが愛用しそうな白い麻のスーツを着こなして、気障に呟くのだ。何だか俺が簀巻きにされる前に会った甘粕はもっと体格の良い無骨な別人だった気がするが、それさえどうでもいい気分だ。

仲木は甘粕をたまに藤沢《ふじさわ》という聞いたことのない男の名でうっかり呼ぶが、殺した老婆の皮を被ったお伽話の天邪鬼《あまのじゃく》の如く、この甘粕は誰かの皮でも剝いで被っているのかもしれぬ。

俺の場合は面の皮はまた生えてきたが。

似たようなものだ。

俺はステッキで、こつんと足許の敷石を叩く。

地面がちゃんとあるか、たまに確かめる妙な癖がついた。

ステッキは小道具係を兼ねる仲木がどこかから調達してきた一品らしい。

もう足よろではないが、この方が恰好がつく、と言われたので従った。女にもらったままの鳥打帽との釣り合いも悪くない。役作り、というやつだろう。

「何しろ伊藤博文《いとうひろぶみ》公爵が倫敦《ロンドン》で入手され、かの難波大助《なんばだいすけ》が侍従長・入江為守《いりえためもり》を撃った由緒正しき仕込み式ステッキ散弾銃です」

仲木はその由緒を語った。俺の事件に憤慨し、思いつめ、皇太子を襲った労働者がいたという。ありがたいが、いささか迷惑でもある。失敗したからよかったものの、成功していたら俺のやることが失くなったではないか。病を患い摂政の裕仁《ひろひと》親王に実権を既に譲っていた、俺が生きていた時の天皇ではない今の天皇を狙ったとは、合理的な思考の持ち主ではある。とはいえ、囲んだ群衆に袋叩きにされたのは気の毒だ。奴は群衆の時代って奴を見くびっていたようだ。

群衆の時代？

誰が言ったっけ。

俺はそれで思い立って、くるりとカメラの方を向き、ステッキを西洋式剣術のように水平に構えてみる。

「どうだね？　照準もないのにライフル銃のように構えるのも、いささか間の抜けた話だろう」

俺は仲木を振り返る。

「さすがパリのダンスホールで踊り子たちを魅了した大杉様ならではの優雅さです」

仲木は歯の浮くような台詞《せりふ》で俺をおだてる。だが、ダンスホールの一言がまるで解放の呪文《じゅもん》のように、俺の中に砂糖菓子のように甘い記憶を蘇らせた。

魔子《まこ》よ、魔子
パパは今
世界に名高い
パリの牢やラ・サンテに。

だが、魔子よ、心配するな
西洋料理の御馳走たべて
チョコレートなめて
葉巻きスパスパソファの上に。

そしてこの
牢やのお蔭で
喜べ、魔子よ
パパはすぐ帰る。

おみやげどっさり、うんとこしょ
お菓子におべべにキスにキス

踊って待てよ
待てよ、魔子、魔子。

俺は俺の美しい詩に懐かしさで思わず涙ぐむ。なんて甘い記憶だ。

そしてやっと思い出す。

俺の大切な砂糖菓子のこと。

俺の魔子はどこにいったのだ。

「魔子は……魔子はどこにいる？」

俺は俺の愛《いと》しい悪魔のような少女のことをはっきりと思い出して、仲木を振り返る。

「長女の魔子様、三女のエマ様、四女のルイズ様、長男のネストル様は野枝様の叔父《おじ》上様があなたの遺骨とともに引きとられました」

「俺の遺骨はどうでもよい。魔子だ、俺の砂糖菓子の魔子はどうしている」

「魔子様は、ですから真子と名を変えられて」

「とぼけるな。その魔子ではない。魔子の名を騙《かた》り俺を誘惑した、俺の最後の恋人だ」

葉山《はやま》の日蔭茶屋《ひかげちゃや》で女に刺される朝のことだ。前の晩、女をなだめて行きがかり上、抱いて、そして次の日はしばらく起きてこぬように幾度も果てさせたのだ。そうやって俺は束の間の静寂を手に入れて、森戸《もりと》海岸を一人そぞろ歩いたのだ。するとと見たこともない船が浜辺に流れ着いていた。茶釜《ちゃがま》のような形で硝子の丸い天窓は割れていた。うつぼ船だ、と俺はそんなものは見たこともないのに思った。天窓から覗くとそこに白い裸身の少女が横たわっていて、彼女と目が合うや自由恋愛主義者の俺はうつぼ船の中で迷わず犯したのだ。犯した後で名を訊くと、「魔子」と俺の娘の名を言ったが、この少女の方がふさわしい、と思ったものだ。

　その夜に宿まで乗り込んできた別の女に俺は刺されたが、そいつが逆上したのはもしかすると別の女と交わっていたからでなく、俺の身体に染みついた魔子の肉桂《にっき》に似た残り香のせいかもしれぬ。

「そうだ。思い出したぞ。可哀想な宗一は、俺と野枝の途連《みちづ》れになって首を折られて一緒に井戸に放り込まれて石で埋められた。あの甥っ子は魔子と間違えられたのだ。あの日、魔子と野枝とで出かけようとした時、魔子め、私が巴里《パリ》のボン・マルシェ百貨店で買ってやった服を宗一に着せて、不意に姿を消したのだ」

「ボン・マルシェ百貨店といえば、巴里万博を模したショウウインドウが並ぶ、確かエミール・ゾラのルーゴン・マッカール叢書《そうしょ》の十四巻『ボヌール・デ・ダム百貨店』のモデルとなった巴里で一番古いデパートですな」

「十一巻めだ」

「は？」

「ゾラの『ボヌール・デ・ダム百貨店』は、ルーゴン・マッカール叢書の十一巻だ」

「おや、これは迂闊でした」

「ルーゴン・マッカール叢書の巻数の話で魔子のことをうやむやにしようとは、仲木君、君も呆れた男だ」

俺はもう一度、生まれ変わってからはすっかり温厚な人間になっていたが、久しぶりに人に苛立って食ってかかった。

「何なら君のくれた特製のステッキで、君の額に穴を開けてもいいぞ」

俺は巴里の牢獄で一緒だった異国の不良どもから習った口調で、杖の先をぴたりと仲木の額の中心につける。

様になっている。

俺がそううっかり思ったら、仲木の奴はカメラマンにちらりと目で合図をする。

するとレールの上をカメラがぐいっと迫ってくる。

「大杉様の今の表情をアップショットで頂きました」

「おい、いくら世界がキネマでも、この杖に仕込まれた銃まで紛《まが》い物なのか。杖の元の持ち主のテロリストの男が銃弾を放った後で、摂政は大胆不敵に空砲だったと言い切ったらしいが、これも空砲なのか」

「いいえ。そのステッキの柄に今少し力を込めていただければ、弾が飛び出し、私の脳漿《のうしょう》が美しく散るでしょう」

仲木はそれも悪くない、とでも言わんばかりに、また、ちらりとカメラマンに合図を送る。その瞬間をもカメラに収めろと、こいつは念を押しているのだ。映画の中では人は本当に死なぬとでも思っているのか。

俺はしかし引き下がれぬから、杖を持つ右手の肘《ひじ》を少しも震えぬように注意して感触を確かめながら引き、ぎりぎりの力を込める。俺の腕が疲れてわずかにでも揺れたら弾が飛び出す、そのぎりぎりの感触は、前に生きていた時に戯れに短銃を額に当てて死の刹那を想像した時に身につけたものだ。

「もう一度訊く。魔子はどうした」

俺はゆっくりと仲木の瞳の奥の虹彩《こうさい》を見据えて言う。それも巴里のギャングに習った恫喝《どうかつ》の流儀である。

カメラマンがレンズを回す気配がする。

ズームアップ、という手法だ、ということは仲木の講釈ですっかり覚えてしまった。

だが。

不意にカメラが反転する。

そして芝居の幕間《まくあい》で舞台が暗転するかのように、周囲が薄闇に包まれる。その中を黒子の如き人影があたふたと蠢いている。

俺は一瞬、気が抜ける。

気が抜けて、指先の力も緩む。

仲木が銃身の上に手を置き、すっと下げる。

「ここでセットを入れ換えます」

してやられた、という感じだが、俺はすたすた坊主の訪れを待つ子供の時のような気持ちになって、ついこれから起きることに心をときめかす。俺は愚かなことに、すっかり映画撮影という魔術の虜《とりこ》になっている。

すると薄闇の中から何かを引きずるような音がして、大きな箱がせり出してくる。

「西洋鏡」と大きく文字が書かれ、小さなレンズの覗き窓が五つ並んでいる。

ああ、これは縁日の出し物の覗き絡繰りではないか。

その傍らで中国服に丸眼鏡の男が手招きしている。一体、彼《か》の国の連中は何故、丸眼鏡が好きなのかと俺はまた要らぬことを考える。

すると、すたすたと足音がして、ぐいっと後ろから後頭部を大きな掌で鷲掴みにされ、顔を覗き眼鏡に押しつけられた。油断して、すたすた坊主に後ろをとられた。

俺の目の前にはレンズに貼られた赤いセロファンを通した、ひどく安っぽい風景が広がっている。

高い塀の向こうの空に、幾筋か黒い煙が上がっている。

ああ、これは俺が死んだすぐ後で、簀巻きにされた莚《むしろ》の隙間からわずかに覗いていた光景だ。

この後、俺たちは井戸に放り込まれるのだ。

画面はするすると右から左に流れていく。

そして、不意に俺の視界に飛び込んできたものに、

「ほう」

と、俺はまるで何かのことふれのように自分で声を上げてしまう。

一人の異国の姫君が気高き表情で立っている。

その衣装は帝政ロシアか、もっと前の時代の出《い》で立ちか。

波の飛沫《しぶき》が姫の睫毛《まつげ》を濡《ぬ》らす。姫は海辺の岩の上におられるのだ。

顔の造作は違うが、その血のように赤い口唇から俺の魔子だと俺は確信する。

北の海の飛沫混じりの風が吹きつけても、その口唇は朱であることを失わない。

返り血と同じ色の赤いチョッキを着た首切り役人とおぼしき男が姫に近づく。これから首を刎ねるのか、と思ったら、剣の替わりに金の装飾が施された小箱を持っている。ちょうど人の首が入りそうな大きさだ。

刑吏はそれをうやうやしく姫に差し出すが、姫は一瞥さえせずに手で払う。

すると箱は岩肌の上に落ちて蓋が開き、本当に人の生首が飛び出す。

どこかで見たことがある、と思ったら、俺の顔だ。

たちまち転がった目に飛沫が飛び込んでくる。

俺の意識は俺の生首に飛んだ。

首から下がないが、死ぬような痛みはない。

だから俺は岩の上に転がった俺の視点から姫の行く末を見守る。

異国の文字が装飾された船に姫は乗せられる。

船だが、盥《たらい》のように丸い。屋根がついている。魔子の乗っていたのと同じ船だ。

姫が乗ると、その屋根が蓋のように下ろされる。

いや、実際、蓋なのだ。

下ろされた屋根に釘が打ち込まれる。

そして、そのまま海へ押しやられる。

流刑という言葉はあるが、本当に流される刑というのは初めて見た。

それでまた画面はするすると流れ出す。

どうやらこれは魔子の映画らしい。

俺はわくわくする。

そして画面が違うコマで止まる。

俺は息を呑む。

目を凝らす。

何しろ、俺の魔子が魔子の姿で現われたのだ。

魔子は俺が全てをあつらえた衣装で、スカートの裾《すそ》を少しだけめくり、優雅に妖艶《ようえん》に挨拶をする。俺は後頭部のすたすた坊主の手を払いのける。

こいつの馬鹿力で覗き眼鏡に押しつけられていては、せっかくの魔子の芝居が落ち着いて鑑賞できない。

西洋鏡の中で魔子が見つめているのは、俺の骸だ。

井戸から出され、腐った簀巻きのままの俺の死体だ。

ああ、魔子は死んだ俺を見に来てくれたのかと思うだけで、俺は射精しそうなほどに恍惚とする。

魔子の隣に白い麻のスーツの男が現われる。

甘粕正彦だ。

あの時、俺を殺した、身体を強張らせ世界中の苦悩を一身に背負ったような哲学者の如き顔をした方の甘粕ではない。

世界はキネマだと嘯いて、俺を妙に納得させたあの甘粕の方だ。誰かの皮を被っている気障な甘粕だ。こいつの方が俺は好きだ。

甘粕は魔子の手をうやうやしくとる。

求婚者のように跪いた。

そして金のサテンのリボンのついた箱を手品のようにとり出す。

「ゾラの叢書の十七巻の、ボヌール・デ・ダム百貨店からとり寄せました」

甘粕は囁《ささや》く。

「だから十一巻で、しかもボヌール・デ・ダム百貨店は実在しないのだ」

俺は思わず呟く。

魔子がちらりと俺の無粋さを責めるような目で見る。

魔子は甘粕が差し出した箱を甘粕に持たせたまま、その金のリボンの端を白い指でつまんでしなやかに引く。

ああ、巴里で見たバレエのようだ。

俺はあの踊り子の履いている、白く、踝《くるぶし》を螺旋《らせん》のようにシルクのリボンで巻くあの靴を魔子に買ってやろうと思っていたのに、牢獄に放り込まれて叶わなかったのだ。

甘粕は宝石箱を開くように、厳かに蓋を開く。

魔子の紅など一切引かぬのに、血よりも赤い美しい口唇がほんのわずかに微笑む。

その微笑を得たいがために、一体どれほどの男が地獄に落ちたか、と実際に比喩などではなく、一度は本当の死人となった俺は感嘆する。

箱の中に入っていたのは赤い靴だ。

画面はまたくるくると巻かれて、赤い靴をクローズアップにする。

血に漆を混ぜたようなエナメルが妖しく光る靴だ。魔子の口唇と同じ赤だ。

赤旗の如き無粋な赤ではない。

「赤い靴です」

「これを履いて不信心なあたしは教会の懺悔《ざんげ》に行くのね」

「ええ。そして、その罰に永遠に踊り続けるのです」

「でも、あたしは首切り役人に足を靴ごと切ってなんて懇願はしないわ」

甘粕が今話しているのは俺と魔子との会話の剽窃《ひょうせつ》だ。魔子に話してやったアンデルセン童話だ。

「そんなことをしたって、あなたのこの白い脚は赤い靴ごと踊り続け、私を誘惑し続けるでしょう」

それも俺の得意だった睦言《むつごと》だ。殺される前の晩、赤い靴を買ってやると約束して、果たせずに俺は殺されたのだ。白い靴ではなく赤い靴が欲しい、と言ったのだ。

それを合図に魔子は片膝《かたひざ》をついた甘粕の膝の上に、女王然とした態度で膝から踝までが西洋人のように長い脚を乗せる。

右の脚だ。

俺が幾度も頬擦りした脚だ。

甘粕は俺が買ってやった古い靴を脱がす。あれだって仏蘭西製の革靴だ。

魔子の爪先が甘粕を誘うようにすっと伸びる。

甘粕が手にした靴が、魔子の爪先に吸い寄せられる。

シンデレラのためにしつらえた硝子の靴のように、それは魔子の脚を正確無比に包み込む。

俺は魔子の女王の如きふるまいにすっかり痺《しび》れる。そして感動さえする。

何しろ魔子と甘粕の脇に転がっているのは簀巻きにされた俺の死体だ。

魔子の奴め、俺の骸の隣りで新しい男の求婚を受けやがったのだ。

ああ、それでこそ俺の魔子だ。

そこでまたもやくるくると画面が変わる。

俺はトーキー映画を初めて見た観客のように、思わず身を乗り出す。

それから後は息もつかせぬ波瀾万丈《はらんばんじょう》の物語だった。

魔子は満州に渡り、キネマの女優となるが、たちまち抗日ゲリラの男と恋に堕《お》ちて、奉天《ほうてん》を闇に紛れて脱出する。

北京《ペキン》から蘇州《そしゅう》、上海と流れていくうちに、その男を袖にして、サーカス団に拾われて、象を操り、折り紙のように身体を畳む妙技さえも身につける。

そしてサーカス団の前に日本人の手配師が現われて、上海から一同が船に乗る。

そこで画面の前にすっと黒い仕切りが降りる。

「お代が尽きました」

顔を上げると、周りはまたキネマのセットに戻っていて、俺は慌ててまたポケットを探るが、一円札どころか小銭だって出てきやしない。そして振り返ると、西洋鏡はもうどこかにいってしまっていた。

「続きは……続きはどうなったのだ」

仲木は坂の上を指さす。

いつのまにか俺の前に、だらだら坂がせり出してきて、俺はその前に立っている。

そして指さされた先には陽炎の中に、ステンドグラスの扉の小さな店が浮かんでいる。

「美蘭に会いたければ、そこで待つことです」

「美蘭？　俺が会いたいのは魔子だ」

「美蘭は魔子の今の名です」

仲木に言われ、俺はその東洋趣味の名がたちまち気に入ったのである。


美蘭が出石の家のいずこにあったのか、朱の漆で塗った盃《さかずき》と食膳《しょくぜん》を持ち出してくる。

「朱器と台盤です」

どこで聞き覚えたのか、氏の長者かあるじ、つまり氏の長《おさ》になると披露の饗宴《きょうえん》を行わなければならず、その折に用いる什器《じゅうき》の名を言う。

そしてその前で美蘭は「あるじをいたします」と言い出した。

あるじ、とは、家の主のことではなく賓客《ひんきゃく》をもてなすことの意で、美蘭はままごとのように朱器と台盤を並べる。

「いったいどこでこんなものを見つけてきたのだ」

春洋がいぶかしがると「昔、お義父《とう》さまがふぃーるどわあくをなさった時に、洞穴に並んであったのをこっそりと借りてきたのです」と見てきたように言う。

「その村では、村人があるじもうけをする時に洞に祈ると椀《わん》を貸してくれるという話であったそうです」

「それは椀貸し伝説というやつだ」

「椀貸し伝説？」

「そうだ。村の貧しき若者が水の神に気に入られ、あるじもうけが必要な時には膳と椀をいくらでも貸してもらえるようになった。必要な数だけが淵《ふち》やら洞窟《どうくつ》やらの前に置かれている。ところがある日、幾組かの膳と椀を借りながら、うっかりと一組を返し忘れた。慌ててその一組を淵の前に戻したが、二度と水の神が取りに戻ることはなかった。どこにでもある昔話の一種だ」

「淵ではなく洞穴です」

「同じことだ。場所はどう変わってもいいのだ」

「それでお義父さまは返す相手を失くした朱器と台盤をお持ち帰りになったのですね」

美蘭はお伽話の中にたちまち引き込まれて、うっとりとする。しかし、春洋は律義に淵の前に並べられた膳と椀から、一組をこっそりと持ち出す折口の姿を想像した。

折口はいつもスサノヲの母恋いのように黄泉やら妣の国やらへ向かってはそこへの道が閉ざされたと嘆いてみせたが、しかし、黄泉の国を裏切ったのは折口の方ではないかと春洋はずっと思っていた。借りた椀や膳を返さなかったので、黄泉への道がその罰として閉ざされたのだ。

「あるじもうけはいいが、では迎えるまれびととは誰なのだ」

まれびととは客人、訪れ人である。

「わかりませぬ」

「わからぬのにもてなすのか」

そう言って春洋は、しかし仮面の中で苦笑いした。そうだ、名がわからぬから、人はそれに勝手な名をつけるのだ、と春洋は折口のように思った。

すると今度は「客座はどこか」と、美蘭は春洋に訊く。

囲炉裏《いろり》の横座の脇の側だと答えると、この家には炉がない、と困り顔になる。

「その四畳と半分の畳の、その中央の半分の部分に囲炉裏があると思えばよい」

春洋が指さすと、美蘭はこくりと頷いて、そして朱器などを改めて横座に並べた。

横座とはつまりは神の訪れる席であるから、いつも本当は空席だ。しかしいったん始めた思いつきを美蘭が頑として曲げないことは、春洋も知っている。

次にどうするのかと観察していると、その横座に蒲団《ふとん》を敷いて、そしてその枕辺に座すのであった。

そして三つ指をついて「今夜は床避《とこさ》り下さい」と言う。

床避り、とは、琉球《りゅうきゅう》あたりの古い習慣で、結婚式の後、花婿はただちに家を去って、その夜は帰らぬことを言う。

お初穂はえびす様にあげる、と別の地方ではいい、つまりそれは新妻が神の花嫁になることを意味するのだ。折口の講義を青いインクのペンでノートをとっているうちに美蘭が中途半端に身につけたに違いない、折口の講釈のもどきのような言い草を春洋は愉《たの》しみながら、さて、なるほど、根津の言った通り、あいつがやってくるということかと身構える。

根津は美蘭を元の木島が殺しに来ると言った。

恋人の肉を頰の上で生かすような男だ。女を蘇らせるためなら何でもするだろう。

とは言え、所詮《しょせん》あいつはもどきである。黒尉《こくじょう》の黒い面こそもう被ってはいないが、替わりに女の肉を面にしている。しかし、木島の仮面を被った春洋には、仮面のない木島を仕分けてその首を捻《ひね》り殺すことなど容易《たやす》く思えた。

「わかった、今日は床避ろう」

春洋はそう言うと、二階に去った。

美蘭はそれで納得をした。


ひだる神に憑かれたのか、足がとてつもなく重い、と木島は思った。木島という姓だけで、名は失くしてしまった男の方である。

一歩踏み出す度に、をし、をし、と天子出御の時の警蹕《けいひつ》のような音がする。

をし、と音がする度に頰の上の月が不快そうに口許を歪《ゆが》め、その不快さが木島にも伝わってくる。

をし、と一歩、歩む度に、きい、と小さな声がして、何か蟲《むし》を潰《つぶ》しているのだ。たった今、蟋蟀《こおろぎ》か飛蝗《ばった》のように踏みつぶされているのは地霊、即ち土地の神なのか。しかし木島は名さえ失ってしまった自分が、今度はまた別の何かに憑かれて動かされているようで、それが何よりもおぞましかった。

纏わりついてくるのは、魔物や生き霊の類ではないはずだ。

あの家に、かつては行き慣れたあの家に近づく度に、木島は自分がどうしたわけか武塔神《むとうしん》か巨旦将来《こたんしょうらい》・蘇民《そみん》将来の民譚《みんだん》の中に入り込み、罪を背負い、そしてその罪故に宿を乞《こ》うても宿のない訪れ人になってしまったことに気がついた。

ああ、何ということだ。

自分は土玉や瀬条が言うように、民譚の因果律に囚《とら》われてしまっている。民譚の因果律が罠のように漂っているのだ。

物語の因果律が重力のように軀体《くたい》に圧しかかってくる。なるほど、物語もまた物理の内なのかと実感する。

その重さに耐えかねて「どうしたらいい」と月に縋るように呟く。

しかし月の口許は凍《い》てついたように喋らなくなった。

雨が降ってきた。

高天原を追われた時には雨が降っているのだ。そう決まっている。

身体は益々重くなる。

当然である。今の木島はあたかも青草を以《もっ》て蓑笠にしたような、訪れ人に身を窶していたのである。

出石の幾度となく通った勝手知ったる家への道が、違う道になっている。違う道、というのは、しかし迷ったのではない。

ただの一本道である。

その一本道の脇には家の灯りが点在しているが、戸をぴしゃりと閉ざしている。

そうだ、俺には誰も宿を貸さないのだ。

貸してくれる家は決まっている。

一番奥の、あの家だ。

あの家の門を叩き、女が俺を招き入れたら、隙を窺って殺すのだ。殺したら天邪鬼を八つ裂きにしたように切り刻むのだ。木島は外套《がいとう》の中の手斧《ちょうな》を確かめる。まるで金貸しの老婆を殺しに行く露西亜《ロシア》の小説の青年のようだ、と木島は思う。だが、自分には人殺しを正当化する形而上学的《けいじじょうがく》な葛藤《かっとう》など微塵《みじん》もない。必要ない。

これは物語なのだ。ただの法則なのだ。

そして木島は見慣れた門の前に立ち、「ほとほと」と古語で呪文を呟いた。


部屋の中は稲穂の青い匂いで充《み》ちている。今は初夏だが、しかし、大晦日でもある。この国の遠い先祖は、稲が二度とれる土地から旅をしてきたのだ、と美蘭は思う。

秋の新嘗《にいなめ》は、だから春にもある。二度の正月のうちの夏の正月は新室《にいむろ》を作る。神を迎える室だ。

だから青い稲穂の匂いがするのだ。

ああ、懐かしい、と美蘭は思う。すっかり自分はあの男の、口を折るという姓だからかひどく饒舌《じょうぜつ》で、男なのに自分の名を女の名で呼ばせるあの男の許に随分と長居をしてしまった。長居をし過ぎて男を女のように愛するあの男の性に合わせて、身体までもが変わってしまった。女でありながら、変成して男子になってしまった。腰をきつく縛るコルセットや砂糖菓子のような香水が懐かしい、と思う。

さて、私の枕の前に立つのは誰か。

新室でまれびとを待つのは女の成女式でもある。幾度めの成女式かなど忘れてしまった。

新室《にいむろ》を踏静子《ふみしずこ》が手玉鳴らすも。玉の如　照りたる君を　内にとまをせ

美蘭はいつの間にか覚えてしまった万葉の歌を呟いてみる。

ああ、これではこの新室に忍んでくる男に、私はまた身を任せるのか。

新室の壁草刈りに、いまし給はね。草の如　よりあふ処女は、　君がまにまに

呟いた歌に返ってきたのは、あの男の顔だ。

室ほぎの正客が美蘭の枕元である客座に立つ。

「いで、常世たち」

美蘭は古式に倣って、常世からまれびととなった夷を床へと誘《いざ》なう。

夷となった男は、をし、と反閇《へんばい》を踏む。そして、ああ、私はこのまれびとの一夜の妻となるのだと美

蘭は淫靡《いんび》に思う。やはり、こちらの物語の因果から逃れられぬのかと、あちらの物語を懐かしみ、少し悲しい気分にもなる。

その瞬間、美蘭は腕をぐいと引かれた。


するると、まるで抜け殻を残すように、するりと美蘭の身からあたしは滑り出た。

手を引いてくれたのはあの人だとわかった。

「パパ」

美蘭の時は麝香《じゃこう》の香りが口許から洩れたが、今は違う。甘い砂糖菓子やウイスキーボンボンの香りのする吐息に変わる。

「どうやってここに来たの」

「ステンドグラスのある古書店の扉を開けたら、地下へと続く階段があった。まるで巴里の地下牢のようだったが、おまえの肉桂のように甘い匂いがしたので辿ってきた」

ああ、パパは八坂堂を通ってきたのね、とあたしは思った。

強い葉巻の匂いの吐息が、魔子となった美蘭の吐息と混じる。

「可哀想に。俺の大好きな魔子の脚をあんな皮紐で締めつけるなんて」

そう。あたしが踊り続けないように、折口ときたらあたしを足よろと決めつけ、決めつければあたしはそうなってしまう。大杉はその皮紐の跡を口唇で愛撫《あいぶ》してくれる。

ああ、なんて官能的なのかしら、と魔子は思う。

「それにしても大杉、あなた、あたしを見て驚かなかったの。あたしはこの家でこの家の食べ物を食べ、違う者になったのよ。まるで黄泉の国の伊邪那美《いざなみ》のように。あなたにはあたしが怪物に見えて、きっと逃げ出すと思っていた」

言いかけた半ばで、大杉は魔子の口許にそっと人差し指を添える。

「忘れたかい？　俺は無政府主義者だよ。何でこの国の下らぬ神話に呪縛される必要がある。西洋では冥府《めいふ》に去ったエウリュディケーをオルペウスは連れ出した」

「あら、ハーデスの決して後ろを振り向くなという禁を破って妻を失ったのではないかしら」

「だっておまえはここに未練などないだろう。そして、これからここで起きることに俺は関心もない」

そうだわ、とあたしも心から思う。

これから木島だった男は寝室の中で処女に戻った抜け殻の美蘭を抱き、首を絞め、そしてジャック・ザ・リッパーよりも残虐に切り刻むだろう。

けれどもそれはあたしには関係のないことだ。


斧を握った手にじんと響いた。刃先が固い何かに当たったのだ。

首を切り、手足を関節ごとに切り、そして腹を裂いたところだった。

ああ、人は幾度殺しても気持ちが良い、と木島は晴れ晴れした心根で思う。

身体中に纏わりついていた重くるしいあれはどこかに消えた。

木島は折れた刃先を見つめ、そして死んだ女の腹の中に卵の形をした大きな石があることに気がついた。何故、こんなものがと怪訝に思う。

そして頭を近づけて、血糊《ちのり》に塗れたその石に顔を突きつける。

すると。

目が合った。

石は割れて、そこから二つの目が覗いている。これはつまり、石でなく卵だ。

そいつは卵の中でぶるんと大きく身震いする。すると卵の表面に亀裂《きれつ》が走る。

もう一度、そいつは身体を震わせ、そこから這い出した。

ひる、と言うのだ。

こうやって、うつろの中から這い出すことをひると言うのだ。

ああ、これは百恵比須の一つ、孕《はら》んだまま死んで胞衣《えな》だけが残っていた女の胎《はら》にあったものに違いない、と仕分けた。

そして、木島はそう思い、おや、と思った。今の俺はもう仕分け屋の木島ではないのに仕分けをしかけた。

何故だ。

そういえば、さっきから一つだけずっと妙に感じていたことがある。

あれだけ美蘭を切り刻んだのに、俺の顔には少しも返り血がないのだ。

斧を下ろす度に、血管が切れる度に、ぴしゃりと顔に血やら肉やらが跳ね返るあの感触こそが人殺しの醍醐味《だいごみ》なのに、と木島は思った。

思って、ぞくりとした。

そして、震える手を顔に持っていった。

仮面があった。

あの、仮面だ。

木島平八郎の仮面だ。

そして木島は仮面の覗き穴から、改めてそいつを見つめる。

「こいつは蛭子だ」

木島は思わず仕分けする。その声がまるで和音のように二重に響いていた。

もう一度、言ってみる。

「こいつは蛭子に仕分けをする」

やはり俺の声であって、俺の声でない。

ようやくそこで木島はふっと笑った。

藤井春洋もふっと笑った。

笑って、ようやく二人は一つになった。

元に戻ったのである。

「俺は木島平八郎であり、藤井春洋である」

二人は同時にそう思った。

「そうなのだ」

そう二人でもう一度、今度は声に出して呟いてみるが、声は一つだ。

ずっと俺は一人で二人を演じてきた。

折口信夫のもどきをそこここで二重に演じてきたのだ。ドッペルゲンガー、と表現主義の映画で昔、見たが、ずっと俺と木島はそういう関係だったと春洋は思い、そうだ、と木島は思う。

考えてみれば俺たちが二人に分かれたのも、それは今に至る予兆の一つだったのだ。

隠り世とこの世が二重写しのように、どちらがどちらの住人かはわからぬが、互いに重なり合って見えなかったものが一つの世界に同時にいるようになった。

二つの世界が溶け合っていく予兆として俺たちは二重身として現われ、そして隠り世とこの世が重なり合ったことの証《あか》しとして一つとなった。

では、俺が一つに戻るのも月の筋書きか。

そう疑った瞬間、赤い肉片が血の中から跳ねた。

蛭子であった。蛭子は身を翻して跳ね、そして庭へと転がり落ちた。

そして、俺たちを振り向いて、真っ赤な口唇から舌を出し、美味しそうに口唇の周りの血糊を舐《な》めた。

ああ、何だ、あいつが月ではないか、と俺たちは思う。

いつの間に卵の中に入り込んだのか。

俺が美蘭を犯している時に俺の顔から抜け出したのか、と木島は思う。

いいや、最初からそんな女の肉などなくて、それは俺の妄想だ、折口の顔の痣のもどきとして俺の想像が作り出したのだ、と別の俺が思う。

「月は蛭子になったのか」

「ならば葦船を作ってやらなくてよかったのか」

「その必要はない」

俺は俺と話す。

蛭子はそのままあの海へと通じる井戸へ自力で辿り着き、地下の水脈を流れていくだろう。その先であるべき場所に還《かえ》るだろう。

「これで、お前のすべきことは終わった」

「今度は俺の仕事だ」

「俺はこうやって蛭子を生かし、次に蛭子を殺すのか」

俺たちは二人で一人である矛盾が面白くて、愉快に笑った。

（十六）すでる

春洋に父殺しを拒まれて、折口は死ねなくなった自分を呪った。

それで死のうと思った時のことを思い出した。

死んでみよう、と思ったのは、十三歳の春の時だ。

現世に居場所がないというよりも、この世と我が身との繫がりがその頃の折口信夫にはどうにも実感できなかったのだ。家女たちが信夫という名をのぶおと呼んでみせたら返事をせず、しのぶ、と呼ばれれば振り向いたのも自分で望んだことだ。父の子でない弟たちの名が「夫」の文字を下に置く二文字の名で、父の種から生《な》る子は一文字であり、信夫という名を親の不義の証の名だと拗ねてみせるようになったのは、本当は随分と後のことだ。最初は、読み方一つで男にも女にもなれるこの名が好きだった。赤い着物を着て少女のふりをするのと同じ気持ちで、折口はしのぶと叔母《おば》のえいや女中たちに呼ばれることを自分から求めた。

けれど女の名を喜ぶ心と裏腹に、身体は違った。十三歳の春のある日「はい」と女のつもりで返事をして、その声が喉にからまって蒼褪《あおざ》めた。そして慎重に唾《つば》を飲み、喉を潤してからゆっくりと女の声で言葉を続けたが、身体の震えが止まらなかった。

声が変わろうとしている。

女であるはずなのに、理不尽にも男になろうとしている。だから股間の小さな性器さえ最初からそこにあったのではなく芽吹いてきたのだ、と折口は呪わしく思った。

自分の身は心と違う容《い》れ物に醜く変わろうとしている。その不条理から我が心を自由にするにはどうしたらいいのか。

折口は混乱しながら必死で考えた。

不意に一つの言葉が浮かぶ。

すでる。

そう聞こえた。

聞いたことのない言葉だ。

しぢゅん、と耳の奥で響いた。

しぢるん。

すでゅん。

こんな言葉をいつ聞いたのだ、と折口は記憶を手繰る。

どれも違う。

字にすれば元の響きは正確に再現できない。

暑い陽射しの中で皺《しわ》だらけの巫女《みこ》の姿の老女が何かを折口に指さす。蝶《ちょう》の蛹《さなぎ》が木の枝に細い糸で身を吊っている。

すでる。

もう一度、老婆は言った。

ああ、これはいつの記憶なのか。

ずっと先の記憶かもしれぬ、と十三歳の折口は思う。

太陽の高さは、折口が一度も経験したことがない程に天上にある。行ったことのない程、南の国かもしれぬ。

すでる。

もう一度、老婆が言うと、蛹の背がすうと割れた。

そして、その内にあるものが今は外に出ようとしているのがわかった。

すでる？

折口は老婆の言葉を繰り返した。

そうだ、と言わんばかりに老婆は笑い、その表情は全て皺になった。

そして、俺はすでるのだ、と折口は思った。

今変わりつつあるこの男の身は蛹なのだ。

俺の身は醜く男に変わり、しかし、その醜さは俺の内で女に生まれ変わるまでの間、耐えねばならない屈辱なのだ。

俺は女へとすでるのだ。

そして折口は文机の洋燈《ランプ》の下に己の両手を差し出す。

手首には青い筋が浮かんでいる。

それを切ったら己の内で変わりつつあるものの、まだ出来立ての皮膚が下から現われる、と思った。

だが、慎重でなくてはいけない。

内側でそれが変わっていくのを待てばよい。

そう自分を諭して、短刀をそっと机の引き出しに仕舞った。

そして、深く溜息し、うなじを撫でた。誰も折口を愛《め》でてくれぬから己で愛でる癖がついている。男が女を愛する時はこうに違いないと、想像に指先がかろうじて触れるようにそれの首筋を撫でる。

はあ、と女のような吐息が洩れた。

洩れて、そして指先が凍てついた。

喉にごろりと塊が触れたのである。

喉仏だ、とすぐに知れ、そして母の子でない弟を孕ませた父と、父の子でない自分を孕ませた見知らぬ男の、その双方に自分が近づいていることを折口は悟った。男となることがとにかくも悍《おぞ》ましかった。

だからこの喉の中にあるものをとり出せば、すぐに女に戻れるのか。そんなことをしてもきっとまた同じものが塊となって現われるに違いない。

すでる、には、男でなく女に変態するには、その根を断たなければならない。外側が男になったとしても内で女に変わらねばならぬのだ。

折口は決意して、再び引き出しから短刀をとり出した。そして立ち上がり、打ち拉《ひし》がれた気持ちで帯を解いた。股間に刃《やいば》を当てて、思い切って手を引いた。びゅう、と熱いものが太腿《ふともも》に散る。

後は異変に気づいた女の悲鳴にゆっくりと薄目を開けて、今、意識が戻った、と芝居をすればいい。

何と言い訳をしよう。

そうだ、木から滑り落ちて枝で股間を切った、と言えばいい。血の流れ出す場所が場所だから、女たちは口を噤《つぐ》むだろう。木の枝先で睾丸を裂いた、と自分の嘘を反芻《はんすう》しながら、折口は自分が西洋画の美術館で見た、全身を射《い》貫《ぬ》かれた聖セバスティアヌスになった気になって恍惚とした。


「ふん。それで女になれたのか」

嘲笑うかのように言ったのは、あの男だった。

折口を女のように抱いた男だ。それで折口が覚えたのは少年を女のように抱く術だった。

この男には女である折口だから反論ができない。

「コカインが過ぎたのだ、釈迢空《しゃくちょうくう》」

男に言われ、鼻水が不意につう、と垂れた。

ああ、そうだ。出石の家を出て、昔の弟子たちの集まる奇妙な隠れ家に流離してからはずっとコカインは断っていたことになるが、断っていたので却って夢ばかり見るのか。

「蝶になれたわけではなかったろう」

男は折口の今見た夢をもう一度、嘲笑う。

だが、貴様も所詮、夢ではないか、と折口は思う。

何しろ死人ではないか。

「夢ではないし、死人でもない」

男は折口の心に反論する。

「何故、私の夢がわかる。心がわかる」

理不尽な気がして折口は叫ぼうとし、その嗄《しわが》れた声が聞きたくなくて声を呑み込む。

「ふん。言わずともわかる」

男は言う。

「何故だ」

「壁が無くなったからよ」

「壁」

「そうよ。この世とあの世の、此岸と彼岸の、もとはと言えば卵の殻の内の皮膜のように薄い境だが、それがぷちりと破れている。此岸と彼岸の壁さえ破れたのだぞ？　人と他人の心の壁などとうに溶けて無くなっている」

言われてみればそうだ。

ずっと、自分が誰なのか、春洋なのか、あの木島なのか、それさえ定かでなくなっていた。

自分、というものがだらしなく誰かに流れ込んでいる気がずっとしていた。

「何故かわかるか？」

男が訊く。

「わかるものか」

「最初、靴を拾ったろう。赤い靴を」

言われてわからぬ折口を男はうすら笑う。

「赤い靴だ。美蘭の」

言われてみれば鎌倉《かまくら》で美蘭が失くした靴を拾った。

「それから人魚を買った」

買った気がする。だらだら坂で。

「買って何が悪い」

「悪いさ。よりにもよって坂でだぞ。この世のものでないものからこの世のものでないものを買ったのだぞ」

責めるように男は言う。

「そして石を拾った」

「それが何だ。拾ったのは美蘭だ」

「わからぬか。お前は三つ、捨ててあったものを拾った」

「人魚は買ったのだ」

「あれは海にあったものを壜につめただけだ」

「そんなことは知らぬ。それが何故いけない？」

「三つだぞ、三つ。捨てたものを拾った」

折口は男の言い分がようやくわかった。男は黄泉比良坂《ひらさか》の出来事を言っているのだ。

「しかし、伊邪那岐が捨てたのは髪飾りと櫛《くし》と桃の木ではないか」

「そうだ。そうやってせっかく三つの呪物《じゅぶつ》を捨てて伊邪那岐が黄泉比良坂を塞《ふさ》いだのに、お前はあの娘に捨てたものを三つ拾ってやった。わかっているだろう？　大切なのは三つの繰り返しだ。三札の護符だろうが、何でもいいのだ。三つのものを捨てれば黄泉の扉は閉じられる。あの世とこの世に境ができる。それなのに、お前は美蘭に三度、捨ててあったものを拾わせた。そしてそれは三つとも壊れた。靴も人魚の壜も、そしてあの細石《さざれいし》も。靴の踵《かかと》は折れたろう？　壜は割れたろう？」

畳みかけるように男は言った。

「石は割れてはいない」

「いいや、石も割れたのだよ」

ああ、比良坂の千引石《ちびきのいわ》が割れたのか、と折口はようやく納得がいった。

「あなたは何でも私のせいにする。あれは全部、美蘭が望んだのだ」

恨むように折口は男をなじる。

「望んだのはお前だろう？　それをあの娘がもどいただけだ。お前の母恋が、あの世とこの世の境界の千引石の封印を解いたに等しい」

「母など恋しくはない」

折口は呻くように言う。

「いいや、恋しい。例えば母の女としての姿が恋しかろう」

男の言葉が折口の心に流れ込む。

そして封じられていた禁忌に触れ一つの記憶を呼び起こす。

ああ、そうだ。

俺は大好きな叔母が父に抱かれ、女の顔になったのを見たのだ。

叔母の着物の裾から剝《む》き出しになった白い脚。

恍惚と開かれた口唇。

折口はその時、男として欲情し、下穿きの口を汚したのだ。そして叔母を母に置き換えて、また欲情した。

あの日から父に抱かれる叔母の痴態を幾度も盗み見たのだ。そして夜着をその度汚した。隠れて洗っていたつもりだが、女である叔母が栗の花の甘い匂いに気づかないはずはない。その晩も下着を汚し、褥《しとね》にまで染みを作った。惨めな気持ちで帯で擦《こす》っていると、叔母が障子を開けた。

そして、父殺しと対になる罪を折口は犯した。

母とも慕った女である叔母と契ったのであった。

「お前は蛭子の分際で比良坂の向こうで母を犯したのだ。まるでエディプス王のようにな。物語要素などとうぬはもっともらしく名付けたが、文学とは古えの呪いの繰り返しだ。自分の名付けた原理に捉《つか》まるとは、蜘蛛《くも》が己の張った糸に絡まるように愚かなことよ。それも、貴種流離譚などともっともらしく名付けながら、その因果律の一番肝心なところをわざと抜いたから、逆にそれにとり憑かれる」

それを物語から抜いたのは自分ではない。犯人はずっとずっと昔、稗田にいた男に『古事記』の語り部になることを命じた人ではないか。自分はそれをもどいただけだ。

だが、そんな言い訳を男が許してくれるはずはない。

「言ってみろ。言葉にせよ。お前が勝手に禁忌とした物語要素を」

折口は男に圧倒される。その圧倒を今度はもどくしかない。

「俺は母を犯し、父を殺す」

折口は嗄れた声で物語要素を喉から絞り出す。

「それでいい」

男は笑うが、折口にはまだ躊躇が残る。拒まれたはずなのに、まだ父としての自分を春洋が殺しに来てくれると望んでいる。さっき金枝の下で春洋を待った時の恍惚を思い出す。

「それともここで父殺しに遭うために、まだあやつを待つか？」

煮え切らぬ折口を、男は窘める。

「それは許さぬ」

男の声に他の声が合唱のように重なる。折口の少年愛の相手となった者たちだ。

流離の部屋に夜な夜な召喚した者たちだ。

「あなたの望むことをここにいる誰一人許しませんよ」

そう改めて言ったのは伊《い》勢《せ》清志《きよし》か、他の少年か。

「あなたの不完全な貴種流離譚は、あなたが罪を犯すことで完成させなくてはいけない」

秀才らしい皮肉で薄ら笑いする。やはり清志だ。

「しかし、私の父は死んだ」

「ならば死ぬ前に殺しに行けばよい。叔母を犯したところまで巻き戻してやり直せばいい。何しろ虚も実も今も昔ももうないのだ」

ああ、そうか。これは「とんと昔」で始まる、昔と言いながら虚構である昔語りに似た世界なのか、と折口は思う。

しかし。

「まだ、躊躇しているか」

男は言うと、ぬっと折口の前に血に濡れた塊を差し出した。それは男に尻尾《しっぽ》を摑まれ、逆さに吊るされている。

てらてらと血が赤い。

「何だかわかるか」

折口は顔を背ける。

「蛭子だ」

折口は初めて見るが、すぐにわかった。

「そうだ。たった今、石から生まれたところだ」

男に尾を摑まれて、そいつは口だけはあるのでにたりと笑った。

「くえ」

男は言った。

「くえ」

「くえ」

「くえ」

「くえ」

少年たちが唱和する。

折口が怯《ひる》むと犯した少年たちが一斉に襲いかかり、羽交い締めにした。そして一人の少年が口をこじ開けた。

清志である。

顎《あご》が外れるかという力である。

だが蛭子の方から喉にぬるりとすべり込んでしまった。吐く、と思った。

しかし、そいつが喉を通る瞬間、折口は愉悦で身震いさえした。

「蛭子を食うて、蛭子に戻った。手足はとうにあるが、蛭子となれば父殺しは容易い。殺したくなったろう?」

言われて折口は「うむ」と頷いた。

そんな気がした。

ああ、俺は今、物語要素を食ったのだ、と思った。

書物しかない家である。

昔は狗《いぬ》が一匹いたが、それも死んでしまった。およそ人というものを愛でない人であるから、息をして鼻腔《びくう》に微《かす》かに混じる書物の黴《かび》の臭いがあの男にとってはサナトリウムでもありそうな高原の清潔な空気と同じなのだろう、と北神は思う。

獣道を獣に悟られぬ要領で歩くように、北神は男に近づく。仕切りの壁一つない書庫の中央の柱の裏に、西洋風のライティングデスクが置かれている。本の背がはみ出している。フレイザーの『金枝篇《きんしへん》』だ。あの男が弟子たちに翻訳を許さなかった書だ。一瞬、不吉なものを感じる。気配はしないがそこにあの男はいつものように潜んでいるに違いない。仕込み杖の中の刃を振り下ろして、柱ごとあの男の首を刎ねればどんなに壮快か、と幾度、夢想したことか。

「だったら今すぐやればよい」

耳許で人を人とも思わぬことが常であるあの男の冷たい声がして、北神は溜息をつく。

机の前にいるはずの男に背中をとられた。

隙があった。

男は罠《わな》として置いた『金枝篇』を手にして書棚に戻す。

「いつから幽霊になりました」

「山人とは言わぬのか」

北神の癇《かん》に障ることを男は好んで口にする。

無邪気さが悪意に何の躊躇《ためら》いもなく連結する。

「山人は幽霊ではありません」

北神に半分血の流れる山人の運命を弄《もてあそ》ぶのは、この男の趣味のようなものだ。

「だが昔、佐々木喜善《ささききぜん》の奴が言っていた迷い家も死人たちの家だ。幽世《かくりよ》のものだ。山の民たちは行く術を知っていたろう。山の中にある何の変哲もない丸石を動かす。すると途《みち》が開けることを」

男から殺気が消える。そしてこの書庫の幾十倍、いや幾百倍もの知識が分類整理された脳の中のカードをめくっていく気配に変わる。男の頭の中では全てが葉書一枚程のカードに分類され、記録される。

「そうだ。あれはお前にやった方のカードだった」

男は口惜《くや》しそうに言う。

「後悔なさるなら、私に下さらなければよかったのに」

この男は北神を特製の引き出しにびっしりと詰め込まれたカードごと満州に放逐した。「まるで貴種流離譚だね」と民俗学者にしかわからぬ同情の仕方をしてくれたのは折口信夫だけで、後は師の逆鱗《げきりん》に触れることを恐れ、首を竦《すく》めるだけだった。

「いいや、あれはあってはならぬものだ。今の本土になど置いてはおけない」

あってはならぬなら記録ごと消せばいいのに、この男は記録を作り、そして隠す。それを守り続けるのが男が北神に課した運命だ。

だから北神は記録ごと満州に流れた。

「あれは石神の項でしょう」

北神は男の代わりに検索して答える。

「そうだ」

「わが民族の国を建るや前には生蕃《せいばん》の抵抗あり後には疫癘《えきれい》の来侵あり四境の不安絶えずすなわち特に地神の祭式に留意し境界鎮守の神を崇祀したる所以なり。三十番神の信仰これに基く」

男の若い日に書いた書物の一節である。

「ふむ。そうやって先住民族を封じるため、丸石を神と祀って封じた。その故事を、死人を死者の国、黄泉比良坂の千引石の向こうに封じこめた呪いに変えて物語ったのがあの神話だ」

「神話が呪いを記録するなど、まるで折口博士の仮説ではないですか。そんなものは根拠がないと一喝されるくせに」

「根拠がないのと正しくないのは違う。ただあの男は直感が過ぎる」

「それは先生のもどきだからでしょう、折口博士が。先生の頭にあるものを先におっしゃる」

「ふん。もどきと言うべきか、昔話のサトリと言うべきか。口が滑れば命さえ奪われる時代に、うぬもあやつも迂闊すぎる」

男はまるでお前のために外地にやったのだ、と言外に言っているように北神は感じるが、それが押しつけがましい。

「それで呪いが解けてしまった、と先生はおっしゃるのですか」

「いいや、正確には呪いが始まった、と言うべきだろう。異民族の侵入を封じたことを比喩として、死人の国を封じた物語とした。それが呪いだ。だから石を壊せば戻ってくるのは異民族ではない。何しろ山人は滅亡したのだからな」

愉快そうに男は言う。何故、この男は人をこうして挑発せずにおれないのだろう。

「物語の中で石で死人を封じたから、石を壊せば死人が戻ってくる」

北神は男の言いかけたことに言葉を足す。

「そうだ。物語で真実を隠そうとするから物語に呪われる。誰かが千引石を壊した。だが、壊したのはただの丸石だ。そんなもの、その辺の祠《ほこら》を覗けばいくらでもある。ただ壊したところで何も起きぬ。しかし黄泉とこの世を隔てる千引石のつもりで壊せば、途が開いてしまう」

つもり、とは、物語に半歩、身を投じることである。つもりで何かをすれば物語は動き出す。

「隠り世が津波のように現世に近づいているのは私も感じておりました」

北神は満州にいて感じていたことを口にした。

うむ、と男は頷く。

「本来は幾度も巡ってきたことだ。満ち潮はやがて引く。いくら幽世が近づいてきていても、いつもはそれだけだ。こちらの人間はよほどの人物でなくては気づかぬ。しかし今度のはどこか妙だ。まるでスサノヲのように誰かが強烈な力で母恋いし、黄泉を近づけてしまった感がある」

そう言うと、男はにやりと笑って一篇の詩を口ずさんだ。

すさのを我　こゝに生れて
はじめて　人とうまれて——
ひとり子と　生ひ成《オナ》りにけり。

ちゝのみの　父のひとり子━━
　ひとりのみあるが、すべなさ

すさのをに　父はいませど、
母なしにあるが　すべなき━━。
母なしに　我《ワ》を産《ナ》し出でし
　わが父ぞ　慨《ウレタ》かりける。
いと憎き　父の老男《ヒコヂ》よ。

母産《ナ》さば、斯く産すべしや━━
胎《ハラ》なしに　生ひ出でし我
胞《エ》なしに、やどりし我
天地《アメツチ》の私生《ワタクシバラ》と
胎《ハラ》裂かで　現《ア》れ出でしはや━━。

父の子の　片生《カタナ》り　我は、
不具《カタハ》なる命を享《ウ》けて、
我《ワ》が見る　世のこと〴〵

天の下　四方《ヨモ》の物ども
　まがりつゝ　傾き立てり。

朗々と詠い、そして「全く愚かな詩だ。スサノヲと名乗っているくせに実は己れを足よろの蛭子のつもりでいる。だが所詮は蛭子のもどきだ」と、吐き捨てるように付け加えることを忘れなかった。

「全てはあやつが始まりだ。民俗学者でありながら歌など歌いおって。そんなことをすれば神話が動き出すに決まっておる」

明治の頃、この国の詩の基礎を作った男は吐き捨てるように言った。男は詩を憎んでいる。

「だから八坂堂を作って、折口の奴めが隠り世に落ちぬように木島に仕分けさせていた、儂の配慮も無駄だった」

そうだった。あってはならぬ物語ごと仕分けられていたのは自分だけではなかった。

「あれは儂が歌を捨てた後だ。神保町の露店の古本屋に詩や歌や文学の本を全て売り払った。ところが『遠野物語』が一冊、紛れ込んでおった」

「紛れ込んだのではなく、わざとそう為《な》さったのでしょう」

「そうだ」

つまりは歌を流離した。流離されたものは誰かに庇護され生き延びる。

「それが今の八坂堂の始まりですね」

「あの坂の場所に店はずっと昔からあったらしいが、本屋にしたのはあの男だ。『遠野物語』が洋燈のような役目を果たし、蛾の如く妖しげなあってはならぬ本が集まった。店主は仲々の目利きだったよ。その男で何代目だったかは覚えていないが、幾代か後、瀬条の仕分け屋の男に入れ替わったので、折口を通わせてはそのつど八坂堂に仕分けさせた」

それが木島平八郎なのだ、と北神は思った。

考えてみれば瀬条に柳田の人脈が及ばぬはずはなかった。

「八坂堂は折口博士の流離の地でもあったのですね」

北神は初めて折口を憐れんだ。

「だが、仕分け損ねたようだ」

「折口博士を私に仕分けろとおっしゃるのですか」

北神はそれで満州から自分が呼び寄せられた理由がわかった。

また、この男のために手を汚す。それは余りに身勝手過ぎる。

「御自分で為されればいい」

思わず怒りが口に出た。

しまった、と北神は思った。逆鱗に触れるからではない。この男の本性を焚《た》きつけてしまったのだ。

「ほう。うぬはこの儂に折口と奴の学問を仕分けろと言うか。誠、愉快である」

柳田國男は仕分け屋の顔に変じた。

そうだ。仕分けこそがこの男の学問の本質であった。

この国で歌と学問を最初に仕分けたのはこの男であった。

スクリーンに魔子の赤い口唇が大映しになる。

「まるでジェームス・ウイリアムスンの無声映画『巨大な大食漢』のようなアップショットですな」

例によって仲木が興醒《きょうざ》めのことを言う。あのクレッチマーの気質の分類の論文にでも出てきそうな肥満体の男の醜い口唇と、俺の魔子の高級なゼリービーンズのような口唇を並べて語ろうとしただけで、この自称映画監督の美学が端《はな》から信用できない、と俺は思う。

それにしても、俺は試写室でその日の出来事をこうやって毎日、映画で見せられるのにはうんざりしていた。

何故、本当のことをわざわざ映画仕立てで観客に見せるのか。おかしなことだと最初は思ったが、しかし、大衆たちは大陸で戦火が上がってからというもの、新聞の連載小説でも見るかのようにニュース映画館に押し寄せては皇軍の勇猛果敢な侵攻ぶりに溜飲《りゅういん》を下げているのだ。だから似たようなものだと納得もするが、奇妙だとは思う。何しろニュースの後では必ずミッキーマウスやベティ・ブープの漫画映画も上映される。ニュースと漫画とその二つを一度に見て、おかしくならない神経というものが俺にはわからぬ。

だが、現世とはキネマのようなものだという甘粕の言い分に、俺は俺で説得されてはいる。それに俺の魔子が美蘭なる殻を脱ぎ捨て魔子に戻るくだりなどは、表現主義ふうのセットが、俺の好みだったし、すっかり気に入った。

それに何しろ、映画は魔子のアップショットの口唇が「パパ」と甘く囁くところで今や終わらんとしていたのだ。

まるで魔子が昔のようにキスをねだり、顔を近づけてきた気がしたのだ。

ところがそこに撮影監督の仲木の興醒めの解説が割って入ってうんざりとした、というわけだ。

仲木に気をとられているうちにフィルムが終わり、空のリールがカラカラと回る音が場内に響く。

その時だ。

俺の膝の上の手に柔《やわ》い手が重なる。

ああ、懐かしい手だ、と俺は細い指をそっと愛でながら思う。

そして次に小さな肩が隣りから猫のように擦り寄ってくるのを感じる。

「パパ」

と甘い吐息に混じった声が期待通りに続く。

俺の魔子だ。

やっと帰ってきた。

やっととり戻したのだ。

俺は魔子の小さな頭を抱き寄せ、そして髪に頬擦りする。

「ああ、お前は少しも変わっていないね」

俺は魔子の髪や頬の肌の手触りを確かめながら囁く。映画の中の魔子は少しも年をとっていなかったが、たった今、俺の腕の中にいる魔子も同じように時間が止まったままだ。

「だって、漫画映画の中では誰も年をとることはないのよ」

魔子は俺の鼻先に顔を回り込ませ、くりっと大きな瞳を動かして言った。スクリーン上ではいつの間にかミッキーマウスの白黒映画が始まっている。

「お前があの白と黒の鼠と同じってことはあるまい」

「あら、あたしはあの鼠は好きよ」

とりとめのない会話が、しかし俺を恍惚とさせる。

それなのに。

「いいや、彼女はディズニーに喩えるなら、評判の長編漫画映画の少女の方ですよ。生身と見紛《みまが》う少女が漫画映画の中に登場するそうです」

また仲木が口を挟むのが鬱陶《うっとう》しい。

だが甘粕がまだ日本では出回っていないものだと、もったいぶって見せてくれた天然色の長編漫画映画のスチール写真の少女は、確かに魔子に似ていた。

何だか漫画映画の方が本物らしく思えてくる。あの映画が公開されたら、いずれそういう病に世界中がかかってしまうのだろう。

「さあ、パパ。これを」

魔子は甘えるような口ぶりで俺の前に何かを差し出す。

映画の脚本だとすぐに知れた。何も印刷されていない。

「ほら、ここに」

魔子は脚本を手にとり、頁を開いて指さす。文字が現われる。

主演女優・魔子、とある。

「俺の名は？」

訊くとすぐに主演男優・大杉栄とガリ版刷りの文字が現われる。

そして「監督は？」と試しに呟くと、甘粕正彦の名が現われる。

まあいいだろう。

「明日の撮影シーンのシナリオです」

仲木の鬱陶しい声だけが耳障りだ。

「今まで脚本などなかったではないか」

「何しろ明日はいよいよクライマックスの撮影ですから」

俺の文句を軽くいなすように仲木は言う。

そうか、もうそんなにたくさんフィルムが回ったのか。

俺は映画が終わりに近づいたのが少し名残惜しくなる。

「それに」

仲木は言葉を続ける。

「それに？」

俺は訊き返す。

俺の問いに答えたのは魔子である。

「だって、パパ。主演女優がやっとこうやって戻ってきてあげたのよ」

そう言って俺の砂糖菓子が笑う。

それで俺は納得して、改めて脚本の表紙を見る。

「金枝篇」とある。

洒落た題名なのでこれは気に入った。

誰が書いた脚本だ、と不思議に思うと、脚本・尾芝古樟とあるが知らぬ。

だが脚本よりも、映画は役者が全てだ。

何しろ「王を殺し、パパとあたしが契るの」と魔子は近親相姦《きんしんそうかん》の誘惑を俺の耳許で囁くのだ。

まるで神話のようだ、と俺は思い、俺が殺したい男は神話の中から生まれたのだから神話のように殺さねば殺せないのだと初めて気づいた。

それが今までのテロリストたちの失敗の理由だとも。

俺より前に王殺しを試みた者も、俺より後に王殺しを試みた者もそこを間違えた。

人はキネマの中で死んでも本当には死なぬ。

しかし、帝《みかど》はキネマの中でしか死なぬのだ。

瓢箪《ひょうたん》から駒の発見に俺が心底愉快になって笑うと、魔子が「おかしなパパ」とまた甘く囁くのだった。

（十七）にいる人

阿知女阿知女於々々《あちめあちめおゝゝ》。

阿知女阿知女於々々。

その日、鹿島灘《かしまなだ》海岸から響き渡った阿知女作法《あちめさほう》の声は、とうとうあれが到来する日が近づいたことを告げていた。

事触れである。そう気づいた者などいなかったろう。だが、少なくとも土玉はそう感じた。

感じる、というのは論理の先にある第六の感覚だ。木島がまとわりついていた折口という男の師である、何とかという男は、明治の頃、第六の所在にとうに気づいていたはずだ。東北の寒村に起きた出来事を、現地にも行かず、吃音《きつおん》のひどい作家志望の男の言葉から感じたるままに書いた、と聞く。感じたるまま書くというのは言語や現象の向こう側にあるものを記述する、という文学の作法だ。それを突き詰めれば文学は科学になれたのに、全く無駄な小説ばかりが世の中に溢れるだけで無駄なことよ、と土玉は思う。

砂浜に並んで、海を見て「阿知女阿知女於々々」と呪うように唱えているのは傀儡子《くぐつし》たちである。皆、口のところを皮紐で編んだ仮面をつけている。

それが木島と同じ意匠の仮面なのは土玉の趣向というか洒落だ。

奴らは才男《せいのう》、とも細男とも書くが、文字などどうでもいい。元々は神が人形《ひとがた》に降りる。

そして人形を人がもどく。

真似をする。

神の仕草を人形がもどき、更に人がもどく。傀儡《くぐつ》を人が操るというのはそういう所作だ。芸能や祭など、大抵はもどき、さらにもどく。もどきの繰り返しに他ならない。

だから土玉は彼らに仮面を被せて人形に似せてみた。近頃は何でも復古調の時代だが、いたずらに古式を真似ることに興味はなかったので、『オペラ座の怪人』を気取ってみた、ということか。

その海辺に並んだ傀儡たちの仮面の下にいるのはあの恵比須たちだ。海に流れ着いた百幾人かの水死体だ。あるいは他所に流れ着いた死人たちが交じっているかもしれぬ。実際、何にせよ、水死体は恵比須であり、賜物なのだ。

彼らは死んでいたが生きていた。

つまりは原理としては人形と同じだ。

彼らは鹿島の事触れのようなものだ。幣帛《へいはく》を抱き、烏帽子《えぼし》に白い衣。そのいでたちで年の吉凶を触れ回る。そのまま帰らず、門付や乞食《こつじき》に多くの事触れどもが身を窶した。

百幾人の恵比須たちはあちら側、瀬条がミューとずっと暗号で呼んできた場所からこの世にもたらされた事触れなのだ。

土玉はその兆しを待っていたのだ。

土玉は水死体の専門家なる奇態を演じながら、ずっと彼らの到来を待っていたのだ。木島がミューからの賜物の女を拾い、わざわざ生き返らせて、世界の摂理を逆に動かした。だが、それは別に木島の罪ではない。それさえも兆しだ。

あの男もただの事触れに過ぎない。

つまりここに並んだ者たちの列こそがあの男には本当はふさわしい。

そしてあの日、彼らはとうとう群れをなしてやってきたのだ。土玉は恍惚としたものだ。

最初の一波であった。

拾い集められた百人余りの水死体は鎌倉の寺に集められた。恵比須由縁の寺でそこに葬ったことにしたが、本当は一夜で姿を消した。

当然だ。

奴らは事触れなのだ。

この国を事触れて歩くのだ。

実際に彼らは事触れて歩いた。

ミューの到来をこの国の端々まで告げて回るために彼らは遣わされたのだ。

それにしても奴ら事触れどもを人はどう見るのか。

鹿島の神官であるはずの事触れさえいとも簡単に門付に身を窶すのだから、人はただ物乞《ものご》いが近頃増えたと思っただけかもしれない。物乞いが意味不明の事柄を呟いているかのようにしか見えない。大抵の者がそうだろう。昔からそういう狂人はいつも街中にいたものだ。だから予兆を受けとれない者がいても、それは仕方がないではないか。

だが、事触れの言葉、もどきの言葉を聞かぬ方が罪だ。

海の彼方《かなた》のミューとは、別の言葉で言えば常世だ。だから人によっては土地によっては、季節外れの春に来る鬼に見えた。

琉球の盆の祭りに出るおしまいやあっぱあという爺《じじ》と婆《ばば》の精霊とその眷属の、あんがまあに見えたかもしれぬ。台湾の先住民族のまやの神に似ていたかもしれぬ。皆、蓑笠で顔を隠して海より来て祝福をしてまわる。黒また、赤またという海辺のなびんづうという洞穴から来る鬼に見えたとて構わない。

あるいはまた、東北のまだ雪に埋もれた夕暮れに、灯火《ともしび》をとっている家に角高く朱塗りの仮面に髪振り乱して藁蓑《わらみの》なるものを着て、かんらかんらと鳴る箱一つと手に小刀、それで家々の扉をけたたましく叩く、あの生身剝《なまはげ》に姿を変えたのかもしれぬ。

そんな工夫や趣向抜きに、ただ、すたすた坊主と呼ぶ者もいる。

どれもこれも同じものだ。

皆、春来る鬼だ。

春来ずとも春来る鬼だ。

名はいかようにも変わる。

だから事触れに戻ってきたあの水死人ども——その半分近くはただの乞食になったか、ゴロツキの仲間になったかで戻ってこなかった——が、これから訪れるものを「阿知女阿知女」と呼んだところで何の問題もない。

むしろ一番正しいかもしれぬ。

事触れの仕上げはこうやってミューを呼ぶことだ。

奴らがやっているのは神楽歌《かぐらうた》の阿知女作法、つまり海底神の磯良《いそら》を呼ぶ作法である。「太平記」で神功《じんぐう》皇后の招きに応じなかった磯良をこの作法で呼び、磯良が「於々々」と返事をしたことにちなむ。

ちなむというのは大事だ。

文化の中にある法則をそう呼ぶことに人は気づいていないのだ、と土玉は思う。自然の中に物理という法則があるのであれば、文化の中に法則がないのはおかしいではないか。

そう考えつつも折口博士やその奇っ怪な弟子である木島や藤井春洋との交流で、民俗学のいらぬ知識が身について、土玉には疎ましかった。だが「民俗学の思考法」は理科の人間である土玉に奇妙に合ったのも確かだ。あの学問の本質は本当は理科なのだ、と土玉は思う。

奴らが「阿知女阿知女」と特異な発声法で唱和すれば、それがミューの応《こた》えにも聞こえる。相聞である。それは特殊な周波数となり、そしてミューと共鳴してその共鳴音が「於々々」と響く。

それが物理的な引き金となって次のことが起きる。そういう原理であろう。つまり、一種の文化の法則と物理の法則は本来連動するのだ。

だが、奴ら人形どもにしてみれば、ミューという巨大なる魂を分もわきまえずに、その身に降ろそうとしているつもりなのだろう。

奴らはただの仕掛けなのに、木偶《でく》人形め、と土玉は思う。

それを思い知らせるために、戻ってきた奴らには揃いの面をくれてやったのだ。

お前たちはただの事触れであり、もどきなのだと身の程を知らせるためだ。戻ってきたところで所詮は人形なのだ。

水死体が地上に戻ればやがては人の姿を失う。戻ってこなかった者の中には、そのままゴロツキや乞食の一味になった者以外に、きっとただの行き倒れになった者がいるに違いない。家の軒の下に覚えのない人ほどの藁人形が倒れていれば、それは力尽きた奴らかもしれぬのだ。

奴らは命が消えると藁人形に戻る。

いや、もうなっているのかもしれない、と土玉は冷静に自嘲してみる。本来、狂気というのは土玉の性に全く合わない。

そもそも今の俺は人から見れば、幾十かの藁人形を砂地に並べて立たせているただの狂人なのかもしれぬ。藁人形の代わりに奇声で海に向かって、俺がただ唸っているだけなのかもしれない。

土玉はそう思うと何だかひどく愉快になって、久しぶりに「うひゃひゃひゃひゃひゃ」と心の底から笑ったのだ。

するとまるで木霊のように「於々々」と海の底から応えるものがあった。

何だ、俺も木偶人形か、と土玉は思った。

全くその通りじゃないか。

上映室には椅子が一つしかない。清水は壁に背筋をぴたりとつけて、映写機から流れる映像を自分が遮らないようにする。そうしろと命じられたのである。

上映されているのは文化映画の類である。

本の出来るまで、というテーマで、小説家が構想を練るところから始まるのかと思ったら、山に苗木を植え、それが育ち、伐採し、パルプをつくる。工場で粉砕し、何やら薬品を加えたり、高温高圧で煮沸したり、洗浄したり、漂白したり、そうやって出来上がったものをコンベアで延ばして乾かし巻いて紙にする。

要するに本の中身ではなく物質としての本の出来るまでであり、共産主義も辟易《へきえき》しそうな唯物史観ぶりである。しかし、その巨大なる巻紙を切断するくだりに差しかかったところでブザーが鳴った。

すると映像が止まる。振り返ると映写技師がこよりのような紙片をフィルムの両脇にある、一体何という名かさえ考えたこともなかった穴に滑り込ませる。

「問題ありと判断した場合はこのブザーを押すと、技師諸君が標《しるし》を付けてくれる。その指示に従い、映画会社はフィルムを切り、そして、繋ぐ」

なるほど、そこまではここの仕事ではない、ということか。

「ちなみに何故、今のシーンを問題ありとしたかわかるか」

さっぱりわからぬ。紙を機械が切断するくだりのどこに危険思想があるのか。

暗がりの中で一つしかない椅子に座る男が訊く。

「木を切る、木を砕く、紙を切る。つまり、破壊を連想させる場面が三度続き、そして、三度めの紙を切断するくだりの後に、モンタージュされた風景の端にこの内務省が映っているのをよもや見逃したのかね。つまり、内務省の検閲に対する批判となっているのだ」

それはこじつけもいいところではないか、と思ったが、成程、文句のつけ方がそれでわかった。言いがかりのつけ方はどの部署も変わらぬらしい。

「というのは制限事項なる書類に記入し、映画会社の連中を恫喝する方便で、全く編集が下手くそで観て退屈になるのが最大の問題点である。今のシーンは丸ごといらぬ」

その通りだった。その方がすっきりとする、と清水も思った。

「我ら検閲官は映画に於《お》ける思想のみならず、美学さえも管理する審美官である。編集、即ちモンタージュこそ映画を芸術たらしめるのに、映画会社の連中ときたら全くわかっていない。まだ文化映画はエイゼンシュテインぐらいはかじったプロキノ出身の転向者が撮影しているからいいが、劇映画ときたら歌舞伎あたりが出の構図も編集も何一つなっていない旧派ばかりだ」

そう検閲官は一気に彼の映画への鬱積《うっせき》をまくし立て、清水はそいつの口許で唾液《だえき》が泡になるのを観察していた。

今度の配属先はどうも厄介そうである。

転属の命令が出たのは今日の朝で、内務省警保局の映画検閲にいきなり回されて、そして、仕事の段取りをこうやって清水は聞かされている。何やらこの異動には安江が絡んでいそうな気配もする。

一日七時間、一本の映画については最低三、四日の査問、つまり、繰り返し上映して観るようで、それだけ観れば映画としての欠点の方が腹に据えかねてくるのは何となくわかる。

もう一度ブザーが鳴らされると、灯りがついた。

上映室といっても左翼青年を尋問する小部屋ほどの広さだ。その一方の端に技師と並んで一日中、同じ映画を繰り返し観るのか。

全く、流言と映画のどちらの検閲が苦行なのかは測りかねる、と清水は思う。

「さっそく今日から仕事をしてもらおう」

高等文官試験に合格したとさっき自己紹介でいきなり言った事務官は立ち上がり、おもむろに言った。

映画検閲の事務官は巡査出身者が多かった書物の検閲官と違い、高等文官試験を通っていなくても学士様が大半らしい。わずか数分のこの男の説明の中で大半を占めたのは学歴の話であった。

「君の最初の担当はこれだ」

一冊の脚本が差し出される。

「南洋諸島の古代文化、原案、ゼムス・チャーチワード」とある。

八坂堂にある類の本ではなかったか。成程、宣伝戦の時代にあっては書物より映画か。八坂堂の役目はその点でも終わったのだろう。そう清水は思う。

「それでフィルムはどこです？」

「まだだ」

「では事前に脚本の審査ですか？」

「それは終わっている」

「では何をすればいいのですか？」

「映画の撮影がこの脚本ではない別の脚本で進んでいるという密告があった。脚本が差し替えられているらしい」

「しかし、そんなことをしてもフィルムの検閲で編集されるのでしょう」

「ところが編集は内地では行われない」

「どういうことですか？」

「こういうことだ」

事務官は脚本の頁を開く。

製作・満州映画協会とあった。

そういうわけか。甘粕正彦の会社では手が出しづらいのか。

「どうせよというのです」

「密偵をしてほしい。そして奴らの企みを探ってもらう」

「しかし、映画を密偵せよと言われても」

「なに簡単だ」

事務官はまた脚本をめくる。

出演者の欄だが、知らぬ漢民族系の名ばかりが並んでいる。満映の俳優であろう。

そして最後に「其《そ》の他」とあり、呆れたことに清水の名があるのだ。

「つまり、映画に出て密偵せよ、と」

「陸軍出身だ。スパイは得意だろう」

高等文官の事務官は軍人を見下すと聞いていたが、なるほどこういうことか、と清水は思った。

春洋は木島であった。

木島は春洋であった。

全くそんな簡単なことに、何故今まで木島である俺も、春洋である俺も気づかなかったのか。木島であり春洋である男は、一つの意識の中でそう思った。

——それにしても奇矯なことだ、と木島であった俺は思う。

——なあに、つまりはそれは俺たちがにいる人だからだよ、と春洋であった俺は言う。

——にいる人？　何だそれは？

——折口先生の説だ。

——お前を衆道の相手としてきたあの青痣の男か。全くお前も悪趣味だ。

——お前も俺である以上、お前も先生に抱かれたのだぞ。

——そいつは考えてみれば何ともおぞましいことよな。身震いがする。それで何だっけ？　にいる人というのは。

——にいるすくという海の底からなびんづうという岩窟《がんくつ》を通って現われる、あの世の神よ。沖縄の信仰だよ。

——沖縄ではあの世をまやと言うのではないのか。海の上にある楽土のことで、確かまやとは猫の意味だ。台湾蕃人《ばんじん》の神話にも出てくる名ではなかったか。

——ふん。仕分け屋で人殺しの割に、まるで俺のように詳しいな。

——そうだよ、俺はお前ではないか。段々と俺とお前の意識や記憶の境が壊れていっているのだろう。

——そう考えると、それはそれであまり気持ちのいいものではないな。それで何だ。そうか、俺は今や二人で一人である俺たちをにいる人に喩えたのだったな。

——そうよ、そうよ。

——にいるすくからやって来るにいる人は巨人族なのだ。赤また、黒また、あるいは青また、赤またという対になった一対の巨人として現われるのだ。

——俺とお前のどっちが赤でどっちが黒なのだ。

——お前の好きにすればいいだろう。

——では俺は赤だ。陳腐だが血の色だ。俺は何しろ人殺しだ。

——どっちにせよ同じだ。にいる人は無論、目に見える神だから、村人がそれをもどく。

——つまり神の真似をするのだな。

——そうだ。にいる人の姿に扮《ふん》して家々を練り歩き、作物の出来不出来の予見に今年の心得、去年の言動の批判までを神の代わりに行うのだ。

——随分その巨人とやらは、うるさいな。

——それでその神の巨人の扮装の中に入るのは若者が二人。二人で一人の巨人となるのだ。つまりそれが我らのようだと喩えたのだ。

——長く話した割にはつまらぬな。

——お前が引っかき回したのではないか。

——うむ。全く二人で一人は厄介であるな。

——俺もそう思う。

春洋であり木島である俺は、今や、まるでジキル博士とハイド氏か、『カリガリ博士』に出てくるチューザーレの如き二つの人格の持ち主のようである。それにしてもにいる人とはおもしろい喩えよ、と俺は俺の思いつきを讃《たた》えたくなる。

何故なら巨人たちはかつてこの地にいた矮人《わいじん》たち、小さき一族と同様にこの列島にずっと昔に来訪していたのだ。確か木島であった俺が仕分けした事件の中に、矮人たちが巨人たちの遺跡を秘《ひそ》かに祀る騒動があったはずだ。矮人たちはコロポックル、つまりこの列島に倭人よりもアイヌ民族よりも早く流れ着いた一番古の先住民族である。彼らこそが定期的に巨人たちを来訪させる習慣を作った。

そうやって海から来る人々をまれびとと言う。矮人たちが滅びた後も儀来《ぎらい》河内《かない》やあがり、常世と様々に名こそ変えたが、海の底の巨人の国から精霊を召喚し、その擬態、つまりもどきを行うという習慣だけは祭や儀礼の形で残った。

祭や儀礼とは記憶の保存方法なのだ。

かつてあり、そしてこれからも繰り返される神との交渉の記録である。

そうか、だから俺たちもにいる人になったのだ。そう思い当たって、木島であり春洋である男は、木島であり春洋である男に訊く。

——ところで、にいる人の役目とは一体、何であったか。

――にいる人は成年式の晩にやって来るのだ。成年式より前の子供にはにいる人は見せてはいけない。

――つまり成年したものに祝福を告げるのが、にいる人の役目か。

――そう。そのためには死の試練を与える。

――死の試練。

――そう。にいる人の末裔《まつえい》の生身剝が子供に刃を突きつけるあれだ。あれは象徴だがな。

――つまり、あの泣き喚《わめ》く童子が折口博士か。お前が父殺しのふりをして殺さなかったのもそれ故か。

――今会えば、そうなるな。

――あやつ、確か、蛭子であろう。

――そうよ。蛭子だから、御玉杓子のように手が出て足が出て夷三郎のようになれるのか。我らにいる人のもどきが試練を与える必要があった。

――そうか、だから俺たちはにいる人になったのか。俺たちが散々とあいつを翻弄《ほんろう》したのはそういう意味のあってのことか。

――理に適っているだろう。

――全くだ。

そこで我らの気持ちは一致して、腹の底から笑い声がこみ上げてきた。

「於々々々々々」

我らは吠《ほ》えるように笑うのだった。

折口博士の通過儀礼は終わったのである。

そして出石の家を出た。

さて、俺たちは何をしにどこに行くのだろう。


南アフリカの小さな港町で奇妙な魚が網にかかったのはその頃だった。その頃、といっても海からの来訪者を迎えようとしていた東洋の小さな列島の時間は、彼らの気づかぬうちに混沌としていた。だから彼の地の暦の上では次の次の年の十二月ということになるが、重要なのはたった今、極東で起きていることが彼の地にも小さくだが影響を及ぼした、ということだ。津波が地球の反対側の大陸にまで時に届くようなものだ。

港に戻ったトロール船ネーリン号の甲板には、いつものように鮫《さめ》やエイといったグロテスクではったりのきく巨大な獲物が山積みになっていて、臭気を放っていた。

地元の博物館に標本を売りつけるのがネーリン号の仕事だった。だからなるべく派手な獲物が標本に向いている、と船員たちは思っていた。

彼女、コートネー・ラティマーはその博物館の学芸員だった。田舎町の魚類博物館の学芸員といっても、観光客さえ殆《ほとん》ど来ないこのカルムナ川河口の街の博物館には、小学生たちの授業を兼ねた見学で解説係をする以上の仕事はなかった。それでも標本の品定めは彼女に与えられたささやかな権限の一つだった。

その日もネーリン号の入港の知らせが電報で彼女のデスクに届き、全く気乗りはしなかった。明日か明後日にしたかった。しかし、彼らの獲物が夏の南半球の暑さではあっという間に腐臭を放ち、元の形を留《とど》めないのは目に見えていた。そうなった後で、彼女がせっかくの獲物に関心がなかったと館長に告げ口されて文句を言われるのは癪だったし、第一、船員どもは甲板に山積みにされた巨大な鮫の歯に彼女がわずかでも脅えた顔をするのを見たくてたまらないだけなのだ。行かなければ行かないでナメられる。街ですれ違った時、奴らの嘲笑を聞くのが胸くそ悪かった。だからしっかりとあんたたちの獲物は今日だって犬の糞だと、はっきり目の前で言ってやる必要があるのだ。

そうやって無理矢理に入れた気合いにだけは満ちていた彼女は、早くもアンモニア臭を放ち始めた鮫やエイやまずいフィッシュアンドチップスにするしかない鱈《たら》の山の下に、青い鰭《ひれ》の奇妙な魚がガラパゴス諸島にでもいそうな大蜥蜴《おおとかげ》のような巨体を埋もれさせているのを、危うく見落とすところだった。何しろそいつときたら、鰭が十枚もついているのだ。

「霊感だったのよ」と後で彼女はインタビューで繰り返し応える。いつにも増して強烈な臭気（とにかく鮫が多すぎるのだ）に吐き気を堪《こら》えようと俯《うつむ》いていたら、半開きの口のそいつと目が合ったのだ。彼女は奇妙な巨大な魚を無理矢理タクシーに押し込んで、運転手と罵倒《ばとう》し合いながら博物館に持ち帰った。やがてそれは四億年前の古生代デボン期に出現し、六千五百万年前の白亜紀に恐竜とともに滅んだはずの古代魚であることがわかるのだが、何故、その日以来、その古代魚が捕獲されるようになったのかは彼女にも誰にも説明できない。

ミューが動き、そして、一瞬だけインド洋コモロ諸島の洞窟が太古と繋がり、シーラカンスと呼ばれた魚の群がそこに迷い込んだ、というのが一番正しい説明なのだが、誰もそんなことを知りたいとは思わない。

　そして本当はその時、海には細かく雪の結晶の形に細工《さいく》された紙片が竜巻のように一瞬、回っていたのだ。

　それは誰も見ていない話だ。


　銀座の松屋からは五輪旗が垂れ下がっているのが見えた。ショウウインドウには髪は黒いがどう見てもアーリア人ふうの体操服姿の男が、ヒトラーに挨拶するように右手を挙げ、その背後に仁王像が並ぶという奇っ怪なポスターが貼られている。よくわからぬ、と俺は思う。ＴＯＫＹＯ１９４０　ⅩⅡ　ＯＬＹＭＰＩＡＤと文字がある。ＯＬＹＭＰＩＡＤの文字の前には丁寧にも「ＴＭ」と小さく記され、これがトレードマーク、すなわち商標であることを示している。東京オリンピックを紀元二千六百年と西暦より長い年号の年に仰々しく行うことが認められたのはＩＯＣ総会でだったという。ヒトラーとムッソリーニの支持をとりつけたのである。と言っても、後で女の部屋の雑誌で読んだだけで、その頃は俺は海の底にいたのだ。

　雑誌にはベルリンオリンピックについてこうも書いてあった。

　ギリシャからスタートした聖火が三〇七五人のランナーに順番にリレー方式で受け渡され、そして、ハーケンクロイツがスタジアムの入口に無数に掲げられる。整然と並ぶナチス党の青年たちの中を最後のランナーが入場する。聖火の点灯とともに独逸《ドイツ》国歌「世界に冠たるドイツ」が大合唱され見上げれば、空には飛行船ヒンデンブルク号の巨大な船体が銀色に輝いていたというのである。それを見上げて日本のＩＯＣ委員たちは圧倒されながら、その栄光は次は自分たちの国に訪れると錯誤したのであろう。全く俺にはどうでもいいことだが。

とにかく俺はそこかしこに五輪旗やらオリンピックの宣伝ポスターやらの溢れかえった銀座にいる。今日は俺の主演映画のクライマックスの撮影なのだと仲木に聞かされていた。

随分と急ではないか、と俺は仲木に言ったが、映画には天候やらの気象の都合もあるのだという。とにかく今はクライマックスにいい日和《ひより》なのだと日和見《ひよりみ》が言っている、と仲木は説明したが、映画にはそういう係もいるのか。

とにかく良き日和である今日、銀座の中央通りの歩道沿いにトロッコ一台ほどが載せられるような線路が次々と敷かれていく。道の中央を走る市電の線路の半分ほどの幅である。そこに自転車よりやや太いタイヤの四輪の台とカメラと照明、そしてディレクターズチェアが載せられている。台車ごとカメラを横に走らせながら移動ショットを撮る仕掛けである。

この台車をドリーと言う。

魔子に手を引かれ、仲木からもらった例の曰《いわ》く付きのステッキで敷石をリズミカルに叩きながら俺は歩く。テロリストの呪いがかかったかの如きステッキである。そして、その俺の横顔を仲木がドリー撮影で追っているのだ。俺の横顔の向こうと銀座の通りの風景が流れていく、という趣向だ。

「ふん、せっかく俺がいい気分で歩いているのだ。何かのショットに使えるかもしれんからフィルムを回したらどうだ」

俺は映画というものが必ずしも脚本通りに一カット一カット計算されて創られるものではないと、この間にすっかり学んでいた。ロシアの映画理論家たちは倉庫に積んであった撮影済みの無意味なフィルムをあれこれ繋ぎ合わせて実験をしたのだ。映画にとって無駄なフィルムはない。むしろ無駄なフィルムに意味を与えることこそ映画という芸術のあるべき姿なのである。

一例を話そう。

例えばこの俺の横顔だ。俺は今、無表情に歩いている。喜怒哀楽というものをなるべく表に出さないようにだ。

その俺のドリーショットが数秒のフィルムとしてあるとする。問題はその次にどんなフィルムを繋ぐかだ。

例えば俺の手を引く俺の砂糖菓子である魔子の、俺が世界で一番、エロティックだと思う踝から爪先にかけてゆっくりとカメラで舐めるように撮影したショットを繋ぐ。すると俺の表情はこの美しい足に欲情する性的倒錯者の顔になる。

あるいは、だ。

うやうやしく給仕が晩餐《ばんさん》のメインディッシュのワゴンを押してくる。そこには銀製の大きな蓋をされた一皿があり、その中にあるものが披露される。

それは魔子の生首だ。

皿にはたっぷりとラズベリーのソースのように血が溜まっている。たった今、ギロチンでこの夜の宴《うたげ》のために切断されたばかりの生首なのだ。無論、特殊撮影だ。ワゴンの下に魔子が入り、台座と皿をくり抜いて首を出せばいいのだ。

すると前のショットの俺の無表情な顔はたちまち食人を至上の喜びとする性的倒錯者の顔になる。あるいは、俺のこの指が魔子の長くか細い喉に食い込んでいき、そして彼女の口許が痙攣する様をアップショットで撮影する。その顔ときたら魔子が性的な絶頂を迎える時の表情と同じだし、実際に俺は彼女に乞われてまぐわいながらその首を絞め上げたこともあるのだ。

そのショットを繋ぐことで、俺の無表情は死と性を隣り合わせに弄ぶ殺人癖のある性的倒錯者の顔になる。

つまり同じ無表情がかくも異なる意味に変わるのだ。これをクレショフ効果と言う。俺はそういうことを生き返ってからたくさん本で学んだ。マルクスやレーニンの本と違って、同じ社会主義者の本でもクレショフやエイゼンシュテインやプドキンたち映画の理論家たちの本はおもしろい。

何しろマルクスどもは革命を何段階もかけて起こさない限り世界は変えられないのに、映画はただフィルムとフィルムを繋ぎ合わせるだけでそこには存在しない現実さえも創り出す。全く革命など不要になるではないか。それこそが映画という科学的魔術の本質である。だから俺は俺を殺した甘粕が何故、映画会社の理事の座に座ったのかが本当によくわかる。

満州という、あいつのでっち上げた国の中心にいるのは溥儀でもなければ関東軍でもない。

映画会社が国家の中心の機関なのだ。満州では映画会社が政府なのだ。

そこで奴め、国家という壮大な嘘をつこうというわけだ。何とも痛快ではないか。

あいつは俺よりもずっとニヒリストでロマンチストなのだ。

実のところ現世に戻ってきて、魔子を除いたら、俺を殺した甘粕が俺を一番ぞくぞくさせる。俺が死んでいる間にすっかり骨抜きになった社会主義者どもに何の興味も持てない。

だから俺もすっかり感化された。

自分で言うのも何だが、俺はダンスを踊ったり刑事に一年中尾行されたり、巴里の牢獄に入ったり、女に刺されたり、そういう非生産的なことが得意である。およそ何かを生み出したりすることは全く苦手だ。

言っておくが俺の書いた本だってどれもこれもただの紙屑《かみくず》だ。俺は紙に「これは紙屑だ」と書いて印刷して本にして、本当に紙屑を作っていたのだ。偽金作りとちょうど正反対だ。

「そういうわけにはいきません」

突然、そこで仲木の奴が俺の人生を回顧する思考に水を差す。

「何だ？　偽金作りを俺はしたいとは考えていないぞ」

「それはそれで拝聴に値しますし、御関心があれば上海あたりの特務機関を御紹介致します。しかし、私が申し上げたのは、今、カメラを回すことは御勘弁願いたいということです」

俺は俺の心の中に仲木が口を出した気がしたが、それは当然俺の誤解だ。この男は人の心を読めるほどの器ではない。俺がフィルムを回せ、と言ったことへの答えで、俺はそう言ってから一秒もせぬうちにこれだけのことを考えたのだ。映画の中にいると、時間さえも自由に編集できる。

俺は一秒前の俺の会話の続きに戻る。そして今という刹那へと繋ぐ。これもモンタージュというやつだ。

「フィルムが惜しいか」

「いいえ、準備が整うまで今少し待っていただきたいのです」

そう言って、前方の例の松屋のオリンピック旗を指さすと、ちょうどするすると巻かれて仕舞われているではないか。

「雨でもくるのかい」

良き日和のはずだが、と俺は空を見上げるが、それは見事な青空である。

「いいえ、ポスターを撤去しているのです。ショウウインドウのものも、そこかしこに溢れるオリンピックのトレードマーク全てを」

「何だい？　オリンピックは中止になったのかい」

誰だってそう思うだろう。だが仲木は俺の反応がひどく気に入ったらしく、本当に腹を抱えて笑っているのだ。俺は何か仏蘭西人のようなエスプリの効いたジョークを言ったわけでもないのだが、笑われても腹は立たない。むしろ、わけもなく嬉しい。

ということは俺は喜劇役者の素質があるのか。

「いや失礼。あなたがまるで予言者のようにおっしゃるので。全くその通りです。何しろもう幾日かで大陸のどこかで、相手は蔣介石《しょうかいせき》か汪兆銘《おうちょうめい》か共産党かどこかはわかりませんが、陸軍の支那《しな》駐屯軍との間に些細なことがきっかけで衝突が起こり、戦渦は瞬く間に広がる予定なのです。そして大陸の各所に屍《かばね》の山が出来、英米の記者たちはその光景を世界に打電するでしょう。全く独逸でさえオリンピックのためにはユダヤ人迫害の手を弛《ゆる》め、ジャズと娼婦の退廃文化さえ、束の間、復活させたのです。そういう宣伝、プロパガンダこそが今度の戦争の勝敗を分け、最後は巨大な科学兵器が勝敗を分かつのですよ。戦争はとっくに近代戦に突入していて、そもそも近代戦とは宣伝と科学の戦いなのですよ。それを陸軍あたりは日露戦争で白兵戦で兵士を無闇に旅順《りょじゅん》の埋め草にした感覚から少しも抜け出ていないのです。そういう戦争の下手くそなやり口は必ず相手のプロパガンダの材料にされて、世界中の批難が集中し、オリンピックなどに参加しようとする国は無くなります」

仲木は滔々《とうとう》とこの先に起きることを述べる。

「ふん。君はまるで予言者に話を聞いてきた口ぶりではないか」

「はい。私はたくさんの予言者と知己で、その上、私はこの映画に参加する前は予言する牛だの、予言する妊婦だの、予言する蛭子だのの類を日本中訪ね歩いて、記録映画を撮っていたのです。科学的な記録映画です」

「予言など科学的とは思えぬが」

「科学的と思えぬ現象がこの国の各所でこの幾年か起きていて、それを繋ぎ合わせて一つの事実を記録するのです。するとそれは科学になります。記録映画とは観察と思考の科学なのです」

「ほう。それでは君は映画で嘘ではなく本当を撮ろうというのか」

どうやらこの男の心の中はまだ唯物史観の社会主義者らしい、と俺は睨む。

「そこが甘粕さんと私の映画観の違いでもあるのです。レアリズムが信条とでも言いましょうか。ですから、つい些細なことに拘泥してしまうのです。オリンピックの旗のこともそうです。何しろ、これから本格的にクランクインする映画はオリンピックの旗が街中にあっては不自然なのです」

生き返った俺を映画に撮る不自然は気にしないのに、細かい男だ。

「つまり君が言っていたオリンピックが中止になった未来の話を映画にするのかい。だったらフリッツ・ラングの『メトロポリス』は少し古いが俺の気に入っている映画だし、魔子にマリアのような人造人間の役をさせてみるのも一興ではある」

俺は人造人間にされるため、手術台の上に拘束された魔子の姿を想像する。悪くない。

「魔子様ならリラダンの『未来のイブ』の方がよろしいのでは？」

仲木め、教養のあることを言う。

「ふむ。エジソンが発明したという人造人間だな。身体の中に蓄音機を内蔵する歌姫であったか。それも悪くはない」

心などという面倒なものは持たず、ただ歌い踊る機械仕掛けの究極の女優をリラダンは描いたのだ。心を持たぬ、というところが魔子にぴったりだ。

「しかし、それは次回作と致しましょう。そうではなくて、私がこれから撮影するのはオリンピックが決定するより半年ほど前の出来事からなのです」

「ふむ。なるほど、それでは確かにポスターや垂れ幕があっては不自然ではあるか」

「さようです」

「しかし、何しろベルリンのオリンピックの年の頃は俺はまだ死んでいたのだ。雑誌で知れることはたかがしれている。その半年前といっても何が起きたのやらさっぱりわからぬぞ」

ここで生きて存在していることが不自然な俺は訊く。

「その日は二月二十六日」

仲木は急に厳かな表情でそう告げた。

何か意味のある日付なのか。

「わかるか」

俺は魔子に訊く。

「さあ」

魔子はつれなく答える。

他の者ならその日が何の日かはすぐにわかったろうが、何しろ俺は死んでいたし、魔子だってその時は違う少女に変わっていたのだ。いや魔子は世の中で何が起きようと、そんなくだらぬことよりも爪先の赤い靴のエナメルの光沢の方にずっと興味があるに違いない。

「二月といえば、まだ冬か」

「はい冬です」

「しかし今は夏だぞ。君のレアリズムの原則に反するのではないか」

俺は青すぎる空を見て言う。

「これで飛行船でも飛んでいれば全く以て、似つかわしい風景ではあるが」

すると俺の視界から不意に青空が消える。

雲か、と思った。

だが、それは銀色に輝いた。

飛行船である。

「何と」

俺は思わず声を上げる。

ヒンデンブルク号の如き巨大な飛行船が銀座の空に現われたのである。

だが、次の瞬間、飛行船のゴンドラから何かが撒《ま》かれた。

それは瞬く間に広がって、そして空に舞う。

それを合図に中央通りの左右のビルの屋上に次々と人が立つ。

皆、人形浄瑠璃の黒子の恰好をしている。

彼らは笊《ざる》を手にして、そこから何かを鷲摑みにして通りに撒き始めた。

その一連の作業は本当に整然と一瞬のうちに行われたのである。

それは見事であった。

青空も、通りもたちまちそれで埋め尽くされる。

それは紙吹雪《かみふぶき》なのであった。

「まあ、雪」

見上げた魔子が呟いたので、鈍い俺はやっとわかった。

魔子がそう言ってくれねば、俺はきっとヒトラーの行進のように俺を讃えてやまない紙吹雪だとすっかり勘違いしただろう。何しろ近頃の俺はすっかり映画スターの気でいるのだから。

「そうか雪か」

俺は目の前に落ちてきた紙吹雪を手にとる。

何と、雪の結晶の形に切り抜いてあるではないか。

全く何万枚だか何十万枚だか知らぬが、全部にこういう細工をするのがこの男のレアリズムというやつかと俺は呆れ、そして、感心もする。

しかも、紙なのにひんやりと冷たい。

俺が掌の雪を見つめていると、カメラが回り出した。

なるほど、俺の今の芝居を仲木の奴め、気に入っていたのだと思うと役者冥利《みょうり》という言葉が浮かんで、これは全くいい気分だと思った。

紙吹雪は舞い続ける。

そうだ、あの日の朝は大雪だったのだ。

二月も終わりなのに、季節外れの大雪だったのだ。

あの日のことなど何も知らぬ俺は突然そう思った。

すると降り積もった雪をざっざっと踏みしめる軍靴の音がした。そして降り注ぐ雪の中から奴らがやってきた。

踝までのカーキ色のコートに身を包んだ彼らは歩兵たちだ。連隊一つでは足りぬ。皆、小銃を手に完全装備である。

鼓笛隊が先導し、バーデンヴァイラー行進曲のリズムを奏でる。行進には日本の曲よりドイツの曲の方がずっと向いている、と思っていたので、俺は仲木の演出が気に入った。

続いてエンブレムを高らかに掲げた男が続く。そこには菊ではなく蘭の花の紋章が刺繍《ししゅう》されているのが俺は気に入った。甘粕が陰の支配者たる満州国の国章である。

そしてその後は、一列に旗を並べた隊列が見える。黄色い地に赤青白黒の新五色旗である。満州国の国旗である。しかもその後にもう一列、黒色旗が高く掲げられている。無政府主義者の旗である。無政府主義と言いながら、黒色旗を考案した時点で本当は国家を渇望していることを自ら告白したようなものだ。なるほど、満州国の本質とは国家というものへの屈折や逆算の産物なのか、と俺は久しぶりに思想家の気分で思う。

先頭の男が俺の前で止まった。

襟章から一等主計だとわかった。俺は無政府主義者だが、陸軍には詳しいのである。

そいつは俺に敬礼する。

「ギロチン社の村木《むらき》であります」

見たことがあるような、ないような気がしたが、見渡せば、何だかみんなテロリストの顔をしている。

同類だとわかる。

どいつもこいつも逆賊にふさわしい面構えである。

どうやら、戻ってきたのは俺だけではなかったようだ。

そうか。

いいかい、これが俺の軍隊かい。

俺の軍隊、とは何ともいい響きだ。

俺は満足して曰く付きのステッキを天に向けると、引き金を引いた。

紙吹雪の中を、乾いた銃声が木霊した。

雪は一層、強くなった。


銃声が響いた。

清水は冬用のコートを着て、近衛歩兵第三連隊の列にいた。

今は夏であったはずだ。

だが、雪が降っている。足許を見る。

大雪である。このままでは明け方までに膝の丈まで積もる。

何故か冷静にそう思って、顔を上げる。

そして清水は隣りの列の先頭にいる男の横顔を見て驚く。あれは同じ、四一期の確か鹿児島出身のあいつだ。

——しかし、あいつが何故、ここにいるのだ。

清水は頭の中を整理する。

俺は命じられ満州映画協会の撮影の監視に来たのだ。必死で頭の中の記憶を巻き戻す。

甘粕の一党が奇妙な動きを見せている。だから密偵として探れ、と言われたのだった。

一体、今の世、何が奇妙で何がまともかなど清水にはどうでもよくなっていた。

だが言われるまま松屋の前でずっと撮影の準備を見ていたのだ。するとアメリカのベースボールチームの帽子を被って、吊りズボンの給仕のような少年が、清水にこのコートを差し出したのだ。探偵として潜るとはこういうことか。

それにしても何の皮肉か、と思った。

あの日、清水が怯んでしまってとうとう着ることのなかったコートだ。怯んだのは清水が俺たちが負けるとはっきり思ったからだ。

それは予感とか予言ではなかった。陸軍の派閥や人脈や地位や、そういうものの微妙な連鎖で軍では全てが決まる。それは実はチェスや将棋や碁のようなものだ。清水にはそのゲームの何手も先が読めた。読みながら負ける方の一派から縁を切れなかったのは、一かけらほどの未来に対しての理念のようなものがその頃はまだ清水にも残っていたからだ。そして緻密《ちみつ》に何十手も先を計算していけば、勝てるいくつかの戦略がないわけではなかった。

だが、彼らは判断を決定的に誤った。

自分たちのグループのボスが敵対派閥から更迭されたことをきっかけに、玉突き事故のようにあの日の決起になってしまった。若い将校らは真摯《しんし》であっても結局はボス猿同士の論理だ。ボス猿たちにとって統制派も皇道派もただの派閥なのであり、理念の反映ではない。

清水はそれでも出発の時間まで計算をし続けた。文字通りの数式を使っての計算さえした。

しかし幾度計算しても決起は失敗する、という結論だった。だから清水は出発しなかった。

しかし、一体、この光景は何なのだ。

雪の中を、歩兵たちがあの日と同じ出で立ちで行進している。

しかし、ここは首相官邸でも彼らが立て籠もった赤坂《あかさか》でもない。

銀座だ。

これはどういう茶番なのか。

芝居なのか。

ああ、そうか、安江に嵌められた。

我らが虚の中に身を投じるしかないと安江は言っていたではないか。

そう思った瞬間。

どん。

どん。

どーん。

太鼓が鳴った。

陣太鼓だ。一打ち二打ち三流れである。

ふざけるな、と清水は思う。

これでは「仮名手本忠臣蔵《かなでほんちゅうしんぐら》」ではないか。

いろはを七文字ずつ区切って、一番下の文字を読めば「とかなくてしす」、つまり、咎なくて死す、だ。

つまり決起した奴らも赤穂四十七士の主君も罪なくして死んだのだろうか、これは歌舞伎の趣向としても悪趣味すぎる。

だが、太鼓の音に歓声が上がった。

その声は「於々々々」と聞こえた。

俺たちは一体、ここからどこに討ち入ろうというのかと清水は頭の中の数式を計算して、すぐに導き出された答えに身震いした。


出石の家の門を木島であり春洋である男は潜って外に出た。蜘蛛の糸のようなものが仮面に絡まった。蜘蛛はいない。これはずっとこの家を守ってきた結界の残滓なのであろう。

木島であり春洋である男は空を見上げる。

赤い月が出ている。

この世は既にこの世ではないのだ、と心地好《よ》く思う。

その月がにたりと笑った気がした。

ああ、まるで俺の頬から逃げていった女のようだな、と木島であり春洋である男は思う。

すると赤い月の真下を銀色の巨大な飛行船が紙吹雪を撒きながらゆっくりと通り過ぎていく。

遠くから「阿知女阿知女」と呼ぶ声がする。海の方に向かって叫んでいるのが風に流されてここまで聞こえてくるのだ。

俺はここにいるのだ。

もう陸にいるのだ。

春洋であり木島でもある男は思った。そして呼ぶ声に「於々々々」と応えた。

そうだ。俺は春来る鬼だ。


薄野原《すすき》であった。

夏どころか春より前なのに薄の穂が揺れていた。

ああ、箱根《はこね》の仙石原《せんごくはら》のようだ、と折口は思う。学生たちと避暑に行って、死ぬための家はこの薄野原に建てたい、と思ったのだ。

しかし薄野原の向こうに見えるのは、自分がそこで死んでゆくための家ではない。

ここは大和《やまと》だ。飛鳥《あすか》の里である。乳母の生家の屋根が見える。

そう思った途端、折口の出で立ちは十三歳の少年に変わる。

そして揺れる薄の穂の中に立ち尽くす。

まるで、この波に乗って自分はたった今ここに流れ着いた蛭子のような気がした。

誰かに拾われるためにここに流離されたのだ。

その甘美な想像に胸が痛んだ。

薄の穂が大きく揺れる。

そして一番向こうからまるで潮が押し寄せるように赤い色が押し寄せてくる。

奇態な、と薄野原を照らしている月を見上げる。

見上げた月も赤い。

びちゃり、と月から滴った雫《しずく》が折口の鼻梁の上に落ちた気がした。

眼鏡のレンズの一方が赤く染まった。

血なのか、と折口は思った。

月から血が滴り落ちたのか、と思った。

だが、その折口の鼻梁の上の、ちょうどあの青い痣があるあたりで何かが蠢いた。そして蛭のようなものが伸びてきて、眼鏡のレンズの血を舐めた。

女の舌のように思えた。

天の月ではなく、あの月だ、と折口は思った。

その者の意識が既に折口の神経と結ばれたから、感じたままに折口はそう思った。これはあの女、月という女に違いない。

月とは言うまでもなく木島の左の頬の上にあった女の肉の欠片の名である。

——さあ、父殺しに行きましょう。

今や折口のものとなった月は、甘く囁いた。

そうだ。

俺は今から父殺しに行くのだ。

それは本当はこの女の罠であったが、折口はそれを自分のものと思い、そうもどいたのである。

この国の神話は蛭子を海に流したまま帰還を許さず、父殺しも行われなかった。だから俺も父を殺し損ねた。この国の歴史は、永遠に遅延された父殺しの物語に呪縛されている。

――俺は父をこれから殺しに行く。

俺が父を殺せば歴史の原理が糺される。

そう折口が決意すると、今度は彼方から白い波が押し寄せてきた。

紙吹雪であった。

月夜の空いっぱいに舞った紙吹雪の紙片がひらひらと、見上げた折口の眼鏡にへばりついた。

するとまた月の舌が伸びてきて、それを掬《すく》った。

紙片は雪のように融《と》けた。

薄野原の向こうに家が見える。

俺は俺の軍隊を引き連れて服部《はっとり》時計店のビルの角を折れて、日比谷《ひびや》へと向かう。伊達《だて》なステッキを振り上げると、絶妙なタイミングでまた紙吹雪が舞う。

その瞬間、喝采《かっさい》が聞こえた気がした。

空耳かも知れぬが、聞こえた。

仲木が見せてくれた記録映画の中で、ドイツのナチス党首の小男が大衆を前に恍惚とした表情を浮かべていたのを俺は思い出す。俺も今きっとああいう顔をしているのだ。醜悪すぎて何とも甘美だ。前に生きていた時も死んでいた時も、蛭子として蘇生《そせい》した今の生も含めて、こんなに自分が昂揚したことはない。

何のことはない。

俺が求めていたのは喝采だった。

その自分の矮小《わいしょう》さをしかし俺は卑下などしない。

何しろ、今の俺は全くの空っぽなのだ。

俺の内側にあったと俺が昔は信じ込んでいた思想やら心やらは、今や石詰めにされて、俺たちがあの日投げこまれた古井戸の中に、俺の骸とともに残っていて、蛆虫《うじむし》に永遠に食われているに違いない。

空っぽとは何と心地良いことか。俺は今やキネマの俳優なのだ。

嘘が今やそれを満たしてくれている。

俺の内も俺の外も虚で満ちている。

今や世界はキネマなのである。

手前から奥へと書き割りのように平板なビルヂングが幾重にも続く。その奥にまるで、陳腐な風呂屋《ふろや》の湯船の後ろ壁に描かれた富士山のように、あの森が見えるではないか。不謹慎な喩えだが、何しろ俺はアナキストなのだ。

今や無政府主義者でなく無思想主義者だが。

それにしても、こんな光景を俺はどこかで見たことがある。ああ、そうだ。パリで買った娼婦の中年女の家にあったピープショーだ。貴族の血筋だとか言っていたっけ。

歌麿《うたまろ》の浮世絵だかにレンズのついた小箱を覗く花魁《おいらん》の絵があったが、あれに似ている小箱だ。あれは覗き眼鏡とか言ったが、西洋式のそれはカステラの箱のようにもっと長い。中には仕切りがあって、くり抜かれた絵を五枚仕込むことが出来る仕組みだ。そして箱の奥にもう一枚。全て同じ風景だが、一枚目の絵には一番手前の門だけ描かれ、その門の中はくり抜かれ、その次の絵には左右に対になった建物や人、そしてその背景もまたくり抜かれている。そうやって少しずつ奥の風景が描かれ、一様に背景がくり抜かれ、一番奥の箱の底の絵が遠景ということになる。口で説明するのは面倒で、もどかしいが、箱に開けられたレンズの付いた穴から覗くと、幾重もの絵が現実よりもはるかに奥行を持って迫ってくるのだ。透視図法とかいう遠近法など、まやかしに思えてくるほどだ。何と言ったっけ、そうだ、エンゲルブレヒト劇場とかいう大層な名がついていたっけ。

そう思うと、今の俺自身があの小箱の中を行進しているように思えてきたが、悪い気はしない。きっと振り返れば巨大な目が宙に浮かび、俺の姿を好奇心いっぱいに見つめているに違いない。

その目はあのパリの娼婦か、これも歌麿の絵で見たあの光景にあったが、田舎町の縁日の覗き絡繰りに洟《はな》をすすりながら、びいどろの付いた覗き窓を奪い合う、ガキどもの誰かのものか。

誰であってもいい。

何しろその目は、つまりは大衆の象徴なのだ。

無責任で好奇だけで動く意志のない群れ。

その意志なき意志に俺は満たされている。

その視線を浴びながら、俺は衝立《ついたて》のような風景を一枚、また一枚と越えて行くのだった。

意志なき意志の勝利に向けて俺と俺の軍隊は往くのである。

そういえば、俺を写すカメラはどこだ？


「背後から、あの蛭子男の率いる隊列をまず捉《とら》え、最後はカメラをパンしてあの男の行く先を捉えていくというのはいかがでしょう」

蛭子男とは大杉のことである。

「撮影監督は君だよ。好きに君の芸術を追究してくれたまえ」

仲木の提案に甘粕は鷹揚に応える。

「まあ、まるでガリバーになったみたい」

魔子が柵《さく》から身を乗り出し、嬌声《きょうせい》を上げる。

「お気をつけなさい。迂闊に落ちてしまえば、またあちら側に取り込まれてしまいますよ。ただでさえあなたは現世とお話の間の境目というものに頓着しない人なのですから」

「あら、あたしが主演女優ではなかったの、甘粕」

魔子は下僕を呼ぶように甘粕の名を呼ぶ。映画の製作者は女優にとっては執事のようなものなのだ。

「あなたの出番は最後ですよ」

甘粕は魔子の手をとりキスをして、そして展望台の中央に設えたビロードの肘掛け椅子に導く。魔子は優雅に腰を下ろすと、赤いエナメルの靴を履いた白い脚がすっと組まれる。

「ほんとうにあなたは赤い靴がお似合いだ」

「あなたが買ってくれた靴よ、異人さん。あたしが永遠に踊っていられるように」

魔子は微笑む。

「それにしてもこれは不思議な舞台装置ね。サーカスのテントほどもある円筒の、内側の壁全部に絵が描かれ、床には小さな玩具《おもちゃ》のような建物や兵隊が並んでいる」

その中央に展望台が置かれ、撮影隊はそこに陣取っているのである。

「大杉のパパったら、すっかり人形の兵隊たちを先導していい気になっているわ」

「パノラマ館というのですよ」

「パノラマ館？　映画館ではなくて？」

「映画がこの世に現われる直前の束の間の流行です。西欧では十八世紀、この国では少し遅れて明治の世に入って、流行しました。鳥羽伏見《とばふしみ》の戦いや日清日露戦争など専ら戦場を正確に再現して、観客たちはどちらを向いても彼方に広がる仮想の風景を楽しんだのです」

「四方を見渡せるなんて、まるで十二階《じゅうにかい》のようね」

「あそこから見えるのは本物の風景でしたが、パノラマ館は嘘の風景です」

「でも嘘の方が本当らしいのよ」

「ああ、あなたは世間の摂理が本当によくわかっていらっしゃる」

甘粕は、魔子のすらりと伸びた脚の片方から丁寧に赤い靴を脱がすと、爪先にキスをする。

「甘粕はあたしの脚が本当に好きね」

「ええ、私にとって全てが嘘であっても、あなたのこの脚だけは唯一の真実ですよ」

「大袈裟《おおげさ》ね」

甘粕は口唇で魔子の足の甲を愛撫する。

「くすぐったい」

砂糖菓子の香りの魔子の吐息が唇から漏れる。そして、パノラマ館の閉じた空気に混じり仲木の鼻腔をくすぐる。

あの男にはこの砂糖菓子の香りは届くのかと、紙製のミニチュアの兵士を従え、書き割りの中を悠然と進む男をカメラ越しのクローズアップで見て、仲木は憐れみ、そういう感情がわずかに自分に残っていることに驚いたが、その自分を憐憫する気持ちは少しも湧いてこなかった。

薄野原を泳ぐように折口は往く。泳ぐようだ、と言の端で比喩した瞬間に、野を渡る風に血の匂いがあからさまに混じる。言葉にすれば比喩は形になる。

この匂いを昔、嗅いだことがあった。海の匂いに似ているがそうではない。これは、子宮の中に満ちた羊水の匂いだ。女が破水した時の匂いだ。母の妹でありながら、父の子を産んだ叔母の産室を襖《ふすま》をわずかに開けて覗いた時、同じ匂いがした。

そして、あの時も同じ匂いがした。

十三の時、初めて一人旅を許された時のことだ。あの男に、蜜柑畠《みかんばたけ》の番小屋で抱かれた旅だ。深い檜《ひのき》林《ばやし》の人音さえ聞こえぬ奥での出来事だ。

あの時の折口は本当の母に会いに来たのだ。折口が本当の母であってほしいと願った、乳母であった女の婚家が大和飛鳥だった。胎内回帰の旅のようなものだ。折口の祖父は明日香《あすか》村から折口家に婿養子として入った。正確には別の家の出で、この地の飛鳥坐《あすかにいます》神社の累代の神主である飛鳥家に一度養子に入り、更に折口家に養子に入った。父も他家から養子に入った。つまり折口の家は女系だ。女の家だ。女が家を継ぐのだから、折口は女でなくてはならぬ。そう思いつめていた。母の不義を知り、かといって叔母の子として生まれた双子の弟も違った。母は母でなく、母の代わりと思っていた叔母も弟らの母となってしまった。

折口はこの家ではもはや孤児であった。

そう思ったら、乳母が恋しくなり、乳母が本当の母と思え、いてもたってもいられなくなった。

祖父の生家を見たいというのが口実ではあったが、ただひたすら乳母に会いたかった。やわらかな乳房をまさぐりながら、乳母の語る俊徳丸《しゅんとくまる》の因果物語、餓鬼阿弥蘇生譚を幾度も聞かされた。

その乳母の嫁いだ家が大和飛鳥だと知っていた。

歩いて、大和飛鳥の甘樫丘《あまかしのおか》に立って飛鳥坐神社の森を見た。

そこはまるで尾花《おばな》の海に浮かぶ島のようであった。

その時も同じ匂いがして、ああ、これは生まれる前に俺の周りに満ち溢れていたあの温《ぬく》もりの匂いだと折口は思った。叔母の産室にも満ちていた匂いだ。

丘から一歩下ると、踝がちゃぽんと湯船に浸かった感触がした。

それは目の前の風景を島のようだと思い、海のようだと思ったからだ。

ようだ、と思えばたちまちにその拙《つたな》い比喩によって世界が変わってしまうのだ。だから何かこの世を喩えることを戒めていた感情が、この時ばかりは不意に動いてしまったのだ。

そして折口は山を下っていく。

すると山の中腹にひどくがらんとした寂《さみ》しい家が現われるのだ。まるでそれは初潮を迎え、継母に家を追放された少女が迷い込む、そういう昔話の家のようだ、と思った。高い梁《はり》は煤《すす》で黒光りし、天井の横木に何の呪いか一枚だけ護符が貼りついている。土間の向こうの六畳ばかりの落ち間には座敷の真ん中に大きな囲炉裏があり、その向こうで白髪の老婆が糸を紡いでいるのだ。折口は、そんなふうに、その日のことを小説に、昔、書いたことを思い出したが、そのあたりから記憶の虚実は混乱するのだ。

老婆は老いた乳母かと思うたが違う。

儂はうぬの乳母に乳を含ませた女よ、と日に焦げた皺だらけの顔に、ただ穴が穿たれただけの目と口で折口を睨み、折口を呪うように言った。

十三歳の折口はそれだけでひるんでしまう。

老婆はただ糸紡車をぎいぎいと回しては鋏《はさみ》で糸を切る。それを見つめるうちに折口は目眩がして、催眠術にでもかかったかのように土間の手前の縁台に寝てしまう。それがひどく心地良く、乳母の膝の上にいる気がして乳房を探り、口唇に含もうとすると、萎《しな》びてたるんだ感触が手の中にあった。あさましいものを摑んだ、と何故だか思った。

そして我に返り、目を開けると、折口は老婆の干涸《ひから》びた乳房を摑んでいる己に気づき、後ろに跳ねて土間に尻餅をつく。

すると今度は、糸を紡いでいたはずの老婆が包丁を研いでいるのが目に入る。白髪頭からは獣の耳が生えている。ああ、やはり山姥《やまうば》であった、と折口は思う。そして老婆は立ち上がり、折口の方に来るかと思いきや、振り返って、いきなり奥の間を開く。

するとそこには立ち尽くす乳母がいて、山姥は包丁というより鉈《なた》に見える鉄の塊を振り翳《かざ》す。

——そこから先を折口は小説にこう書いた。

部屋に飛びこむや否や、悲鳴が聞えて、さつきの女が、髪ふりみだして、片袒《カタハダヌ》いだ襦袢に血を太く引いて逃げ出て来る。老婆が追うて出て帯をとる。帯がくる〳〵とほどける。とう〴〵手負の女はそこに仆《タオ》れてしまふ。すると老婆は女の脇に立膝して腹を裂きにかゝる。女は時々四肢をびくびくと動かす。血みどろになつた赤児をひき出して爛《タヾ》れたやうな満足の笑《エミ》を洩らす。さういふありさまが、まざ〳〵と見えて来た。炉にはくわん〳〵火が燃えてゐる。堆《ウヅタカ》い灰の中から太い火箸がによき〳〵とあたまを出してゐる。

老婆が足を摑み掲げた血まみれの赤子は蛭子であった。

蛭子であるとわかったのは、山姥と化した老婆が「ほうら、蛭子が産まれたよ」と呪うように言ったからである。

赤子の鼻筋には青い痣があった。

ああ、これは俺ではないかと折口は絶望した。

悲鳴を上げようとしたが、声にならぬ。そこで折口は目を覚ます。

山姥の家に見えたのはあの番小屋であった。

栗の花の香りが立ち上り、折口はあの男の腕の中にいたのだ。

そして、生まれた時の夢を見たな、釈迢空、と男は言ったのだ。

そうである。あの日、折口は蛭子として産まれる己を見たのだった。

しひ、と漆喰《しっくい》の壁が軋《きし》んだ。

「山の音だ」

柳田國男は口許をわずかに綻ばせた。

「折口の奴のしいひ物語が始まった」

「天武天皇に仕える、名代《なしろ》なる者が花を折り、辛夷《しい》だと献上した。それは楊《やなぎ》の花であったが、周囲の笑うのも気に留めず、辛夷で通した。その強弁、つまりしいひに天皇は半ば呆れ半ば感心もし、安倍志斐連《あべしひむらじ》なる姓を与えた。そんな話がありましたな」

「ふん。この期に及んで相も変わらず打てば響く答えを返してくる。儂の周りには碌でもない者しか残らぬのが口惜しい。皆、鈍感だ。学問におよそ不向きなやつらばかりよ」

また、しひ、と家が鳴る。

「しひ、と語れば、詞《ことば》と現世の間が軋む。軋む音が辛夷と聞こえたのだ、と折口ならば強弁したろう」

「そんな悠長なことをおっしゃっていてよろしいのですか。折口先生のしひ物語の力、つまり嘘に本当の方を従わせてしまう力を侮られるのは危険です。それ、現に潮が満ちてきました」

北神は仕込み杖を床に立てる。

「それではお前が杖を立てたから水が揺らいでいるように見えるぞ。それとも、その杖で水を掻き回してみるか」

「この漂へる国を修《をさ》め理《つく》り固《かた》め成《な》せ、と詔《の》りて、天《あめ》の沼矛《ぬぼこ》を賜《たま》ひて、言依《ことよ》さしたまひき。故《かれ》、二柱の神、天《あめ》の浮橋《うきはし》に立《た》たして、その沼矛を指《さ》し下《お》ろして書《か》きたまへば、塩《しほ》こをろこをろに書《か》き鳴《な》して引き上げたまふ時、その矛の末《さき》より垂《した》り落つる塩、累《かさ》なり積《つ》もりて島と成りき。これ淤能碁呂島《おのごろじま》なり」

柳田は古えのしひ物語を、凛《りん》とした声で、唱える。

すると、北神の杖から雫が一滴したたり落ちて、たちまち島の形となる。

「今度は仕込みその杖を天御柱《あまのみはしら》に見立ててやろうか。さすれば伊邪那岐と伊邪那美が現われて、契った後、蛭子が生まれるところが見られるぞ」

北神は杖を抜き、ひゅん、と空気を切る。嵌め殺しの窓硝子が音叉《おんさ》のように振動する。

水は消える。

「女の血の香りがした」

「羊水でしょう。ぬるりとしておりました」

「そうなのだ。海ではないのだ。それが折口のしひ物語の限界だ。海の彼方の我らの先祖の辿ってきた潮の流れを奴は思い描けぬ。木をくり抜いた粗末な空穂舟《うつぼぶね》で海を渡った者たちの決意と情熱が見えぬ。この列島の浜辺に流れ着いた椰子《やし》の実からは、奴は何も感じとれない」

柳田は嘆くように言う。

「それとて先生のしひ物語でしょう」

北神は皮肉を返す。

「いかにも。しかし儂は歌を捨て、しひ物語と歴史とを仕分けした」

そうだ。この男は、最初は自分でいると言った山人をいないと言った。そうやって文学と学問を仕分けたのだ。

「本当は山人もいない。本当は海上の道もない。そうおっしゃる」

「いかにも。そんなものは全て詩だ。ロオマンスだ。とうに儂が捨てたものだ。それはお前が知っていよう」

山人とは柳田が若き日に妄想した、山中に隠れ棲む先住民族の子孫である。

「私はその山人と里人の間に生まれた、どちらでもない者だと聞かされて育ちました」

「そうよ、それはうぬに与えた、しひ物語よ」

その一言が引き金となり、誰かがどこかで語り出す。

連禱《れんとう》、である。物語は感染する。

別のしひ物語が動き出す。


私の一番、古い記憶は兄さまがひとさらいに連れていかれる光景だ。ある日、ひとさらいがやってきて、私の見ている前で兄さまを簞笥《たんす》に入れてそのまま背負って連れていってしまうのだ。悲しい悲しい思い出で、小さな頃、私は不意に泣きたくなるとこの暗く甘美な思い出をベッドの中で反芻した。するとたちまち涙が出てくる。

この話をするとたいていの人が笑う。簞笥に入れてさらわれるなんて確かに自分でもおかしな話だとは思う。誘拐なら一大事だし、それに実を言ったら、私に本当に兄がいたわけではないからで、女学校に入学する時、そのことを確かめたくて学校に提出する戸籍謄本《とうほん》を盗み見たことがあったが、書かれていたのは母さまと亡くなった父さまとそれから私の名前だけだった。兄さまがやっぱり本当はいなかったことを知って私の胸は切なかった。ぽっかりと穴のあいた、とはこのことだ、と私は一つの比喩を初めて自分の気持ちとして感じた。

私は父さまのことを少しも覚えていないが、それは父さまは私が生まれてすぐにお亡くなりになったからだ。父さまは私と母さまには広すぎる浅葱色《あさぎいろ》の異人館のような家を残してくれたけど、私が兄さまと思い込んでいたのはひょっとしたらその家に棲みついていた座敷童子《ざしきわらし》かもしれない、と言うと母さまは「まだそんなことをおっしゃっているのね、滝子《たきこ》ちゃんは」とお見舞いにいくたびに軽井沢《かるいざわ》のサナトリウムのベッドで優しく微笑んだ。座敷童子が棲みついた家はお金持ちに、ぞんざいに扱って出ていかれた家は貧乏になるとよく言うけれど、兄さまがいなくなった後、私の家はたちまち凋落《ちょうらく》した。父さまは私と母さまが生きていけるだけの充分な資産を異人館と一緒に残して下さったが、人を疑うことが苦手な母さまは何度も人にだまされ、気がつけば家屋敷は人手に渡り、その上、母さまはずっと病気がちだった。私は寄宿制の女学校で暮らしていたから、家が人手に渡っても困らなかったが、これで兄さまの帰ってくる家がとうとうなくなってしまうと思った記憶がある。けれど、その家も大正の大震災で焼けてしまった。そうなる前に人手に渡し、借金を返したら私が女学校を卒業するまでの学費と母さまの入院費に足るお金はちゃんと残ったのだから、考えてみればこれは座敷童子の御利益かもしれない、そんな話をするとまた母さまは「そうね」と少しだけ青みがかった大きな目で私に微笑まれるのだった。

母さまは私が空想の兄さまの話をするのをいつも困ったような顔をして聞いていたけれど、もう命があと一週間もありませんよとお医者さまに言われて私が泊まり込みでつきそうようになってからは、むしろ空想の兄さまの話をよろこばれた。といっても母さまは半分、意識はなかったけれど、兄さまの話をするとその時だけ、母さまの寝息が安らかな気がしたのだ。

母さまは樺太《からふと》生まれでロシアの月のように色が白かったが、病気がちで、そして夢見がちだった。月という意味のロシア語が母さまの本当の名前だった。まるで月から来たような人だった。だから私は世の中が皆浮かれている大正の世への反発も一方にはあって、人より余計に地に足をつけて生きたい、と心がけていた。それでも母さまからやっぱり空想癖だけは遺伝してしまったのか、幼い私は奥の間で咳《せき》込《こ》む母さまから病気が移るから近づいてはならないと住み込みの看護婦に禁じられ、ただ広いだけで調度品が極端に少ない家で——それは、その頃から我が家の経済が傾き、母さまの趣味で集めた西欧の家具を少しずつ売りに出したためだと今ではわかるのだが——ひんやりとした板の間で、アリウシアと母さまがロシア風の名をつけてくれたビスクドールと遊んでいるあの頃の自分を想像すると、空想の兄さまを創り出さずにはおれなかった哀しい私に少し同情する。

だから最期に母さまと話したのも兄さまの話だ。

「滝子ちゃん、また兄さまの話をして下さらない」

その時も母さまはグリムのお伽話をねだる子供のように言った。

病室の窓からは秋の長い陽射しがベッドの上にのびていた。

「昼にお伽話をすると蛇が来てよ、母さま」

私は母さまをからかうように言う。

「蛇なんてこわくないもの」

母さまは幼い子のように口を尖らす。

「滝子ちゃんの話を聞いていると、本当に兄さまが滝子ちゃんにいた気がしてくるわ」

不意にそう言われて私は少し不安になった。

「ねえ、母さま、もしかして、母さまは男の子が欲しかったの？」

まるで女の子である私が望まれない子供のような気がしたのだ。

「ちがうわ、私も滝子ちゃんと同じように一人娘で、お人形のアリウシアだけが友達だったから、二人とも……二人ともっていうのはアリウシアと私のことね……兄さまが欲しくてあれこれと空想したものよ」

私は安堵する。空想の兄さまも母さまからの遺伝だったのだ。

つまり、私はそういう母の娘であったのだ、と一人納得する。

「だから聞かせて、滝子ちゃんの兄さまのお話を」

そう、これはお話なのだ、と私は微かな胸の痛みとともに思う。

けれど私が私の嘘の記憶の中で覚えているのは、兄さまがさらわれていった時の話だけだ。

その悲しい話を今の母さまが繰り返しせがむ理由を私は知っている。

母さまのお気に入りの台詞があるからだ。

それは兄さまが私に最後に言った甘い言葉。

けれど、それは嘘だ。

そこだけが私の創りごとだ。

私が私の思い出を嘘だとわかった上で紡いだ更なる嘘を重ねるものだ。

それでも私は語り出す。

私の一番古い記憶は兄さまがひとさらいに連れていかれる光景よ、と。

それはこんなに悲しい出来事だったの、と。

私が土間で兄さまに赤い靴を履かせていただいているとき、玄関ががらりとあけられると大きな荷物を背負ったひとさらいが入ってきた。ひとさらいはもちろん自分でそう名乗ったわけではない。でも私はそう信じて身構えた。すると、おまえが七歳になったので約束通り迎えに来たと喉の中で木霊するような声が天からした。その日は兄さまの七つの誕生日で銀座にお出かけをする日だったので、私は赤い靴を履いていたのだった。私はまだ七歳ではなかった。だからひとさらいが言っているのは私ではなく兄さまのことだとすぐにわかった。ひとさらいは背負っていた大きな箪笥を土間に置き、兄さまを指さし、入れ、と今度はひどく籠もった声で言った。ひとさらいの声がゆおんゆおんと音叉が唸《うな》るように歪んで聞こえるのを私は不思議な気持ちで聞いている。私は扉が開かれたのを見て母さまに知らせなければと振り返るとちょうど、母さまが着飾って階段を降りてくるところだった。私は母さまが止めて下さるに違いないと目で縋った。けれどひとさらいの姿を見ると階段の半ばで母さまは立ち止まってしまった。そして目をそらしてしまわれた。兄さまは母さまの方をちらりと見たが、母さまが目をそらしたのを兄さまも見てしまうと、あきらめたように自分から漆塗りの黒い扉を更に開いて身体をたたむように中に入った。兄さまは七歳だがもうずいぶんと背が高かったのだ。ひとさらいは兄さまの態度に満足そうにうなずき扉を閉めた。

扉が閉まる刹那、兄さまの目が悲しく微笑んだ。その時、初めて私は兄さまが本当に行ってしまうと悟った。だったら私もあの簞笥の中に入って兄さまと一緒に行こうと扉に縋りつこうとしたが、ひとさらいはまるで簞笥の中に綿しか入っていないかのように軽々とかつぎ上げた。その時、初めて私はひとさらいの顔を見た。鬼のように恐い顔をしている、と思ったのにひとさらいはやさしそうな顔をして私に微笑んだようにさえ思えた。けれども笑った口許からわずかに見えた歯が硯《すずり》の墨のように黒かったので、ああ、やっぱりこのひとさらいは鬼なのだ、と私は思った。

それが本当の私の記憶だ。

けれど母さまに話す時は最後が少しだけちがう。

「ひとさらいは毛むくじゃらの手で兄さまを簞笥に押し込めたの。そして扉を閉めようとしたの」

そうやって私はひとさらいをお伽話の鬼のように話す。そうすれば話はずっと嘘の話のように聞こえるからだ。

そして私は母さまの顔を見ながらこう言うのだ。

「その時、兄さまの口唇が微かに動くのを私は見逃さなかった」

たちまち母さまは瞳をうるませる。

「ねえ、何と言ったの兄さまは」

母は何度も私に聞かされているのにも拘《かか》わらず、頰を上気させてたずねるのだ。

最期の時もそうだった。私は私の創った甘い呪文を母さまに囁いた。

「兄さまは言ったの、滝子、ぼくが大きくなったら君をお嫁さんにするため今度は君をさらいに戻ってくるよって……」

「ああ、兄さまは大きくなったら滝子ちゃんをさらいに来ると言ったのね」

うっとりと母さまは繰り返す。最後につけた出任せの西欧の王子様とお姫様の出てくるお伽話にでもありそうな台詞がいたく母さまのお気に入りだった。

もしかすると樺太がまだサハリンと言った頃、ペチカの前で一人で遊んでいた頃から母さまは、誰かがさらいに来てくれるのをずっと待っていたのかもしれない。それは父さまのことなのだろうか、と私はふと思い、母さまにたずねようと母さまを見ると微笑を浮かべたまま、眠っていた。ああ、母さまは逝ってしまわれたのだ、と思った。

母さまは私のお伽話の中で死んでいったのだ、と思うと悲しみは少しだけやわらいだ。私はお医者さまが回診に来られるまで母の胸にそっと頬を乗せて泣いた。

それはもう半年ほど前のことだ。

私はこうして孤児《みなしご》になってしまった。

といっても、もう私は二十歳を過ぎていてこの春からは女学校の臨時教員をしている。だから孤児の境遇になったといって女学生のように感傷的になる必要もない。それに年号も変わり、あの大正の御代《みよ》の少しばかり浮かれ過ぎた時代も終わろうとしている。都会中が終わらない大博覧会であった日々を思い出すと私を少しだけ感傷的にさせるが、母さまのように私は空想に生きることはしないとうに決めていた。

大震災の日、女学校の寄宿舎の中庭から彼方の十二階の先端が「しひ」と音をたてて折れるのを見ながら、私は何故だか誓ったのだ。


「人攫いにわざわざ身を窶して私を迎えに来たのはあなただった。山人と里人の間に生まれた孤児だと、しひ物語を私に聞かせた」

「まるで折口の言う貴種流離譚のようであろう」

柳田はうすら笑う。

「何故、あなたはこんなふうに虚と実の隙間で私を育てたのですか」

北神はずっと問い糺しかねていた疑問を口にした。山人の末裔として育てられ、そして柳田が秘かに集めた山人、つまりは幻の先住民族の資料ごと満州に流離された。その理不尽に逆らえないのは、柳田が本当は父だと知っていて、そしてわかっていて、北神は妹である滝子と契ってしまったからだ。

「契ったのは母ではなく妹であったが、これで儂を殺せばエディプス神話と同じよ。近親相姦と親殺し。この国では禁じられた蛭子の王殺しの物語の復興となるぞ」

柳田は北神の心を読むかのように挑発する。無論、読心術を使うのではない。この男は小説の隠された意味を批評家が読みとるように人の心の内を読みとるのだ。

「幾度、唆したら気が済むのです」

「唆してはおらぬ」

「あなたを殺せば、私は物語の因果律にとり込まれる」

「物語の因果律、折口の言う物語要素というやつだな。神話も昔話も儀式も夢も歴史も人のふるまいも、愚かにもその因果律の中で動く。儂にも経験がある。儂は孤児だ。そう思うだけで甘美な気持ちとなり、いくらでも詩が湧いてきたことがあったものよ」

柳田はまた昔話をことさら懐かしんだ素振りでしてみせる。

「しかし、あなたは詩を捨てた」

「いいや、文学や詩に物語という因果律から自由になれ、と儂は勧めただけよ。夢など、夜の褥で女人の腕枕で見ればよい。しかし、この世に空想や夢が混じり、現世と物語の区別がつかぬのは困る」

「誰が困るのですか」

わかっていて北神は抗弁したくなる。

「わかっていよう、常民《じょうみん》が、だ。常なる人々がだ」

柳田は北神を見据える。

「物語は甘美だ。理に適ったこと、道理さえも平然と歪め、人々がそれに従う。全く、この日本という国家があるかのように皆でふるまうことでかろうじて成り立つと言ったのは森鷗外漁史だが、その何もないことに、かくもこの国の常民どもも為政者も耐えられるとは思わなんだ。空っぽであること、かのようにふるまうことのできぬこの国が無理に国になろうとすれば、この空虚を満たさなければいけなくなる。藤沢という男はそこにつけ込んで、ナチスもどきの神話を捏造《ねつぞう》して大衆を管理しようと陸軍あたりに提案したようだ。しかし、所詮は東大の新人会上がりのマルクス主義が根にある男よ。自分にない想像力を折口に購《あがな》わせようと近づいて、せっかくあの八坂堂に仕分けておいた折口の想像力に案の定、半端に火を点《つ》けた。瀬条機関の連中がそれを利用せんと暗躍したところまではよかったが、瀬条め満州を忘れていた。お前を儂が満州に流したように、あの土地はかのようにに耐えきれぬ奴らとその妄想が集う穢土《えど》だ。そこに嘘を真《まこと》に転じる国家を作りよった。今や満州は折口の言うところのにいるよ。妄想の地よ」

柳田は何もかも見通したように言うが、それは小説家が自ら概観を語るかの如き口調であった。

「あなたのおっしゃりようは、このあってはならないはずの物語の筋書きを誰が書いたかを告白するに等しいものに聞こえます」

「どうかな」

「その主である甘粕正彦を唆したのはあなたではないですか」

「甘粕は嘘でこの国の空洞を満たそうとしていた。ならば、如何《いか》なる物語で満たすかは儂が決めてやっただけよ。聞いてきたのは奴だからな」

「それであなたの蛭子の物語の因果律を発動させようとなさった」

「正確にはそのやり直しだ。どの民族の神話も足なえの子は水に流され、しかし帰還して王を殺す。即ち革命だ。どの国もそうやって血で血を洗い旧体制を脱したではないか。しかし、この国では革命が起きなかった。王を殺すどころか、蘇らせてしまった」

「つまりあなたは物語の原理で歴史の原理を糺そうというのですか」

「毒には毒というのはつまらぬ理屈だ。儂は選挙によってこの国がこの国たり得る手段を手に入れられるよう尽力した。それなのに常民どもはそれを拒んだ。そうであれば社会を変革する手段は一つではないか」

「革命、つまり王殺しの因果律を社会の原理に組み込む」

北神は柳田と問答しながら、折口もまた自分と同じこの男の駒であったのかと思う。

「いかにも」

「それでは、藤沢を唆し、折口にミューの翻訳をさせようとしたのもあなたなのだと認めるのですね」

藤沢という男もまた哀れな走狗の一人ということか。

「折口の奴の脚本が全く不出来だったので手を加えてやった。種本も『金枝篇』にすげ替えてやった。脚本の筆名には奴にちなんでちょっとした趣向を凝らしたが、無論作者の名など何の意味もない」

そうであった。この男は他人の語ったことを自分の名で本にする一方、いくつもの筆名で論文を書き飛ばす。そう考えると折口信夫という名さえこの男の筆名に思えてくる。

いや、折口だけでない。

「私もあなたの筆名の一つのようなものに過ぎないのですね」

「そうだ。とはいえお前は特別だよ。何しろ虚実の、隠り世と現世の境で育てて、その二つを見通せるようにした。お前はそれを観察し、記録することができる」

「それがどれほど残酷なことかおわかりですか。あなたは私に夢見て、そして醒《さ》めたままでいよと言っているに等しい」

「いかにも」

冷たい言葉が返ってくる。

それはわかっていたことであった。

「そのために生かした。そのために引き取った」

柳田は言って、わずかに頬を歪ませる。その刹那、北神が全く意識できない殺意の炎がその心を光の速度ほどで通り過ぎる。

それと同時に赤い飛沫《ひまつ》が柳田邸の天井の梁に散った。

雫がぽちゃりと滴った。

血、であった。

柳田の首筋には赤い塊が食らいついている。

臍《へそ》の緒と胎盤が付いたままの赤子だ。

「……蛭子」

そう名を呼ばれ、それはにたりと笑った。

「お前の中の蛭子だ。儂が始末してやろう」

北神が仕込み杖に手をかけるまえに、柳田は無造作に蛭子の頭を摑むと、天井に叩きつけた。

ぐしゃり、と潰れる音の代わりに「しひ」と空気が軋んだ。

「迂闊だな、北神。今お前は愚かにも父殺しを一瞬でも夢想した。これで、蛭子の血の匂いに誘われて奴が来るぞ。折口が来るぞ。儂を殺しに。全く愉快だ」

柳田國男は愉悦に満ちた表情を浮かべた。

（十九）藤沢の上人

がきやみとは何かと母に繰り返し問い、弱らせるのが子供の頃の折口の悪癖だった。街頭の看板に傾向映画や漫画映画の宣伝が描かれるようになってから、とんと小栗とも照手とも耳にすることはない。道頓堀の芝居小屋で年に幾度かは小栗物の絵看板が掲げられるが、餓鬼阿弥のくだりだけは避けられていた。それでも祭文語りの稽古本《けいこぼん》あたりから耳だけでがきやみの語だけを聞き覚え、それを口にすると顔を顰《しか》めるのが何か日頃は冷たい母の関心を束の間、引いた気になったのである。

がきやみを熊野本宮に湯治に行く不遇な病人の意味と母は誤解していたから、口にすることを躊躇ったのであるが、本当は餓鬼阿弥と書くことを知っていた。閻魔《えんま》が十人の家来と小栗の蘇生を許したものの、魂魄《こんぱく》を寓《ぐう》すべき現世にあるはずの骸はもはや荼毘《だび》に付されていて、小栗一人が、墓所である塚が割れ、一体の餓鬼としてこの世に戻るのである。

小栗塚が、四方へ、割れてのき、卒塔婆は前へ、かつぱと転び、群烏《むらがらす》、笑ひける。藤沢の御上人《おしようにん》は、なんとかたへ御ざあるが、上野《うわの》が原に、無縁の者があるやらん、鳶烏《とびがらす》が笑ふやと、立ち寄り御覧あれば、あらいたはしや、小栗殿、髪は、ははとして、足手は、糸より細うして、腹は、ただ鞠を、括《くく》たやうなもの、あなたこなたを、這ひ回る。

と、説経節なら唸るところだろう。

折口はその餓鬼に魅せられたのだ。

小栗と十人の屍はどうなったのか。全員が火葬なら骨と灰しか残らぬ。高野山《こうやさん》で野ざらしの骨を頭から手足まで人の形に並べて、砒霜《ひそう》を塗って藤の若葉の糸で括っておいて、十四日晒す。そして沈《じん》と香を焼いて反魂、すなわち死者を生者にしたのは確か西行《さいぎょう》法師だったか。小栗と十人の骨が偶然にも人の形に散乱し、それが餓鬼になったのか、あるいは古塚の他人の骸を借りたと考えた方が合理的だが、やはり餓鬼阿弥は空也《くうや》の反魂の術の人形と同じと考えると、いたく物悲しい。

物悲しさこそが折口が愛でるものだ。

空也の作った人はヒトガタであるから人の形をしていてもおよそ人らしさがなく、声は吹き損じの笛のようで始末に負えず、実際、始末に困ったから空也は山に置き去りにしたという。

父によって人の道を外れる形で創られて、捨て子のように山中に遺棄される。餓鬼阿弥とはそのようなものの一つではないかと幼い折口は夢想し、孤児の夢を本当の母ではないと疑う母にむずかるように語ったのである。

それをまるで己のようだな、と仮面の下で同時に憐れんだのは木島であったのか春洋であったのか。ともはや二つの魂魄の区別さえなくなった俺は思い、さて、その己、とは折口のことなのか我らのことなのかと考え込む。折口の心と我らの心の境も失《う》せた。今や全ての境が失せているのだ。

「なあに、儂の左右の目は少しばかり違う方向を向いているだろう。これが便利でもあり不便でもあり、一つのことを一つの方向からだけ見ることができぬ。だから一つの方向に走る世の中や、軍の連中とは違う場所からつい物事を見てしまって出世もできぬ」

「つまり我らが一人一人、別々に閣下の左右の目には映っている、ということですか」

「そういうことだ。しかし、講釈している余裕はない。急がねばならぬ」

「どこへですか？　我らは……」

「春洋である俺は折口という父を殺すことを躊躇い、木島である俺は蘇らせたつもりの月に逃げられてしまった」

俺たちは口を揃えて言った。

「つまり、君たちは空である。今や揃って目的というものに去られてしまったわけだ」

安江は俺たちの心を正確に言い当てる。

「ならば役割を与えてやる。君たちは仕分け屋だ」

「つまり最初に戻れと」

「そうだ。君たちは仕分け屋である。儂が今、そう辻褄を合わせた」

辻褄師の安江が語ると、たちまち辻褄に支配され、俺の意志に反して身体が動く。俺はフォルクスワーゲンの扉を開けて車に乗り込む。

「生憎《あいにく》、我らは運転ができませんので、閣下に運転手のままでいていただきます」

俺でない木島が言うが、その俺はどちらの俺だ。

「一向に構わん。むしろ愉快である」

俺は後部座席に腰を下ろす。

「さて、一体、何を仕分けましょう」

俺の口である口から俺は言う。だがこれもどちらの俺かはわからぬ。少なくとも俺でない。しかし安江は気にしない。

「無論、あってはならないものと、あってもまあ、よいものに決まっておる。まあ、よい、というところが儂らしいだろう。それが辻褄のこつだよ。糊代《のりしろ》を残すのが大事だ」

訊かれもせぬのに安江は講釈する。

「それであってはならないものとは？」

確かめるように俺ではない木島は言う。そこで俺は初めて気づく。

俺の口唇は動いていない。

つまり、木島の口唇も動いていない。

俺たちは何も発していないのだ。

仮面が喋っているのである。

仮面の下の俺、藤井春洋も、ただの木島でしかない殺人鬼も、所詮は出来損ない。人でありながら人でない草木のようなものだ。

「ふむ。西行のヒトガタというよりは、フリッツ・ラングの『メトロポリス』の人造人間に近い。君らは実際、人造人間だよ。マリアの魂が込められて初めて人となるのと同じだ。魂が入ると人造人間にマリアの顔が移るではないか」

安江が前を向いたまま、両眼でしげしげと後ろの俺たちを見て、感嘆したように言う。

「この仮面が魂とでも言うのですか」

俺だけが驚き、驚きながら同時に納得する。

「能面と同じか」

「いかにも。君たちが木島なのではなく、面が木島なのだ」

俺はそこでこの面を誰が創ったか悟った。

能の役者は面を被った瞬間に面に寄生されて能の作中人物となる。物語の中の人となる。そんな面を打てるのは翁面《おきなめん》の時代の春日《かすが》か日光《にっこう》か弥勒《みろく》か、観阿弥《かんあみ》、世阿弥《ぜあみ》に応えた面打ちたちの時代のものか、さもなくば今の時代なら――。

「そこから先は思わぬことだ」

安江は俺たちの心の内と会話する。

「全く、便利は便利である。人と人の心の壁がこうやって無くなってしまうのは。この現象はテレパシーとでも言うべきなのか、昔話の妖怪のサトリと比喩すべきか。しかし、今やあらゆるものの、境が揺らいでいる。男と女、私と他人、昼と夜、現世と隠り世。全ては混沌としておる」

「では、仕分けすべきは現世と隠り世ですか」

俺の混乱を余所に仮面は言う。

「ふむ。そういう言い方もできるが、もう少し正確に言っておきたいなあ。何と言ったらいいのだろう」

今度は安江の右目だけが後部座席を振り返る。そして左目がくるくる回り、思案する。

「そうだね、月並みな言い方で言えば物語と現実といったところかな。何しろ二つの世が今や混乱して、世界を支配する因果律まで混乱している。この件は恐らく瀬条機関にいた方の木島くんなら聞いたことがあるだろう」

そう答えたのは土玉であった。

いつの間にかいる。しかし、ここととどこかの区別さえ、きっと失くなっているのだ。

「なあに、僕も車の運転は苦手でね。しかし、仕分け屋の木島くんは久しぶりだね」

土玉が語りかけたのは、仮面の下の俺たちにでは無論ない。

仮面に向けてだ。

「この世を支配するのは二つの因果律だ。一つは科学の因果律。一つは物語の因果律だ。そもそも、この列島の人々は一つの王朝がまつろわぬ民を殺戮《さつりく》していった歴史を神話として語り、その記憶を儀礼として幾度も幾度も繰り返した。儀礼とは記憶のための装置だ。生きる喜びも悲しみも老いも死も全ては物語として様式化され、かつての我々はその因果律で生きてきた。つまり人は物語のように生きればよかった。しかし、近代という時代は違う。科学という新しい因果律に全面的に支配されている。無論、自然科学だけではない。社会も歴史も我々の存在も皆、科学的に観察される科学的な存在だ。知っているだろう？　天皇制だって政治学という科学によって描き出された立憲君主制という合理的な制度であり、天皇もまた一つの機関なのだ」

「ふむ。瀬条機関が天皇機関説の賛同者とは誠に愉快だ」

「ところが、仮面をしていない木島くんには説明したが、殺人鬼としての木島くんは、あたかも神話を再現するように殺人を繰り返した。つまり木島くんの支配された因果律は神話、すなわち物語の法則ということになる」

「それが全く困った話なのである。来たるべき大戦……といっても中国大陸でとうに戦争は始まっているのだが、今度の戦争は科学の戦争になる。武器から人の心まで科学にならねば勝てぬのに、神話や神を担いで戦争をやろうとする輩がいる。無論、奴らは物語という因果律の本当の恐ろしさは知らぬ。だが、そもそもミューが接近することがなければ科学と神話の因果律の混乱も起きなかった」

「つまり、殺人鬼木島の儀礼的殺人は一つの予兆であったということですな。いわば未来をもどいた」

仮面が答える。

「ああ、やっと懐かしい木島くんの声がした」

土玉が言う。懐かしい、などという人の情がこの男にあるのも、あらゆるものが混沌としてしまった結果なのか、と俺でなく、仮面の下の木島がぼんやりと思う。今や仮面の下の木島の意識はひどく虚《うつ》ろだ。

「つまり、わかるだろう。藤井春洋が父殺しを思い立ったのも、物語の因果律の発動なのだ」

「私の意志ではなかったというのですか」

春洋である木島が心の中で言う。

「君は元々折口博士に物語の因果律で支配されていたから、憑かれ易かったのだよ。だが、君は折口博士を殺せなかった。何故か。民俗学者の藤井くんなら知っていよう。この国の神話が始まりの時から王殺しを禁じていたことを」

　土玉の言葉に、ああ、と春洋は思った。

「蛭子か。あの神話の因果律が動いたのか」

「いかにも。今世紀初頭にフロイド博士の門下のオットー・ランク氏が看破したように、古今東西の全ての英雄神話は一つの因果律に支配される。ランク氏はこう書いている。

　主人公の英雄は極めて身分の高い両親の子で、たいていは王子である。

　その生誕の前には、困難がつきまとっている。母胎にいる間に、あるいはすでにそれ以前から、その誕生を警告する告知が行われ、たいていは生まれれば子による父親殺しをされるという予言である。だから禁忌が課せられそれを破って子は生まれる。

　父母が禁忌を破り生まれた赤子はたいていは父親もしくは父親に代わる人物の命令で、殺されるか棄てられるかすることになる。通常は小さな箱に入れられ、水に委《ゆだ》ねられる。

　それからたいていは動物、あるいは身分の低い人々に救われ、雌の動物あるいは身分の低い女から乳を飲ませてもらう。

　成長し、紆余曲折《うよきょくせつ》を経て高貴な身分の両親に再会し、一方では父親に復讐し、片方では認知され、出世し名声を得る。

　これがランク氏の考えた神話の法則だ。たいていと幾度も繰り返すところが儂のお気に入りだ」

　安江は一挙に講釈する。

「ところが、この国の神話だけは例外でね。『古事記』でも『日本書紀』でも、父母が禁忌を破って特異なる赤子が誕生し、葦船で流されるところまでは同じだが、その後の運命がわからぬ。しかし、蛭子は戻ってはいけないのだ。英雄神話の法則に従えば蛭子は王を殺さねばならぬ。その因果律を大和朝廷は封印したのだ。父殺しをすれば絶対的な王が生まれる。しかし絶対的な王が君臨した王国は必ず亡びる。強き王とならぬ替わりに時々の貴族や武士たちに権力を委ね、生き延びる。大政奉還といったところで薩長《さっちょう》の田舎武士どもに今度は権力を委ねたに過ぎぬ。王殺しの禁忌からなる蛭子の因果律は、帝の一族が生き延びていく智慧《ちえ》だろう。だから明治に入ってから、天皇殺害を目論《もくろ》んだテロルはことごとく王殺しの禁忌が作用して抑止されてきた。テロルで殺せるのは政治家だけだ」

土玉は淡々と不敬な解説をする。

「それ故、折口信夫の貴種流離譚もまた、蛭子を論じながらその帰還から後に起きることを物語要素、つまり神話の因果律から省いたのだな」

これは仮面の木島の仕分けである。

「だから蛭子の因果律が動いたところで、本当の王殺しは起きぬ。それがこの計画に賛同した者たちが信じ込まされていたことだ」

——計画？　賛同？　春洋と木島が声にはできず、ただ心の中で愕然とする。

「ああ。僕の知っている方の木島くんが何も知らされていないのは当然だよ」

木島が駒であることを自明として土玉は言う。

「恵比須計画と名付けていたが、名はどうでもいい」

「いいや、名は重要であるぞ。計画の名前はすぐに中身の知れるものでないと賛同を得られぬ。何しろこれは来たるべき大戦に備えての計画だったのだろう。君は蛭子の運命がどうなったか知っているだろう。『古事記』にも『日本書紀』にもその運命は書かれていないが、庶民たちは蛭子は夷、即ち七福神の恵比須となって戻ってくると信じていた。宝船だよ」

「元を辿ればパプアニューギニアのあたりで見られる信仰で、富をもたらす先祖や神が海や空からやってくるというものだ。鹿島や琉球あたりでは海の彼方から米俵を積んだ三隻の船がやってくる、という信仰がある。その神のもどきである、布袋《ほてい》に似た面をミルク神とも言うはずだ」

元の木島の困惑をよそに、仮面が安江らの計画とやらをもどいていく。

土玉が続ける。

「無論、宝船に積まれた財宝を呼び寄せ、来たるべき大戦の戦費に充てようということではない。昔話に死体が金に変わった一種の錬金術のようなものが描かれているから、僕はその可能性を否定はしない。だからあの百幾人の水死体は未だ惜しいことをしたと思っている。しかし、蛭子が恵比須に変じた、というのは、蛭子の帰還、即ちミューの接近が現世の原理を超えた現象をもたらすという意味だというのが妥当な理解だろう。恵比須計画はその現象を利用し、我が国の科学力を急激に発展させようというものだ」

安江がもどく。

「そもそも来たるべき大戦の相手は英米。どう机上演習しても現在の日本の兵力では勝てる戦争ではない。慌てて科学を国策にして科学戦に備えたところで間に合わぬ。この国は焦土となる、と瀬条の人間計算機でも予言戦の調査でも同じ結果だ。我が国は最後は敵国の強大なる科学に敗れる。それを阻止する方法は二つ。つまり、戦争をしない。儂のお勧めはこちらだった。満州にユダヤ人を呼び寄せ、英米を懐柔する。ナチスなどとの同盟などどうなってもよい。もう一つは、開戦までに我が軍の科学力を英米が足許にも及ばぬほど飛躍的に進歩させることであーる」

「ああ、あーる、という安江さんの口癖が久しぶりに出ましたね」

何故か土玉は嬉しそうに言う。

「つまり、ミューを呼び寄せ、隠り世と現世が混沌としている間に瀬条が常軌を超えた発明を行い、それによって科学力を瞬時に進化させる」

「僕は死体を金に変える一種の錬金術もそれで可能になると思っているが。それはともかく、このようにして蛭子の到来を福に転じる。それが恵比須計画というわけだ」

「ミューが近づく周期に入ったのはわかっていたから、それを更に引き寄せて津波のように現世を満たそうと思った。そのために折口博士が貴種流離譚と名付けた妄執を利用させてもらった。貴種流離譚が発動すればミューは到来する。蛭子は戻っても福はもたらすが王殺しは行われない。それがこの列島の文化の法則のはずであった」

安江と土玉はまるで二人で一人のように計画とやらを説明した。

「つまり国体は絶対に安全であるはずだった」

仮面の木島が恵比須計画の肝の部分をもどいた。

「ところがだ。儂の得た情報では、帝が真床《マトコ》襲衾《オフスマ》を被って物忌みに入ったという」

安江は沈痛な面持ちでそう切り出した。

——なんだと。

春洋である俺が心で叫ぶ。

「ふん。さすがに藤井君は折口博士の優秀なる門下生だ。そうなのだ。帝は新たなる天の皇子の降臨に備えているのだ」

「つまり、古代以降、初めて蛭子による王殺しが発動してしまったのですな」

土玉が学徒らしい冷静さで言う。

「そうだ。帝までもが神話の因果律で動いてしまえば、日本は歴史以前の古代に戻ってしまう。物語や嘘が本当のことに全面的にとって替わる」

「それも悪くない、と個人的には思いますが」

土玉が皮肉めかして言う。

「馬鹿を言うな。そんなことをしたら本物の王が生まれ大東亜共栄圏や満州国までもが本物の帝国になってしまう」

呻くように安江が言った。春洋である俺は意外だった。この男はそもそも妄想の語り部の一人だったではないか。

「夢はただの夢、狂人の妄想はただの妄想。夢や妄想に遊ぶのも自由だが、分だけはわきまえぬと悲劇は大きくなる」

「悲劇？」

「そう。言ったろう。これから始まる戦争に我らは負けるのだよ。それが科学の結論だ。海軍の連中が机上演習をやっても同じ結論が出た。瀬条の人造知能も、岡田建文《おかだけんぶん》という柳田國男の許に出入りしている世間師も、それから儂と懇意にしているユダヤ人のラビも皆同じことを言っている」

「件もそう言いました」

土玉が揶揄ではなく事実として言う。

「ああ、牛の化物の件とやらも、アマビエという猿の声をして海の中で光る獣も同じことを言った。その悲劇を阻止するにはこの国は物語と決別せねばならぬ。言ったろう、王殺しをさせればこの国の原理は完全に神話の法則に支配されてしまう」

そうさせないためにはどうするか。

「つまりは王殺しに向かう蛭子をもう一度、私に殺せと」

木島の仮面が安江の意をもどく。

「そうだ。だから儂は木島君を捜したが、平八郎にも平九郎にも会えず仕舞いで、やっと本物の木島君に会えた」

本物の木島とは仮面のことを言っているのであろう。仮面のもどきであった我らはだから仮面に二人してとり込まれたのであろう。どうやら我らは仮面に従い、舞い踊るしかないようだ。

「殺すのはただの蛭子ではない。蛭子は発動した物語の因果律の象徴に過ぎない。本質を誤るな。何しろ、相手は厄介だぞ。甘粕正彦の映画の中の人物だ。甘粕め、ミューの接近での虚実の混乱に便乗して、大杉を偽王に立たせ偽満州国もろとも虚実、真偽を反転させようと目論んでいるのだ」

「それが満州映画協会の野望なのです」

土玉がさらりとまとめ、仮面の木島が「うむ」と頷いた。

——甘粕正彦とは何者なのです？

そう、元の木島と春洋は問いたかったが、仮面の木島はとうに承知しているらしく、開口してくれなかった。

また同じ光景を観る。他人の心の内だ。他人の感傷だ。

餓鬼阿弥のことを想い、いつのまにか山中に棄てられた悲しき人形のような感傷に浸っていた俺の心が甘美に痛む。

痛んで、おや、道頓堀の芝居絵の記憶を前にも一度思い起こしたが、あれはそもそも俺の記憶ではない、とまた思うのだ。蘇ってからというもの、俺の個我と他人の個我が奇妙に溶け合ってしまう。

考えてみれば、死ぬ前の俺は俺が俺であることを世の中に誇示するのに何と必死であったことか。世間をいかに騒がせるかが全てであって、騒がせるためには何でもやったが、結局はやり過ぎて簀巻きにされて井戸の底に石詰めにされた。しかしそうやって息絶える時でさえ俺は、これで俺の名がまた世間を騒がせるぞ、俺一人と鮮人一体何万人分の虐殺とで釣り合いがとれるのか、などと人でなしの愉悦にさえ浸ったのだ。

愚かであった俺。

俺の名を喧伝したいとひたすらに願った宣伝時代の申し子としての俺。

俺の名が全てであった俺。

俺の名？

はて何だ？　俺の名は？

共産党の女には夷三郎と呼ばれた。

その前の、あのお伽話のように切り刻まれて死んだあの女は俺を何と呼んだっけ。

ああ、それより昔の俺が知らしめたいと思った俺の名はとうに忘れてしまった。あの砂糖菓子のような少女がチョコレートボンボンの香りをさせて俺の耳朶《みみたぶ》を震わせるように囁いたあの名は何であったのか。

ああ、魔子の名はまだ覚えているのだな。

「私たちの名は何でもいいのよ。名はもうとっくに問題ではないの」

後ろで女の声がした。

俺をとり合って刃傷沙汰を起こしてくれた女のどちらかの声にも、餓鬼阿弥の俺の土車を引いてくれた照手のような女にも、共産党の女にも、魔子のようにも思えた。

「私たちの名も何でもいいのよ」

女はそう言って俺の後ろから白く細く、骨さえ透き通るような不確かで、しかし優美な手で俺の頬を母のように愛で、諭すのだ。

「私もあなたも誰でもありうる。名などどうでもいい」

もう一度、女が言う。

「言われずとも、俺もそんな気がしていたよ、ずっと。しかし、愛しい女よ、俺の背に立つ女よ、お前は何者だ。いや、それは名ではなく、もっと本質としてのお前のあり方だ。ああ、うまく言えぬ」

もどかしい。

しかし、もどかしいのは俺が答えを逃げているからかもしれぬ。

「あなたは既に答えをおっしゃっている。あなたの背に私がいると」

「ああ、そうか。俺とお前は」

「妹背《いもせ》」

「戯れ給ふさまいとをかしき妹背と見給えりの妹背か、それとも、枕を並べし妹背の方か」

妹としての女。

妻としての女。

「いずれとも」

「するとうぬは俺の妹であり妻か」

「そして、水の女」

ほう、と、どこかで誰かが感嘆した。

「水の女」

「あなたは土車に乗ってここまで来られたではありませんか」

「ああそうだ。俺は小栗だった」

俺は俺の幾世も前の名、俺を俺たらしめる因果律の名を思い起こす。

「掌を御覧なさいな」

女は言う。

俺は掌を開く。

すると実に下手くそな字でこう書いてあるではないか。

　この者を熊野本宮の湯につけてたべ。こなたより薬の湯を出すべし。藤沢の上人へ参る。

そして閻魔と書かれた血の色の如き朱の判までが丁寧に押されている。

「おい、藤沢の上人ってのは何者だ」

俺はつい瑣末《さまつ》なことに拘泥してしまう。

「あなたの知らない男よ」

女は言う。

一瞬、どうしたわけだか冷たい気配の、背筋の妙に通った見知らぬ男の顔が浮かんだ。そいつは餓鬼の俺を見つけて憐れみもせずに俺の手に何かを書き付けたことを思い出しかけたが、すぐに掻き消えた。

それよりも大事なのは、俺にとってこの女の役目が照手だということだ。俺を湯に浸け蘇生させる。本当に生まれ変わるための産湯を使わせる産婆だ。水の女とはきっとそういうことだ。

ああ、今の俺は俺を突き動かす世界の法則がはっきりと感じられる。社会主義でもサンジカリズムでも国家主義でもアナキズムでもスペンサー卿の社会進化論でもない。秦河勝《はたのかわかつ》が壺に入り、桃太郎《ももたろう》が漆の箱に、瓜子姫《うりこひめ》が瓜に入って皆、水辺に流れ着く。迦具夜《かぐや》姫とて他界に生を受くるため竹の節間《ヨノナカ》に籠もったではないか。蛭子も葦船で流離した。

その原理こそが俺の信奉する主義だ。

俺もまた餓鬼という異形の姿を殻の如く、蛹の如くその虚ろの内に身を潜め、他界に生まれるのを待つのだ。

忌み、籠もりだ。

今や俺はその時間を終えようとしている。

俺はすでる、のだ。

母の胎内から出るのではなく、卵や蛹から次の姿に変じることをすでると言うのだ。

俺はすでり、甦り、そして俺は水の女によって禊《みそ》ぎし、そしてこの妹を妻とするのだ。

そうやって王家から捨てられた貴種が流離され帰還する。

貴種流離譚。

それが俺を支配する法則だ。

無論、俺がこれから演じるのはその続きだ。戻ってきた蛭子が為すべきことをするのだ。

なるほど。

湯に浸かりたくなってきた。

「湯殿はどこだ？」

俺は水の女に訊く。

「あちらに」

指さした先には杜がある。

前から杜はあったが、いささか様相が違う。

杜は噴山の煙の如く天へと、実に厳かに迫り上がっている。その向かう先に天があると言ったら、今の俺は信じるだろうか。

そしてその杜の一番奥底の夜より暗い闇の中に、微かに光るものがある。

目を凝らすが、形などわからぬ。

わからぬが、きっとあれは枝の形をしている。それはただそう確信する。

ゴールデンバウ。

金の枝。

俺は俺の映画の題名を思い出す。

きっとあの金の枝を守る不眠の番人が、それを折りに来る者、すなわち俺を待ち構えているのだ。

湯に浸かるのはその後だ。

王を殺し、王になる。

その後だ。

それにしたって、この映画のあらすじは誰が書いたか知らぬが、アナキストの俺の来世としては頓知が利き過ぎている。生まれ変われば六道のいずれかになると、子供の頃、どこぞの毛坊主に脅かされたが、その時、自分は虫けらにでもなってしまえばいい、と思った。しかしそれよりも俺はどうやらもっと罪深いらしい。

俺は俺が最も憎んだ国家となってしまうのだ。

ああ、それは本当は俺が心から望み、愛する余りに憎み、消えてしまえと思ったほどに愛したものではないか。


月を見上げた。頬の女が天の月から滴る血を舐めると、鉄の味がした。そしてひどく心が痛んだ。

たった今、どこかで一人の俺が殺されたのだと、折口信夫は見も知らぬ蛭子の死を思う。

今や現世はミューという隠り世に満たされている。その証拠に薄野原はまるで湖のようではないか。

手足に触れる穂や葉はまるで湯のように柔らかく温もっている。

羊水のようだ。

足許に何かが触れる。

魚の群れだ。

ああ、あれは人魚だ。美蘭が欲しがった人魚売りの人魚だ。

水面に群れる人魚たち。

津波のように師の家に向かうのだ。

「人魚じゃないわ」

頬の上の女が答える。

すると折口は手を水に潜らせて、人魚の尾を掴む。折口の意志ではなく、女の意志だ。

その指先に跳ねる人魚の顔を見て、折口は戦慄する。そして諦念《ていねん》する。

それは人魚ではない。

蛭子であった。

手も口もなく、顔にも目や鼻や口のあるべき場所にただ穴が穿たれている。御玉杓子のようだ。白い裸身が赤い月に薄紅色に映える。

だが、その身に何もないその蛭子は、けれども、その鼻があるべき場所に穿たれた穴のすぐ脇に、青いインクの染みのような痣があるのだ。

ああ、これらは皆、俺か。

そう納得した折口に、折口の顔の上の女が微笑む。その微笑が折口の頬の筋肉を伝わって、多分、今の俺も微笑んでいるのだと折口は思う。

そして折口は女の正体を知る。

「お前は菊理《ククリ》か。黄泉比良坂に現われて何事かを伊邪那岐に伝える。あれは禊ぎを勧めたのだと私は考えていた」

「そうよ。だって、私はく、く、くくり姫よ」

「くくりは水を潜るの意」

「だから……水を潜りなさい、折口信夫」

女がそう言うと、たちまち折口は水に引きずり込まれ、青痣のある人魚の群れの一つとなった。

そうだ。俺はこれから父を殺しに行くのだ。

あの時のように。

あの時、とはいつか？


書き割りの風景はまるで『カリガリ博士』か、村山知義《むらやまともよし》の舞台装置のように清水には見える。薄っぺらな板切れが気ままな形に切断され、色を塗られ、そして子供の工作のように気ままに何の秩序もなく組み合わされ、更には巨大な歯車やベルトで繋がれ、意味深に回転する。

つまり、機械である。

しかし、それは何も生み出しはしない機械だ。

その中を機械舞踏のようにぎくしゃくと行進が続く。彼らは今度は誤らず、宮城《きゅうじょう》に向かうのだろう。あの時は宮城の主は最初から彼らを逆賊と呼んだ。反乱将校たちの蹶起《けっき》趣意書を読み上げかねた川島《かわしま》陸軍大臣を叱責し、「速ニ事件ヲ鎮圧」すべく命じた、と聞く。それで彼らのやったことは「逆賊」のふるまい、「事件」でしかない、となった。何も変えなかったから「事変」にさえなり損ねた。実際、帝都不祥事件などとしか呼ばれなかった。

だから清水はあの時、黒色テロリストのように宮城の主を殺すべきだと主張した。それでこそ真の革命ではないか。父殺しを目論まぬものに革命などできるはずはないのだ。

それなのに、今度は違うのか。機械の軍隊は宮城に向かう。一度めの彼らは占拠する場所を間違えたのだ。反乱軍の鎮圧の命《めい》が出るより先に決起した将校の自決の場に勅使の派遣を提案し、それを奏上もしたが、宮城の主は「自決するなら勝手にさせればよい」と拒絶さえした。ラジオで「兵に告ぐ」と放送が始まり、「下士官兵ニ告グ」と投降を呼びかけるビラが投下され、「勅命下る軍旗に手向かふな」と書かれた気球を、一人残された俺はぼんやりと見上げていたのだと清水は思う。

皇道派の幹部は職を解かれ、満州の関東軍では東条英機《とうじょうひでき》によって皇道派の軍人がことごとく獄舎に送られた。下士官の多くは満州に送られ、逆賊なのだから白骨となって、白木の箱で帰還せよと命じられたと聞く。

ああ、皆、死者になった。生きていても死者となることを運命付けられた。

そうやって隣りの男の顔を改めて見ると、名は思い出せぬがあいつだ。大恐慌で幼馴染みの少女が身売りし、そのことに憤っていた男だ。二度とそうならぬために国家を変えると思いつめた無口な男だった。

だが男の口許が奇妙に歪んでいる。あの真一文字に結ばれた毅然《きぜん》とした口許とは全く違う。目も白く濁っている。そして俺は男の首筋から銅線が飛び出し、電極らしきものが襟から服の中に入り込んでいることに気がつく。

何だ、これは瀬条機関の動く死体ではないか。空也が仙薬で創った人形でなく、電極で死者を動かす瀬条機関の悪趣味極まる発明品だ。まさに機械仕掛けの軍隊とは比喩ではない。

「いかがですか。機材の俳優です。百人ほどの死体が都合良く手に入ったのです。十七世紀のドイツ人建築家、ゲオルク・ベックラーが夢見た新しい機械の劇場にふさわしい機械仕掛けの俳優と言いましょうか。あるいは、ジャコモ・バッラの印刷機械を模した踊りマキーナ・ティポグラフィカと言ったらいいのでしょうか。何故、そんなものが必要かですって？　お教えしましょう。今、撮影中なのは、実はクライマックスシーンなのです。ラングあたりの表現主義の映画や、エイゼンシュテインの『ポチョムキン』もそうですが、最後は民衆の反乱で終わります。しかし、それは楽天的すぎますな。所詮、反乱は機械仕掛けの舞踏に過ぎない、というのが私の美学です」

突き出されたカメラの後ろでふんぞり返る男には見覚えがあった。仲木なんとかいう、転向した映画屋だ。いや、何でも屋と言った方がいい。専門などない男だ。機械の行進を奴らは台車で走る撮影車の上から高みの見物を決め込んでいる。

「おや、清水さんは御自分の配役に御不満のようですね。決起を躊躇った自分の今の生は死人と同じだといつもおっしゃっていたから、死人の役としてキャスティング致しましたが」

仲木は軽蔑したように言うが、こんな左翼の転向者に蔑視されるほどに俺は成り下がったのだ、と清水は自嘲する。

「では、配役を変えましょう」

仲木が言うや否や、書き割りに囲まれた舞台がぐるりと回り始める。黒子どもがそそくさと駆け寄り、そして手渡されたのは銃だ。

暗闇の舞台の上で、俺に照明が当たる。

幾人か俺の両脇に同じく銃を持った男が並ぶのがわかる。

「一体……」

言いかけた次の瞬間、正面にもう一筋、スポットライトが当たる。

そこに立つのは両手を後ろに縛られた男だ。黒い目隠しをしているが、それが誰かはすぐに知れた。

北一輝《きたいっき》だ。

ああ、軍法会議の判決が出たのだ。

「お前が最初に引き金を引け」

隣りの男が嘲笑うように言った。

裏切り者に逆賊を処刑させる。

そういう趣向らしい。

成程、俺にはぴったりだと清水は思った。

これも一種の父殺しだからだ。

だが、何故かそれにはつきあいたくない、と思った。

そんなものを殺して何の意味がある?

ない。

（二十）ロオマンス

蛭子となった折口は水の中をくぐる。

同じ姿の者たちが目に入り、たちまち動きは一つの旋律のように共鳴する。ああ、と折口は歓喜の声を思わず上げる。何故なら魚にも人魚にも見えるそれらは、かつて折口が愛した少年たちだからだ。あの海から戻った恵比須は清志らでもあったのだ。

今や彼らは折口と同じ群れとしてある。皆が一つの旋律で泳いでいるのだ。

その旋律こそ折口が物語要素と呼んだものだ。

眉間の痣には女の口が開いていて、その舌先から水の感触が伝わる。首のところには鰓《えら》があり、身体の内を水が循環する。

柔らかい。

母の胎の中の水だ、と折口は思う。

それは海の向こうから押し寄せてきたものだ。そう直感する。

ひとぐにから来たものだ。

い、い、い、ひとぐに、とは、古えの言葉が文字となった初めの時代に見える言葉だ。私たちと寸分違わぬ「ひと」

の棲むもう一つのくに。

他郷。

ここではないどこか。

海を見る度に折口は、このひとぐにが確かに眼前の海の彼方にあると確信していたのだ、感じていたのだ。

それはのすたるじい、としか言いようのない感情である。いつのことだったか、あれは熊野か、海に突き出た岬の先端に立った時、彼方の波路の果てに所詮、詩人の感傷と卑下する気にはなれぬ抒情《じょじょう》がよぎったのである。若かったから、そういう私情を論文に紛れ込ませた覚えがある。

その時、折口は不意にひとぐにとは妣の国だと思ったのだ。それは遠い先祖からの間歇《かんけつ》遺伝に違いないと思う。スサノヲノミコトが青山《せいざん》を枯山《からやま》にするほどに泣き喚き、恋慕った母のいる地だ。イナヒノミコトが波の穂を踏んで渡って行った先でもある。我らはこの妣の国を離れ、島々を渡り、列島を北へ北へと流れてきたものの末裔なのだ。

折口の人生もそうだ。折口はまるで蛭子のように母の手で捨てられ、流離し続けてきた。

そうこれまでの来歴を振り返る。そして自分を拾ったあの男を想う。あの男は、少年の折口を抱いたあの世俗坊主は、西欧の神話によく出てくる、流離された赤子を拾い、乳を与えた羊飼いか獣の母のようなものだったに違いない。

なるほど、だとすれば、あの男と寝たのは胎内回帰のようなものであったのか。

それが衆道の本質なのか。ならば清志ら少年たちも母を乞うていたのだ。同類だったのだ。

そう思いながら蛭子となった折口は、母の胎内の如き羊水の中につつまれ、このまま自分の個我など群れの中に消えていってていいとさえ思った。

そうだ。それは何と甘美なことか。皆で母に抱かれる子となるのだ。

すると、ふっと、水の中なのに痣の上の女が冷笑したのを感じる。

母を恋う男に女はいつも冷たい。

するとその冷笑に呼応するように人魚の群れの旋律が乱れる。

そして人魚の群れは旋律を離れ、折口の方を向いて月と同じように一斉に冷笑するのであった。

それで、ああ、間違えたと気づく。

俺はどこに還ろうとしているのだ。

還るのではない。

間違ってはならない。

行くのだ。

父を殺しに行くのだ。

いや、いや、いや、いや。

そう決めたではないか。

そして折口はやっと思い出した。

俺は父を殺そうとしたのだ。

十三の時にそう決めたことがあったではないか。

父の女のいる家に父を殺しに行ったではないか。

祖父の里を訪ねると言って父が女を囲う家に行ったのだ。

折口はその家に庭から回った。

そして縁側の向こうの障子が夏の昼間なのにぴたりと閉じられていることを確かめる。

あの向こうに父がいる、と思った。

そして女と絡みあっているのだ、と思った。

父はしばしば家を空けた。

すると家は重苦しさから解き放たれたが、その間、父がどこにいるのか女たちは知っていた。父の不在の間、女たちは華やいではしゃいだが、しかし、それとは裏腹に、父が執着する一人の女を、残された母も叔母も揃って呪詛《じゅそ》していたのである。

同じ女を呪うことで女たちは心を一つにする。

その女とは折口の乳母であった女だ。

縁側に上がり、折口は懐の短刀を着物の上から確かめる。

折口が自分の下半身を裂いた時の短刀だが、元は叔母の持ち物だ。

女が他家に嫁ぐ時に何かことあれば自害の時にと持たされるものだ。折口は叔母の枕の下にあったのを盗んだのであった。多分、叔母はわざと盗ませたのだ。

そして縁側に音を立てずに上がると、障子の隙間から部屋の中を覗いた。

そしてもう一度、確かめる。

俺はここに父を殺しに来たのだ。

一人旅がしたいと言った俺を叔母は止めなかった。それは、旅の目的を叔母が知っていたからだ。折口が旅の荷物の中にあの短刀を潜ませたのを叔母は見ていたのである。

知っていて、折口を行かせたのはそれが叔母の望みでもあったからだ。

大和の飛鳥坐神社に行く、と言ったら、叔母はそれで悟ったのである。大和明日香村には乳母が住んでいた。父は折口が物心ついてから祖父の養家であった飛鳥坐神社にあれこれと理由をつけては通っていたのである。叔母はその父と乳母の関係を疑っていたのだ。叔母は自分を裏切った父が許せず折口は乳母を奪った父が憎かった。

しかし、自分はあの時、その父を殺しに行って、それでどうなった？

わからぬ。

いや、思い出したくない。

きっと殺し損ねたのだ。

だからもう一度、戻ってきたのではないか。

だが俺は決めたのだ。

ならば今度こそ、この障子を開き、部屋に押し入り、父を殺すのだ。

そう必死で自分を諭した瞬間、折口はようやく羊水から身を起こすことができた。

目の前にあの障子がある。父を殺しに行って開けたはずの障子である。

人魚である清志たちが折口を見上げる。奴らがまた冷笑したのがちらりと目に入った。ああ奴ら、まだ何か企んでいる、と思った。

折口は意を決してあの障子をもう一度、開けた。

折口の目に飛び込んできたのは、産婆の手に掲げられた鼻梁に青痣のある赤子であった。

ああ、間違えた。

俺は俺が生まれた場所と時間に来てしまった、と思った。

そして、俺は母の不義の子ではなく乳母の子だったのだ、とその痣を見て身体が震えた。

本当の母であってほしいと思った人が本当の母であったのだ。ああ、たった今、これから俺は母に抱かれ本当の母のものであったらと願った乳母の乳房を母の乳房として含むのだ。

だが産婆は、手を伸ばした乳母である母に俺を渡さず、そのまま畳の上に俺を押しつけると、黙って俺の首を絞めた。

間引かれたのだ。

あの山姥の夢は真《まこと》であったのだ。

俺は間引かれた子供だったのだ。父母に疎まれたどころか間引かれ殺された子だったのだ。

では俺という存在は、あの赤子が首を捻られる間に一瞬で見た夢だったとでもいうのか。

悲鳴を上げようにも、赤子である折口は声とてなかった。

替わりに、声がした。忌まわしくも懐かしいあの声である。

「そのまま蛭子となってしまうかと案じていたよ。所詮、うぬも群れの中の一人かと」

高窓から、金色の月が見える。

部屋の中心に無造作に突き出す柱の向こうで、ライティングデスクの椅子をこちらに向けて、柳田國男は金色の光の中で折口を振り向いた。

一階が丸ごと巨大な書庫でその中心にある柱こそが、王が眠らずの番をして守り続ける金枝を伸ばすヤドリギであり、この書斎こそがアリキアの木立であったのか。

折口はようやくその比喩であり、真実であることの意味に気づく。

ここにこそ殺すべき父がいるのだ。

「やっと辿りついたか」

「あなたが森の王だったのですね」

その人を見上げる。

「散々言ったろう、儂には山人の血が流れていると。無論、嘘だが、嘘とは比喩であり、芸術である」

柳田は悪びれもなく嘯いた。

幾度も聞かされたが、誰もが戯《ざ》れ言だと思っていた。

「お前より先にこれだけの蛭子が儂を殺しにやってきたわ」

羊水に浸された書斎には斬り殺された蛭子が何百と無惨に浮いている。父殺しを目論んだのだろう。斬り捨てたのは、柳田の背後で気配を消して立つあの男の仕業に違いない。そこには清志らであった人魚も交じっている気がした。哀れであった。

「見せしめだ。少しばかり斬り捨てたら残りはすっかり大人しくなって、ただ蠢くだけだ。まるで人の世のようだ」

「あなたはずるい人だ」

折口はなじるように言う。

こんな些細なことさえ手を汚さない。始末は皆、この男に押しつける。それをなじった。

「こやつか」

柳田は背後の北神を振り向きもせず、言う。男は身動《みじろ》ぎもしない。

「こやつはつい今し方、金枝を折り損ねたばかりだ。それでこいつらが集まったから始末するのもこやつの仕事に決まっておろうが。浮かぶ蛭子どもは王殺しに来たというより、間引かれて子宮に戻ってきた胎児のようなもので、さながら子捨て川の様相だった。一体、手も足も生えぬ者に何ができるというのだ」

そう薄ら笑って折口に、それでお前はどうなのかと暗に問いかけてくる。

「わ……私は」

「私は何だ。皆まで言えばいい。この柳田をどうしたい。この間も儂抜きで民俗学会をこそこそと立ち上げ、儂が少しも要りはしない学問の名を盗んでみることしかできぬ、そのうぬが何をしたいというのだ」

柳田は幾年も前のことをまた蒸し返し、挑発するように言う。

折口は確かに柳田抜きの民俗学会の立ち上げに参画した。昭和の初め頃、しかしそれは柳田の気性がその時、殆ど周囲を寄せつけなかったからである。折口はむしろ柳田との和解を他の者に説得して回ったのだ。そのことは柳田とて知っているはずだ。だが、そうやって人の心を踏みにじるのは、この師の得意とするところだ。それは一種の才覚でさえある。

「髯籠《ひげこ》の話……だったか」

不意に柳田は折口の古い論文の題を口にした。折口の喉の奥に不快なものがこみ上げる。

因縁の論文だからだ。折口は大正の初め、まだ初々しい学徒だった頃、論文を柳田が主宰する雑誌に送った。しかし、この論文はしばらく掲載されずに、少しして柳田の変名・尾芝古樟による同じ論旨の「柱松考」が載ったのだ。そして、その後に折口の論文はようやく掲載されて、しかも尾芝論文を踏まえたものであるかのように勝手に手が加えられていた。

「あれをまだ恨んでいるか」

無論そうだ。自分一人で思いついたのと、誰かの物言いからヒントを得て書いたのでは全く価値が違う。

しかし、人の心など解することに何の意味があると言わんばかりの口調である。文句を返せば、ただの繰り言にしかならない。

言葉を呑み込んだのが不満なのか満足なのか、柳田は立ち上がる。

「祭りの時、長い竿《さお》の先端に付ける髯籠とは神の依代だ、とうぬは言い切る。そう言い切る根拠などないのに、うぬの直感はそう結論する」

柳田はそう言いながら、金枝に手をかけるのだ。

「髯籠も金枝も同じ依代よ。皆、この柱と同じ神樹よ。それを手にしたものに神が降りてくる。王とはいずこの地でもシャーマンだ。だが、神など本当に降りてくるのか」

折口はそれを聞いて愕然とした。この男は自分以外の何も本当は信じない。神を信じぬから神を扱う学問が出来る。

この男の考える民俗学とはそういう種類の学問である。

「うぬの『常世及びまれびと』もそうだ」

また別の折口の論文の名を持ち出す。柳田は、今度は雑誌掲載を拒むあまり、雑誌そのものを廃刊してしまったいわくつきの論文である。

「常世、ニライカナイ、妣の国、そしてこのいくつもの名を持つ異郷が我らの故郷の記憶であり、死者の還る場所であり、そして母の胎内である……うぬはまたもそう直感した。儂の周りはゴンムだシュミットだと西欧の理屈でしかない論文をひねくり回し、近頃はナチスドイツ式のフォークロアまでを振りかざす愚か者ばかりだ。だが、うぬは違う。そういう理屈を抜きに、そしてそう判断するに足る材料さえもなく、ただ直感で本質に至る。そういううぬの才覚に儂は嫉妬さえ覚えるよ」

折口は師から嫉妬という言葉が洩れたことに困惑する。

「だが、そういう直感は学問でなくロオマンスと呼ぶべきものだ。うぬはそれが過ぎる」

やはり切って捨てるのだ。

「ロオマンスが過ぎるのですか」

折口はその批難のために用いられた語が意外だった。何故ならそれは永い間、師に向けられた批難だったはずだからだ。

「全くうぬと儂は似ているのだ。昔、腐れ縁の文学仲間で、ずっと儂のことをロオマンスが過ぎると誹《そし》った男がいた」

そうだ。

その男が言ったのだ。

その男のことを口にすると、師の口許が不意に柔らかなものに変わるのだ。折口はその男にこそ、嫉妬する。

「儂が山奥に先住民の末裔がいると言った時も、海の彼方から我らの祖先が椰子の実の如くに浜辺に流れ着いたのではないかと伊良湖《いらご》の水辺で呟いた時も、十三湊《とさみなと》の奥底に、北方の失われし王国が沈んでいると考えた時も、あやつは口癖のように君はロオマンスが過ぎる、と言った。確かに儂は神隠しに遭いかけるほどに、あの世や隠り世に感応しがちな子供であった。だが、折口信夫、うぬは儂よりもロオマンスが過ぎるのだ。うぬのロオマンスは儂より先に行き過ぎる」

折口は師が折口の学問をこんなふうに語るのを初めて聞いた。似ているから、憎い。そう言っている。まるで父子の確執のようではないか。それは共感なのか叱責なのか罵倒なのか。

「うぬはノスタルジーをアタイズムだと言ったな。先祖の記憶だと。いかにも、ロオマンスとはくにの底に澱《おり》のように溜まるものだ。一人一人の人の心の奥底にそういう古層がある。うぬはそれを瞬時に言い当てる。しかもそれの所在を指さし、名を与える。常世、マレビト、ニイルと名づけた瞬間、名を合わせるように古層の混沌は一つの形となる。うぬの言葉はまるで天の沼矛のようよ。混沌を島の形に変える。なかったもの、ありもしないものをあるようにする。見よ、足許に蠢く蛭子どもを。これは皆、うぬが引き寄せたのだ。この世を羊水で満たし、海の底、妣の国に流した蛭子どもが陸を妣の国と信じて戻ってきよったのは、全てうぬがロオマンスを自制しなかったせいよ」

押し寄せる蛭子の数は再び膨れ上がっていく。浅瀬に鰯《いわし》の群れでも押し寄せたかのようである。

「鯨や海豚《いるか》の群れが自ら丘を目指し砂浜に乗り上げて息絶えることがあるというが、それと少しも変わらぬ」

柳田は口を鯉のように苦しげに動かす蛭子を一瞥して言う。

「これが常民の正体よ」

そう吐き捨てる。

常民、即ち民衆の普遍的な本質である。この男の学問の基調のはずである。

「だがな」

柳田は金の枝に再び手をかける。

「そんなものはこうすれば消えるのだ」

そう言って、森の王は自らゴールデンバウを折ったのである。

それを折った者が新たな王たり得る金の枝を王自らが折ったのである。フレイザー卿の仮説を嘲笑うように折ったのである。

夏の日の逃げ水が走り去るように床を埋め尽くしていた蛭子は消え、足許を浸していた羊水も引いた。

ただの静寂に戻る。

「言ったろう？　全てはただのロオマンスだ。さあ、最初の問いに戻るぞ。うぬは何をしにここに来た。

うぬはここで何がしたいのだ」

何とひどい、と思う。目の前で父殺しの象徴たる金の枝を折られ、その上で父殺しに、あなたを殺しに来ましたと言わせたいのだ。

柳田は天窓からさす蒼い月に照らされて言った。ああ、月さえもが元の蒼に戻ってしまった、と折口は悲しくなる。魔法が解けてしまったのだ。

「うぬが先にこの枝を折れば儂を殺せたのに。さあ、言ってみるがいい。うぬの見た夢を」

口にすれば折口の謀反は嘲笑される。

「私は……」

師の恫喝に、折口は力なく喉から言葉を絞り出そうとする。

「私は」

もう一度言って、折口は言いながら自分の喉が動いていないことに突然、気がついた。

替わりに眉間《みけん》の上がわずかに震える。

そして女の声がこうはっきりと言ったのだ。

「私は月に還りたいのです」

ああ、これは月の声だ。

前は木島の頰の上にいた女だ。

柳田は折口ではなく月に問うていたのだ。

そして、月が月に還りたい、と言ったのだ。

「ようやく正体を現したな」

柳田は月の女をしかと見据えた。

折口が憑かれたロオマンスを見据えたのである。


車の窓の外を不意に魚影が横切った。

魚影、と木島であり春洋でもある男は仮面の下で一瞬、混乱するが、その上の仮面の顔は少しも動じない。仮面だから顔が動かぬのではなく、驚くに値しないから動じないのだ。

「蛭子の群れですね」

これも土玉が少しも動ぜずに隣りで言う。

蛭子どもは胎児にも似た、手足の生えきらぬ山椒魚《さんしょううお》の出で立ちだが、顔だけは生まれたての赤子の如く皺まみれであったり、ただ、のっぺりとしていたり、癋見《べしみ》のようであったりと様々だ。人魚に見えなくもない。

ただ同じなのは、一様に面の如き笑いがへばりついている点だ。

蛭子、という古書に見える生物が目の前にある。国文学の徒の端くれとしての春洋は好奇心にかられる。じっくりと見てみたい。

蛭子という異形の存在に、仕分け屋であった記憶をかろうじて持つ木島は、あってはならぬか否かと身構えようとする。

だが二人とも首が動かない。今や彼らの人格を代表する仮面はそんなものに興味など示さないのだ。

「蛭子どもは水死体と比べると、どうにも醜悪だね」

土玉が退屈そうに呟く。

まるで何かの義務であるように、土玉はここに居るのである。

再び蛭子の群れがよぎる。

鰯の群れのように奴らは行くのだ。

「まるでこの国の大衆のようですな」

土玉はただ観察するように言う。そして、

「日本の選挙民など、ただ一様に動くことしか知らぬ魚の群れだと言ったのは、君の先生だっけ？」

と、土玉は春洋に問わず語りをするが、いいやそれは折口信夫でなく柳田國男の口癖だと言おうにも、仮面の口は少しも動きはしない。仮面には興味のない話題なのだ。

「全く、土玉君も、木島君らも呑気にも程がある。蛭子だか何だか知らぬが、魚の如きものが遊泳しているということは、帝都が隠り世の羊水に浸かっている、ということではないか。すると儂の運転するこのドイツ車はナチスの秘密発明品の潜水自動車の如く水中を走っていることになるが、さて、この車の中身が瀬条機関の開発した水中自動車と入れ替わっていたなどとは初耳であるぞ」

言うことの的は相変わらず途中で外れているが、自分たちが水の中を走っている車の中にいる異様さを異様だと言ったのは安江だけであった。

「不思議よのお。人も車も素知らぬ顔で口からあぶくを吐くでもなく悠々と街を行く。その目の前をあの肌色の大きな御玉杓子どもの群れが通り過ぎても気にもしない」

そうやって、不思議を素直に不思議と口にできるところが、この男の美徳である。

「それは先ほども申し上げたように、閣下の二つの目が違う方向を向いているからです。一方では隠り世、他方では現世を見ることになれているからですよ。凡庸なる大衆は、帝都が今やミューの羊水の中にあることに気がつきはしないのです」

土玉が説明する。

「なるほど。とうとう二つの世の境目が堤防の如く決壊してしまった、ということか。それにしたって、この水は何だね。海と同じものかね」

「瀬条機関は科学者にあるまじき迂闊さでミューの到来を津波の如き現象に比喩していましたから、比喩が形になったというところでしょうか」

「なるほど比喩が形になってこの海となったわけか。しかし、こいつらはどこから押し寄せてくるんだい」

「人間の自我の奥底、人類普遍の無意識からだ、というのが瀬条機関の公式見解です。無意識の奥に沈殿したものをユング博士はアーキタイプと呼びました。抑えつけられた自我やら欲求やらの面倒なものがお伽話の作中人物のように水底を漂う。そういえばペルソナ、即ち仮面もアーキタイプの一つでしたな」

土玉が退屈そうに続ける。饒舌だけは躁《そう》状態だったかつての土玉氏と同じである。

「するとこの奇妙なる洪水こそが集合無意識のことなのか」

安江は持ち前の無邪気な好奇心で感嘆する。

「まあ、僕には関係ない光景です。多分、無意識なんてものは僕にはないから」

土玉は退屈さの理由を語る。

「儂もそうであるな、きっと。表に出せぬ心の内が垢や塵芥《ちりあくた》のように凝り固まって、無意識なる水面の下に沈むというのがフロイド博士やユング博士の学説らしいが、全くそんなふうにいちいち屈託していたら生きてはゆけぬではないか」

安江も同意する。

殺人鬼としてのただの木島にも恐らく無意識はない。衝動はすぐに殺人となって行動化する。

自分はどうなのか。春洋だけが、考え込む。

土玉が退屈そうな横顔を窓の外にちらりと向けた時に蛭子がまた横切る。

今度は一匹である。

くすり、と土玉は失笑する。

何故ならそいつは木島たちが被る仮面に似た顔をしていたからだ。

「誰のペルソナだか」

土玉が哀れむ。

「ああやってただ漂って無意味に動いているうちはまだいい。だが」

安江がそう言ってフロントガラスを見上げた先には、人形の群れがあった。

「群れとなり群衆となってしまうとは、質《たち》が悪い」

蛭子の群れが行列の中に合流し、そして手足が生えて人に似た形になっていくのだ。

そして、人の大きさほどのヒトガタ、紙製の御幣《ごへい》にも似た紙人形となって、おっしおっしと紙の兜《かぶと》に紙の鉄砲を抱えて行進するのだ。

式神《しきがみ》の如くだ、と春洋は思う。

紙人形に仮初めの魂を吹き込む下等な呪術である。

しかし、それはどういう類いの呪術かと春洋は思い、そして紙人形どもがもごもごと呪語を唱和するのに気がつく。

ヒトガタどもはこう詩を唱和しているのだ。

――たゝかひを　人は思へり。空荒れて、雪しと〳〵と　ふり出でにけり
つゝ音を聞けばたぬし　と言ふ人を　隣りにもちて、さびしとぞ思ふ
天霧《あまぎら》ひ雪ふり来たる。あはれ　はれ、けふもよき人の　ころされむとす
すめろぎの伴《とも》の隼雄《はやを》と憑《たの》みしが　きのふも　けふも　人をころせり
この国のひとの　心のやすからず。春ふかく　雪は　ふりてこゞれり
ことし　雪しば〳〵来たり　春おそし。若きかどでを　おくりなむとす

春洋はその詩を聞き、身震いして、おぞましさを覚える。

それはあの大雪の日のクウデタア未遂事件で謀反した将校らの不遇に憤って、折口が歌った詩だか

らだ。

それを奴らは唸るように唱和するのだ。

その歌にさすがに仮面の顔も微かにひしがれた気がした。折口の詩は人の魂の奥底でなく、人と人の境を越えて、ある心の古層を揺り動かすのだ。

「さしずめ動く水死体だね。あれこそがユングの言うアーキタイプってやつだね。人の心の古層が共鳴すると、人はそれを民族だの国家だのと錯誤する。そして形になりたがる。全く、あの人造人間どもが本当の人の姿にならぬうちはまだいいが」

土玉が心底うんざりしたように言う。

そして、仮面の下の二人は怪訝に思う。紙の人形を人造人間と言うのはいささか大袈裟だ、と思ったからだ。

「ロボットだって？　あの二流キネマに出てきた怪光線を出すあれか」

その前に安江が反論した。

ラングの『メトロポリス』でなく、右翼で人足どもの大親分の配下で奇作怪作をひどく真剣につくって見せた、大都映画の人間タンクあたりを思い浮かべるのが安江らしい。

「いや、あれはどう見たってマリアですよ。『メトロポリス』の人造人間です。水死体にそっくりだ、とも言える」

それで土玉には水死体がどう見えていたかを春洋は初めて知るのだが、安江が反論する。

「どこがマリアだい？　飛び箱を逆さにして頭に置き、腹にガスのメーターを付けた不細工なる姿は『怪電波殺人光線』の人間タンクであろう」

「いいえ、銀色に輝く流線形からなる機械芸術たる人造人間のどこがあなたにそう見えるのです」

蛭子が泳ぐ水に浸かった帝都と、あってはならぬものに満ち満ちた世界で人造人間論争とは、と春洋は呆れながら、しかし主観はすいっと瀬条の木島の方に移った。

すると今まで御幣に見えていたものが、ホルマリン漬けの死体の如く変色した首筋から針金を突き出し、ぎくしゃくと不規則に手足を跳ね上がらせて歩く行列に変わったのである。

ああ、木島にはこう見えているのだ。

春洋は納得する。土玉にはマリアに、安江には人間タンクに、国文学者の自分には依代たる紙人形に、そして瀬条機関の木島にはフランケンシュタインの怪物の如き電極にて動く死体に見えるのだ。あれはそれぞれの想像力や経験のあり方によって違って見えるのであり、考えてみれば同じ現し世に生きていたところで同じ世界を見ているとは限らぬではないか。

つい今し方、皆がないと嘯いた無意識が、やはりどうやら皆にもあるようだ。

ならば仔細《しさい》を報告し合えば、今や春洋たちがいる隠り世も多分、違って見えるはずだ。

皆が互いに報告し合い一つのものの姿が明らかになるのではなく、互いに理解し得ないことが明らかになる。

あの世とて、列島の歴史の中だけでも妣の国、黄泉、常世、ニイルと、呼び名もそのあり方も変わってきたことを説くのが折口の学問ではないか。

「つまりは奴らの正体は群衆たちの象徴である」

納得の早い安江がそれぞれの目に映るものを一つの語に収斂《しゅうれん》させる。つまり、辻褄を合わせる。

そういう才が安江の周りに人を集めるのだ。

「いかにも群衆が宮城へと向かっているというのが一致した見解だろう」

土玉も納得する。

そして、

「つまりこれは革命だね。ああ、この国で革命が見られるなんて思いもしなかった」

土玉は幾許《いくばく》かの感慨を込めて言う。

そこかしこで蛭子は人形となり、そして一つの方向へと向かう群衆へと合流していく。まるで人が別々の誰かになることを拒み、それ以前に戻っているように思えた。

だが、一人だけ、群れの運命を拒否するかのように陸軍の軍服を身にまとい、夢遊病者の如く歩く男が春洋の目に入った。

春洋はモノクロームの映像にそこだけわずかに色が残っているような気がした。

春洋は男に見覚えがある、と思った。

「清水君だ」

安江がすぐにその名を呼んだ。

「ふむ。かろうじて人の魂は身に留めているようですね」

土玉はわずかに残る色彩がその証左だと判断したのであろう。

「では、助けてやらねばならぬ」

安江はまるで清水を試していたかのように言う。

そしてただちに判断すると車のハンドルを清水がいる方に大きく切る。車がマリアであり人間タンクであり紙人形であり動く死体である彼らをなぎ倒していく。

そして清水の脇にぴたりとつけると、扉を開け、安江は清水の手を握り、車中に引きずり込む。

蛭子が一四、清水と一緒に飛び込むが、たちまちシャボン玉のように四方にはじけた。

はじけて、微かに海の臭いがした。

血の臭いかもしれぬ。

「知っているかい？　真空の中に人を入れるとこんなふうにはじけるのだ」

土玉は事も無げに言う。

月という木島のかつての恋人も破裂し肉片となったが、殺人鬼でしかない今の木島には何の感慨もない。

「清水君、しっかりしたまえ」

安江は胸元を摑み、左右の頰を平手打ちする。

「ああ」

止まっていた息をげっぷのように吐いて、清水が声を上げる。そして呻くように言う。

「私はたった今、北一輝に向かって銃の引き金を引こうとしていたところでした。しかし、あれは夢だったのですね。何ともおぞましい夢でした」

「夢ではないいな。混乱に乗じて謀反の首謀者の始末を急ぐのは、この国の権力の得意とするところだ。

事実、処刑を急ぐという噂はあった」

清水の顔が強張る。

「だが自分は拒みました」

無論、自分が拒んでも誰かが殺すことは清水にもわかっている。

「それで君はあの大衆たちの群れに呑み込まれなかったのだな」

土玉が納得する。

「一体何が起きているのです」

「以前、説明したろう。ミューの到来だ」

「信じられません。あのお話は比喩だと思っていました」

「信じなくても目前にこうやって蛭子たちが傀儡に姿を変えておるではないか。君もあの隊列に加わってたった今、父と仰いだこともある北君を殺しかけたと言ったろう」

清水は窓の外を見る。

清水には青年将校どもの死者の行進に見えるのだ。

「彼らは本当に……」

「革命を起こす気だよ。赤色でも黒色でもない革命だ。奴らはひっくり返すつもりなのだ。この世とあの世、現し世と隠り世、本当と嘘をば」

安江は憂うように言う。国を憂うのではなく、現世の行く末を憂えているのだ。

「それを再び仕分けに行くのです」

土玉は言う。

「それはつまり再び、生と死を分かつということですか」

清水は訊く。

「そういうことにもなるかな」

安江は頷く。

「喩えて言うなら、今の状況は黄泉比良坂の千引石を除《よ》けてしまって、生者と死者の区別を再びなくしてしまったようなものですから」

そう土玉は説く。

すると清水の目に深海魚のように微かに光が灯《とも》る。

「ならば私にやらせて下さい」

意外な言葉を自分は言った、と言った後で清水は思った。

あの時から自分は自分の意志を放棄した。自分も感情も殺した、と言ってもいい。そう清水は思って生きてきた。だからこの死者の群れに加わって、ただの傀儡となれば心落ちつくとさえどこかで思ったのだ。

だが清水は今やはっきりと悟っていた。

「私は死にたいのです。死ぬには今一度、生と死を分けねばならぬのです」

清水はそうはっきりと言った。

「仕分けるなんて、君もまるで木島くんのようだ」

土玉が言う。

「いいや。清水君も所詮は木島の一人なのだ。これで辻褄が合った」

辻褄師の安江にそう納得されてしまえば、清水はその運命に納得するしかない。

納得した瞬間、清水は忽然《こつぜん》と消えたのだ。安江の辻褄を清水がもどいた、とでも言うべきか。

そして春洋でありただの木島である彼らは、仮面の下に清水が滑り込んだことを悟った。

木島であり春洋であり清水となったのである。その証拠に、右の窓に春洋の顔、左の窓にはただの木島の顔が映る。正面の窓には清水が映る。

「やれやれ。君たち、それでは興福寺《こうふくじ》の阿修羅《あしゅら》像ではないか」

一つの頭部に三つの顔の姿となった彼らを見て、安江は呆れたように言った。

安江にはそう見えるらしいが、土玉には一人の仮面の木島にしか見えない。

物事や存在には重なり合った意味が存在するが、安江はその全てが見えるのだろう。だが、自分は見えなくていいと土玉は思う。意味など一つか、できればないに越したことはない。

「つまり三位一体ということだよ」

安江は辻褄にならぬ辻褄をもっともらしく言う。

なるほど、因果律という合理を壊すには辻褄という非合理が必要なのかと土玉は感心した。

そして三位一体たる木島は、かつての木島のトレードマークであった杖を手にして車の扉を開ける。

蛭子の群れが逃げるように四方に散った。

蛭子のうちは臆病だ。

しかし傀儡の兵が一斉に木島たちの方を振り向いた。

彼らの発する気配に、この世にあってはならないものだ、と清水は直感した。傀儡とて軍隊なのだ。

この列島に文化が生まれてから、人は人形の形代《かたしろ》に死者の魂を束の間、宿し、その都度、水に流した。

形代とはだから父母に流された蛭子でもあるわけだ。そう春洋は傀儡があってはならぬ理由を考える。

それはまるで師のようであり、自分のようだと心が痛む。

幾度殺して水辺に流しても戻ってくるあの女のことを、ただの木島は思いもした。

そして海から戻った百恵比須を、木島と春洋は同時に知った。

「だが結論は一つだ。あってはならないものだ」

仮面の木島に憑いた清水は傀儡どもの列に割って入り、そして杖を地面にえいと突き立てた。

生と死を仕分けねば清水は死ねぬのだ。

杖の先から石畳の道に水面のように波紋が広がる。

傀儡どもが陽炎のように揺れ、そして木島が向いた方の半分がたちまち消える。傀儡どもは小さな蛭子に戻り、舗装された敷石の上で網に掬われた金魚のようにぴちぴちと跳ねた。

するとどこからか盥を二つ天秤棒《てんびんぼう》で担いだ男がやってきて、肩で「はあ」と溜息をして、人魚の如き蛭子を長い鉗子《かんし》のような道具で見繕うように拾っていくのであった。

木島たちは振り向くと、残る半分の先を行く傀儡の群れに割って入る。

今度は傀儡は恐れをなしたのか、モーゼの前に海が割れていったように群れが二手に分かれ、道を空けたのである。

木島たちは、ずいと進む。

「君はどうする？　儂の辻褄合わせはここまでだ」

車中で安江は土玉に言った。

合理に非合理を放り込むところまでが辻褄師の仕事というところか。

「仕方がない、行きますよ。誰かが見届けねば、なかったことになってしまいますからね。何しろ僕は見届け屋ですから」

土玉は頷くと車を降りた。そうやってこの男はこれまでもずっと木島の仕分けにつきあい、あってよいものとならぬものが分かたれたことを見届けてきたのであった。それが仕事であった。

見届け屋が瀬条機関に於けるもう一つの職能であった。

それにしたって全くこの羊水の如き黄泉からの水は何度触れても気持ちの悪いものだと、およそ胎内回帰願望のない土玉は思い、まとわりつくこの世のものではないミューの海をかき分けるのであった。


私は月に還りたい、と折口の蒼いインクの如き染みの上に開口した月が、凛とした声で言うと、柳田は満足そうに頷いた。

「全く、その身に月の女を宿すとは、まるでうぬはうつぼ船よの。たまの容れ物だから、民族の古層の声もたましひの声も異類の声も理屈でなく入り込むのだ」

折口の学問は柳田にはそう映ってきたのか、と折口は思った。自分は死者の魂を降ろすオシラの人形のようなものなのか、と折口は今更ながら自嘲する。今や折口はすっかりこの怪物の前で萎縮《いしゅく》しているのだ。それどころかその嘲笑が心地良くさえあって、まるで乳母に抱かれていた頃に似た安らぎさえ覚えてしまう。

「それはうぬになったものか」

柳田は書生にでも問うかのような口調で折口に問う。折口は柳田の問いに頷く。

なる、とはうまる、あると同義で、貴人の誕生にも用いる。木の実がなる、という時の「なる」にわずかにその語感が残る。

「なる、とは、初めから形を整えずにものの中に宿ることであったな」

「は……はい」

柳田の問いに折口の顔は明らかに上気した。柳田が自分の学説を引いてくれることを、この期《ご》に及んで喜んでいるのだ。憐れだ、と北神は思うが、それは同情ではなく侮蔑だ。父殺しの資格などこの男に最初から少しもなかったのだ。

「ならば今のうぬはかひだな」

「はい。かひこでございます」

折口は頷く。柳田は折口の学問を自分の学問のように語る。それに説得される自分が不思議だが、「髯籠の話」も本当は尾芝氏の論考を自分がもどいたに過ぎないのではないか、と思えてきた。

「そうよ、うぬは儂のもどきではないか」

言葉にして言われてしまえば折口の負けである。もう遅かった。折口は柳田に圧倒されてしまう。そうだ、自分の学問は先生の語ることをあらかじめことふれとしてもどいてきたに過ぎぬのだ。

「かひことはたまごであり、籾《もみ》もまたかひであり、もなかの皮のようにものを包んでいる。だから貝もまたかひである。このかひに入ってくるのがたまであり、それが形となるのがなるである。今、お前の身はかひであり、その中に女があるのだな」

柳田の問いに折口の代わりに女が答える。

「今のこの男は竹のようなものです。節と節の間のうつろのようなもの。そこに私が宿ったとお認め下さるということは、私が誰かもお認め下さいますのね。この男のうつむろの中になり、今やすでようとする私を」

眉間の上の女が言った。

「そうです。この女は、迦具夜姫にてございます」

折口は女につられて思わずその名を口にしてしまった。

口にして後悔する。

それは呼んではならぬ名であった。

柳田の顔が怒りに歪む。

「愚か者が。調子に乗りおって」

柳田が咎めたその、瞬間、松風が吹いて、折口の頬を撫でた。また物語を呼んでしまった。

それを合図に、書斎の天井まで書棚を結界の如く設えた壁が、書き割りのように薄っぺらな板に変わって、四方に倒れる。

宇宙樹たる金枝の柱は松の木に変わっていた。

波の音が聞こえる。

それは須磨《すま》の松波である。

「源氏物語須磨の巻」

仕込み杖を構え、身じろぐことのなかった北神がそれだけを呟き、じわり前に出る。

柳田を守ろうとしているのだ。

みしりと北神の足許の海の砂が鳴る。

朧月《おぼろづき》が出て、風は秋風とわかる。

「折口先生が迦具夜の名を口にしてしまったから、またもや、貴種流離譚が動いてしまいました。天上界で罪を犯したものが人の世に流離され、そのさすらいを以て罪を贖《あがな》い、元いた場所に戻ることが許される物語の原理が」

北神が折口の迂闊さを説く。

「失念しておった。この男が形のない物語の原理にこっそりと名を与えていたのを。名がある分、他の因果律より強いのだ」

「折口先生は物語をなり、すでる。折口先生がうつろであることを先生は見くびりすぎている。そもそももどきとは天上の言葉をすでるものではないですか」

「ふん。儂を天上人に喩えてくれるのは世辞か」

柳田は皮肉を忘れない。

兄と結婚するはずの女を蚊帳の中に引きずり込み、光源氏《ひかるげんじ》は須磨に流される。迦具夜姫の名が貴種流離譚の原理を引き寄せ、ここは今や源氏の世界として定められてしまったのである。ちょうど歌舞伎の世界定めのようにである。

その須磨の浜辺に天秤棒に盥を二つ吊るした人魚売りがやってくる。

「人魚はいらんかい？」

人魚売りは馴染みの客に言うように、折口に声をかける。

「ふん……陰陽師《おんみょうじ》か、あやつ」

「はい。ここが源氏の須磨のくだりであるならば」

「好きな人魚を選べばいい」

糸で綴じた口で陰陽師は籠もった声で言う。

折口は砂の上に置かれた盥を覗き込んだ。盥の中で蠢く人魚どもは、折口がたった今、予感した通り、皆、眉間に蒼いインクの如き痣があった。どれも蛭子である折口たちである。

「一匹選んで、あの葦船に乗せ流せば、罪が贖われる」

人魚売りが囁く。

「罪？」

「父母に愛されなかったのは、父母の罪でなく、あなたの罪なのです」

折口は人魚売りにそう促され、震える手で自分である人魚に手を出す。

「おやめなさい」

北神の杖が折口の手の甲を叩いて制する。

「何故、止める？」

「御覧なさい。船にはもう形代が乗っている」

北神が仕込み杖で指した先には、葦船がいつの間にか人一人乗れるほどの小船になっている。そこには人の後ろ姿があった。

陸軍の軍服である。少尉の肩章がちらりと見えた。

「……春洋」

折口は思わずその名を呼び、そして行くなと叫ぼうと思ったが、口から出たのは歌であった。


——たゝかひに家の子どもをやりしかば、我《ワレ》ひとり聴く。勝ちのとよみを

そんな歌など歌うつもりはなかった。船の上の春洋が恨めしそうに折口を振り返る。しかし歌は止まらない。

——東に　古国《フル》おほし。遠長き思想を伝へ、しづけくありけり
ひむがしの古き学びのふかき旨　蔑《ナミ》する奴輩《ヤツコ》　伐ちてしやまむ
東の文化は　常に　戦ひによりて興りぬ。伐ちてしやまむ
歓びて　今は戦ふ。堪へ〳〵しあなどりの　げに久しかりしか

それはこれから少し後、折口が青年たちを戦場に送るために歌った歌である。

春洋を殺すことになる歌である。

ああ、きっと清志らもこの歌に誘われ戦場に行き死ぬのか。

折口はやっと自分の罪を識る。

歌とともに月が消え、肘笠雨《ひじがさあめ》が滝のように降り注いでくる。海からの風は強くなり、稲光が走り、そして大波がまたたく間に船を呑み込んでしまった。

そして、凪《なぎ》がきた。水面が鏡のようになる。再び月が出る。

「行かないでくれ」

歌でなく、ようやく悲しみの声が出た時はもう遅かった。

「おろかなことよ。自らの流離の感傷に生きているうちはよいが、そうやってこの先、人の子をうぬは形代として流すのだ。見てみろ、その陰陽師の顔を」

悄然《しょうぜん》として折口は顔を上げ、幾度か会ったことのある、口を糸で綴じた人魚売りを見上げる。

やはりそこには自分の顔があった。

唇を縫った凧糸がほつれ開口している。

もどき開口だ。隠されていた物語がもどかれたのだ。

「わかったか？　うぬが何者か」

もどきの男は言う。

「ああ、私は流離された子ではない。子を流す父であったのだ。だから私が私の春洋を葦船で流すのか」

折口はやっと自分の父としての運命を悟る。

折口は跪き、そして砂浜に頭を擦りつけ、声にならぬ声で泣く。するとその背を月が照らす。背骨のあたりが瘤《こぶ》のように盛り上がる。折口は自分の中から女が生まれる、と思った。

「すでるぞ、あの女が。すでる前に斬れ」

柳田が察知し北神に命じる。

「いいのですか」

「何故、訊く？」

「あれはあなたが捨てたものですよ」

「何を言う」

柳田が叫ぶ前に、折口の背が蟬の殻のように割れる。

そして、一人の女がすっと立つ。

黒髪を垂らした、与謝野晶子《よさのあきこ》の歌に添えられた西洋式の挿画のような女だ。

「き……斬れ。仕分けろ」

忌々しげに柳田が言う。

北神が女に近づく。

「また私を殺すのですか、松岡様《まつおか》」

女は悲しげな顔で柳田の旧姓を呼ぶ。

「この女はあなたが捨てた女だ。あなたが捨てた詩だ。あなたが捨てたロオマンスだ。本当に斬っていいのですか？」

北神は振り返って言う。

「うるさい。貸せ」

柳田は北神の仕込み杖を奪い、そして抜き、女に振りかざす。かつて愛し、詩に幾度も歌い、歌とども捨てた女だ。

「歌など二度と歌わぬ。儂はそう言った」

だが、ぴたりと手が止まる。

女の顔は恋人から違う女に変わる。


——夏になると美しく蓮の花の咲く大きな池があつた。辻川の灌漑用の貯水池であつたが、ある冬の日、二、三人の友人たちとともにそこで氷滑りをして遊んでゐた。子供のことで気がつかなかつたが池の中心の方は氷が薄くなつてゐるのを家を出された兄嫁は土堤からはら〳〵しながらみつめてゐたのであつたらう。忘れもしない、筒つぽの着物をきて、黒襟をつけた兄嫁はいきなり家から飛び出て来て私を横抱きにすると家へ連れていつたものである。

ずつと先、柳田が死ぬ間際に人生を回想する、まだ書いていない本の一節が頭をよぎる。

あの、小さな自分を抱きしめてくれた兄嫁だ。

「……姉様」

そう呟いた瞬間、女はバネのように跳ね、そして海の中に身を潜らせた。

「不覚」

幻を見せられた柳田は、仕込み杖の鞘《さや》を砂の上に叩きつける。

捨てた女は斬れても、義姉は斬れぬ。

女は先ほど船が消えた辺りで、半身を水の上に出した。

そしてセイレーンのように歌を歌うではないか。

隠り世を、ミューを再び呼び寄せる歌だ。

――うたて此世はをぐらきを
何しにわれはさめつらむ、
いざ今いち度かへらばや、
うつくしかりし夢の世に、

柳田が若き頃、隠り世を呼ぼうとした時の歌だ。

歌が須磨の浜に響く。再び潮が満ちてくる。

北神は柳田の投げ捨てた鞘を拾う。

そして「あなたは折口博士に罪を着せるが、全てはあなたの罪が始まりではないのですか」と柳田の咎を悲しい目で諫めた。

「あなたが里の者でありながら山人のいる隠り世を歌で呼び合わせ、私の母である山の女と契ったのが全ての始まりではないのですか」

「そうよ。源氏の如く儂は兄嫁を愛した。愛した兄嫁が里の者ではなかったのは、少年の儂の不覚ではある」

「だからあなたは山人の幻想に自らを流離した。隠り世を歌にし、幻の山人の存在を主張し得た」

「まるで儂の歌と文学が須磨の浜のようだな。しかし儂は歌を捨て、社会に戻ったぞ」

「だがあなたはあなたの詩を殺していない。あなたは自分のロオマンスを殺す気がない。だから私を山人論の資料ごと満州に流離した」

「今度はうぬが源氏気取りか」

「いいえ。因果律が連鎖しているのです。だから、あなたがいる限り、ミューはこの列島から去ることはないのです」

柳田はにやりと笑い、抜き身の剣を北神に渡す。

「ならば今からでも遅くない。儂の首を刎ねろ」

できもせぬくせに、と柳田は北神を睨み言っているのである。

（二十一）迦具夜

「それをあなたが望んでいるとは私は思えません。あなたの過ちはあなたが糺すべきだ」

北神は柳田を静かに見据える。

その凜とした顔立ちに、ようやく折口は二人の因縁を悟った。

北神というこの男は若き日の柳田に生き写しなのだ。そして二人はまるで合わせ鏡の如く対峙《たいじ》している。

「あなたを殺すなら始まりの時まで遡らねば意味がない。始まってしまった後で殺して何が変わるというのです」

「始まりの時……」

折口は思わず口を挟む形で北神の言葉を鸚鵡返す。

「始まりの時が知りたいか」

柳田が折口を振り返る。

「はい」

「ならば教えてやろう」

柳田は折口の素直な返事に満足したかのように、書斎のロッキングチェアにゆっくりと身を沈めた。そして不意に遠い目となり語り始める。

「儂が儂の学問を、あやつがあやつの文学を作るよりずっと前、二人で旅をしたことがあった」

ああ、やはりあの男の話だ、と折口は恨めしく思う。結局、全てがあの男に行きついてしまうのが、ここまで来ても恨めしい。

北神はといえばひりひりとする殺気を発したままだ。柳田はそれをいなすことさえせず、遠い目であの日のことを振り返る。その北神は渡された剣を振り上げることさえできぬのだ。身動き一つできぬとはまさにこのことだ。

この常人を超えた男でさえも、と折口は諦念する。この師の気配の及ぶ圏内に半歩でも踏み込めば、誰もが金縛りにあったように息一つさえできなくなる。距離とは精神と精神の距離だ。だから遠く離れても無駄だ。柳田の精神はまるで離魂病の生首の如く付きまとう。精神を時には学問と言い換えてもいい。あるいは付きまとうと言うことさえ正確ではないかもしれぬ。こちらが懐に飛び込んで囚われてしまうのだ。その圏外へと逃れることを恐れてさえしまう。呪縛されることを呪いながら希求する。

しかし、柳田の心は憑かれた者には微塵も向かない。折口に対してもだ。

今も柳田は一人、懐かしい記憶に身を浸すのだ。そして、詩がまるで打ち寄せるように柳田の足許を浸していく。

もはやここは須磨の浜辺ではない。

彼方に燈台が見える。そして海辺をあの男とそぞろ歩く。折口が幾度も聞かされ嫉妬した光景だ。始まりの瞬間とはやはりこの時かと、恋の未練にも似た痛みが胸を締めつける。

「君は本当に詩を捨てるのか。捨てられるのか」

柳田の傍らで立ち尽くし、柳田でなく自分自身を詰問するように呻いているのは田山花袋《たやまかたい》だ。柳田の唯一無二の文学上の盟友だ。いまはもう鬼籍に入っている。

「あの時、儂は自分の無作法で二人の少女を不幸にした。儂の詠ずる詩が全ての元凶だ、お前の歌は人を不幸にする、と兄と従兄《いとこ》に咎められた。儂の歌は聞く者をこの世でないどこかに道連れにしてしまうのだ。だから儂は歌を捨てた。そして途方に暮れて、遠い地に出奔し、あやつが来るのを浜辺で待った」

浜辺の中で若い日の自身の背後に柳田は立ち、そして罪を述懐する。そしてあの日の流離の甘美さに浸るように目を閉じる。柳田の故郷には、彼に想いを寄せる少女と彼が想いを寄せる少女がいて、柳田は二人を詩に詠んだ。

「二人の少女は歌の創り出した隠り世を現世と錯誤した。その悲劇の仔細は、あやつがまるで儂を慰めてくれるかのように一編の小説にしてくれたものだ」

本当は彼は二人とも愛してなどおらず、ただ兄嫁への思慕を彼女たちへの恋歌に装っただけであった。

「全くただの題詠のつもり、言の葉を組み合わせた戯れ言のつもりであったのに、現世の者を歌に詠んでしまうと、詠まれた人はこの世の者でなくなる。その道理が若い儂にはわからなかったのだ」

柳田が若い日の自分を悔いるように言うが、折口は迂闊に歌を詠むお前は何もわかっていないと言外に言われた気がした。

「歌は、それ自体、隠り世なのだ。詩を口にすればそこに隠り世が現われる」

異界の女を思慕すればそれを聞く者は隠り世に誘《いざな》われる。嘘を真と思う。それがこの人の文学の力で、自分はずっとそれをもどこうとしてきた。

「だがそれも束の間の夢ではないのですか」

折口はそう食い下がらずにはおれない。能舞台の上に幽玄が現われたとしても、もどきが口を開き、神の言葉の猿真似をして申楽《さるがく》を舞うたところで、それはあの世とこの世との間に一瞬の風の吹いたようなものだ。刹那のことだ。それが自分の歌の限界だからだ。

誰かが比良坂の石を動かさなければ、あの世とこの世は繋がらない。

動かしたのは自分ではない。

「うぬが夢物語のように儂にも話したことのある、少年の頃に乳母を訪ねた話があったろう？　儂が兄嫁を訪ねた時とそっくりでいつも聞かされる度に苦笑いしたものよ」

「私が先生の思い出をもどいたと」

「それ以外の何だというのだ？　お前は儂の全てをもどいたが、一つだけもどき損ねた」

そこでようやく折口は愕然とする。足が震える。

「あなたの仕業だったのですね」

震える声で折口は柳田を見上げる。

「あなたが鎮懐石《ちんかいせき》を動かしたのですね。神功皇后が産気を鎮めるため懐に抱えたとされる石。女の子宮は空穂《うつほ》で、その中にあちらからすでようとする者がいる。それを鎮懐石は押さえる。いわば彼岸が此岸に洩れ出ぬようにする栓の如きものが鎮懐石ではないのですか。あなたがそれを見つけ、動かした。あなたが石神を動かしたからその向こうから山人たちが来た」

折口は師が詩で隠り世を詠うことをやめた後、現世とあちら側の境の上の石神について研究することでその学問を始めたことに、やっと思い至った。

「ふん、また実証抜きの飛躍が過ぎる。そうよ、山人であった兄嫁のいる隠里《かくれざと》に行くには、その石を動かすしかないだろう。そしてお前は出石なる地に住んで学問を始めた。それに飽き足らず、迂闊にも石を懐に抱く少女を傍らに置いたのはうぬであろう。しかも、石を逃がした」

「それは私が先生のもどきだからです」

「今日はやけに素直だな。石が出ずる場所とはつまりはこの世とあの世の栓がある場所だ。お前はその上に棲み、そして洩れ出てくる彼岸の気配をもどき、そうやって儂のもどきの学問を作ってきた。だからあの仮面のようなあの世とこの世の境を仕分ける男にまとわり憑かれる羽目にもなった」

柳田は何もかも見透かしたように嘲笑う。

「左様でございます。思えば、私の家はまるでサヽエ、先生が『石神問答』で論じた旅の領地との隘勇線《あいゆうせん》として置かれた石丸の如きが私の家でありました」

「そうよ、そしてうぬとうぬの弟子は一対で道祖神、サエノカミを気取っていたのではないのか」

ここまできて何という言い様だ、と折口はおののく。春洋との関係をかくもあからさまに揶揄するのはいつも柳田だけだ。だが、柳田が憎いと束の間、思うが、一つの石に対となって葬られた自分と春洋の姿が道祖神と重なり、もどきとしての宿業に春洋が寄り添ってくれたことをようやく悟る。

柳田の皮肉の先にはいつも真が待っている。

「私は私が異郷を求むるあまり、こちら側とあちら側の間を穿ってしまったと思うておりました」

「それはうぬぼれだ。黄泉に去った母を泣いて焦がれたスサノヲでも気取る気か。そんな歌も歌っていたはずだが」

柳田は鼻で笑う。

「だが、うぬにそんな力はない」

「私が蛭子でなく間引かれた子だからですか」

折口は産婆に殺された時の感触が残る首筋に触れた。

「愚かな。うぬの首に絞め跡などあるものか」

柳田は鼻で笑った。

「まだそんなしひ物語に憑かれているのか」

「しかし、私は確かに殺されました。鼻筋に青痣のある赤子の私が間引かれるのをこの目で見ました。山姥に蛭子の私が殺される夢も見ました」

「同じ痣があって、何故、それがお前と同じ赤子であると言い切れる。父の血を分けた赤子だから同じ痣を持つとは考えぬのか。お前は自分の来歴を細かに他人に聞かせる悪癖があるが、お前より少し後に生まれ夭逝《ようせい》した妹があったと、儂に言ったことがあるではないか」

確かに妹が本当はいるはずであった。

妹が生まれる、と一人で喜び、妹に着せる着物やそれから名さえもあれこれと考えていた記憶があった。

では、あれは自分の生まれた光景ではない、というのか。

妹が生まれた時のことだというのか。

折口はあの光景を思い出す。

父を殺しに行った時のことではない。

もっと幼い頃、乳母に預けられていた頃の記憶だ。

物心つくかつかぬかの時に自分の目で見た光景だ。

そうだ。

障子の隙間からあの妹が生まれるのをあの時、乳母の家で見ていたのだ。

そして妹はその場で間引かれたのだ。折口の父との間にできた不義の子だと知っていた産婆が間引いたのだ。

　産婆は言ったのだ。

「この子は蛭子にしよう」

それが間引くという意味の隠語だとは幼い折口は知るよしもない。

父が死んだ後、口さがない親戚《しんせき》が話すのを聞いたのは、自分が不義の子だという話ではなく、間引かれた妹のことを指しての話であった。そうだ。自分はその可哀想な妹に自分を重ねていたのだった。

「その妹の名は何となるはずだった」

「……しのぶ……」

折口が妹の名として考えていた名だった。

そして子を殺され、少しばかり気の触れた乳母が信夫をしのぶの名で呼び、赤い着物を着せ、女のように育てた。事情を知る大人たちはそれを止めかねたのである。

そして折口は悟った。

あの赤子と同じ痣が自分にある、ということは、自分は父の子だということだ。母が他所の男と不義をして自分を生んだ、というのは自分が可哀想な乳母の子であるしのぶになっている間に作ったお伽話なのだ。

乳母は妹が蛭子になったと言い、折口は妹が葦船で流されてどこかで生きているという嘘を紡いだのだった。

「思い出したか。うぬに蛭子の夢を見る資格などないと言ったろう。貴種流離譚など説く資格はないのだ」

自分で認めても、改めて冷たく言い放たれると、折口の心はたちまち折れる。

涙が出る。

それをくすりと頰の上の女の口唇までもが嘲笑うではないか。

口惜しい。

「では先生にはその資格があるとおっしゃるのですか」

詰る。

「ここをどこだと思っている?」

柳田が振り向いた先は伊良湖の浜辺である。

向かいには安乗埼《あのりさき》灯台が見えるから、すぐにわかった。

ああ、そうだ。自分はあの燈台を見て伊勢清志に貴種流離譚を語ったのだ。清志はちょうど折口があの男に旅先で抱かれた時と同じ年齢であった。二人で伊勢《いせ》に行って、燈台の灯りを見つめて、あの燈台に流離された者の人生を清志に語ったのだ。伊勢国伊良虞《いらご》は『万葉集』によれば麻績王《おみのおおきみ》の流離された地である。清志が「打麻《うつそな》を麻績王《あまみのおおきみ》白水郎《あま》なれや伊良虞《こ》の島の玉藻《たまも》刈ります」と歌い、折口が「うつせみの命を惜しみ浪にぬれ伊良虞の島の玉藻刈り食《は》む」と答えて、戯れたのである。

そして水辺に漂う藻に清志が手を伸ばす。あたかも恵比須を拾おうとしているようだ。波で浜に打ち上げられたものは皆、恵比須だ。

「まるで儂と花袋のもどきだな」

柳田が残酷に言い捨てる。

「うぬは読んでいたのだろう。花袋の奴めが儂との伊良湖の旅を書き留めた『南船北馬』を。あの男が流離する人生をおのれに重ねたのは、あやつがあの頃はまだロオマンスの虜《とりこ》であったからだ」

われ等は船を捨てゝ静かに漁村蜑戸《ぎょそんたんこ》の中に進み入りぬ。眼に入《い》ると入《い》るもの、一つとしてわが好奇の心を惹かざるはなかりき。路《みち》の傍《かたはら》に倒《さか》しまに伏せられたる大《だい》なる船の腹に二三の漁童《ぎょどう》の戯れ遊びたる、到る処《ところ》の砂の上に淡菜《ゐのかひ》の臭き剝身《むきみ》の干《ほ》し曝《さら》されたる、家の驚くばかり低く汚げなる、海女少女等《あまをとめら》の多くは裸躰《らたい》にて公然と路上を歩み行ける、我は恰も不意に南洋の孤島に漂着したるものゝ如き心地したりき。

そうだ。折口はあの時、まだ出会ってさえいなかった師とその親友に自分と清志を重ねたのだ。もどいたのだ。

「儂らの椰子の実の話を盗んだのは島崎藤村《しまざきとうそん》ではなく、うぬだということよ」

柳田は折口の罪を判事のように告げる。

ああ、自分の歌も学問もそこから始まった以上、自分は永遠に柳田のもどきであり続けるしかないのだ。自分は柳田の学問の子ではなくもどきである以上、父殺しの資格さえない。

「ほう。椰子の実がある」

追憶の浜辺で、青年がわずかにだが高揚した声を上げる。

波打ち際で足を濡らすもう一人の男が、眩《まぶ》し気にそれを見上げる。

若き日の柳田である。柳田はそれに応えるかのように微笑する。花袋は異郷に流れ着いた南国の木の実の前にしゃがみ込み、まるで流離された貴人を慈しむように愛で、そして訊く。

「どこから流れてきたのだろう」

「ぼくたちはきっとこの椰子の実のようにこの列島に流れ着いたに違いない」

彼方の波を見て指をさし、穏やかに柳田は言う。折口が言う妣の国がまるで見えるように。

「相変わらず君はロオマンスが過ぎる」

花袋の口癖に柳田の口許が綻ぶ。そう窘められるのが嬉しくて仕方がないのだ。

「拾わないのかい」

柳田の心に少しも気づかぬ花袋は、ただ椰子の実に気持ちがいっている。

「君が拾ってみるといい」

柳田の言葉を疑うこともなく、椰子の実に手をかける。

拾ってはいけない。

折口はそう大声で叫びたいが声が出ない。

「意外と軽いんだね」

「うつぼと言うんだ」

「うつぼ？」

若き日の柳田が花袋から椰子の実を受けとる。

「そう、うつろ、とも言う」

「じゃあ中身は空なんだ」

花袋が残念そうに言う。

「いいや」

そう呟いたのは今の柳田だ。

「その先をおっしゃらないで下さい」

折口は柳田の袖を引く。

着物の裾にすがるとはひだる神の真似か。ならば自分で言ってみよ。あれは何だ」

「あ……あれは椰子の実などではありません。うつぼ船です。ならばあの中に入っているのは……」

言いながら声が震える。

「ようやくそこに思い至ったか。お前の直感も真実の前では躊躇するといったところか」

「あの椰子の実を、あなたが割ったのですね」

「いかにも」

柳田が若き日の彼の隣りに立ち、そして椰子の実に手を触れる。

こう、と唸るような音とともに、花袋の手の中で椰子の実は二つにはじけ、波打ち際に落ちる。

そして、その一方からぬたりとあれが滑る。

目も口も鼻も手も足もない異形の者が這い出る。

「あなたがうつぼから蛭子を解放したのですね」

「そうだ。儂が蛭子をこの世に解き放った」

全てはこの人の罪だったのだ。

古えのロオマンス――貴種流離譚を現世に解き放ったのはこの人だったのか。

ああ、では、私の戻る場所は。妣の国は。それもこの人のもどきなのか。

折口の断末魔の如き母恋が歌になりかける。

　すさのをに　父はいませど、
　　母なしにあるが　すべなき――。
　母なしに　我《ワ》を産《ナ》し出でし

わが父ぞ、慨《ウレタ》かりける。
いと憎き　父の老男《ヒコヂ》よ。

母産さば、斯く産すべしや——
胎《ハラ》なしに　生ひ出でし我
胞《エ》なしに　やどりし我
天地《アメツチ》の私生《ワタクシバラ》と
胎裂かで　現《ア》れ出でしはや——。

その瞬間、ひゅんと空気を切る音がした。

折口は北神が柳田を斬った、と思った。

だが、次の刹那、別の何かが宙に舞った。

北神が斬ったのは柳田に憑いた女の幻であった。

幾人もの女の影が一瞬現われて、掻き消えたのであった。

「ふん、お前の母の首を刎ねたも同じだぞ」

柳田は蔑むように言った。

「あれはもはや彼岸の者です」

北神は自分を納得させる。

「一体今の女たちは……」

折口はわかっていても問わずにはおれない。

「若き日のロオマンスといったところだ」

ふてぶてしさを装いながら、それでもわずかに柳田の声が悲しんでいる気がした。

「あなたが愛した素振りを見せて、あなたがあなたの詩とともに葬った女たちですよ」

北神が女たちの替わりに咎める。折口は師の学問の始まりに女たちとの恋が幾度かあったことを知ってはいた。あの者たちがそうなのだと思った。

「あのまま放っておけば、儂はあの女たちに再び憑かれ、そして子返しの絵馬の赤子のように首でも捻られたかもしれぬのに」

柳田はそれでも嘯いてみせるのであった。


「ゴールデンバウを折りにくる者が来るまで踊りましょう」

赤い靴を履いた魔子が階段を降りてきて、俺の方に歩み出た。

たちまちクレーンの上に備えられたカメラが俺たちの頭上から俺たちを狙う。

「何事だ」

俺はクレーンの上の仲木を睨み続ける。

「大杉のパパ、ディズニーの『白雪姫』は観たことがあって？」

寄り添って歩く魔子の赤い口唇が俺に囁く。魔子はいつだって甘い声で男を口説くように囁くのだ。

「そんなもの観ちゃいないさ。何しろ俺はずっと死んでいたんだから。だから映画のようにダンスは踊れぬ」

「観ていなくたってかまわない。あたしが全部、教えてあげる」

魔子は白い手を俺に差し出す。

「ここは舞踏会なの。そしてあたしの靴は硝子で出来ているのよ」

確かに魔子の白い脚のエナメルの赤い靴は硝子に変わっている。

「しかし、それにしたってここはひどく殺風景だ。ついさっきまでゴールデンバウの森ではなかったか」

俺は周りを見回す。

金の枝が輝く木も、それを囲む森もいつの間にか消えているのだ。ただの書き割りと化している。

「ディズニーの背景画です。マルチプレーンで重ね撮りします」

仲木が意味のわからぬことを言う。

あるのは無粋なカメラと、それを操作する仲木だけだ。

「いったい宮城の中が空っぽなのはどういうことなんだ」

いなくてはいけない者がここにはいない。いた気配もない。

「空っぽだからこそ宮城なのよ。そんなものは最初からここにいないの」

魔子は恐ろしいことをさらりと答える。

何もない。

空。

虚ろ。

うつぼ。

無政府主義者の俺が政府など最初からないものだ、と言われ、一瞬、怯んだのだ。情けない。

俺は情けなすぎて自分に何だかうんざりして言う。

「だって、少し昔までは徳川《とくがわ》の殿様がいた城だろう。今は帝がいるはずだ。西洋の城とは違うにしても、ここには調度品どころか畳一つもない。これではただのうつろだ。だとしたらかつての俺はうつろ相手に戦って殺されたことになる。共産主義だって幽霊なのに、宮城にあるのは幽霊でさえない、というのか」

「さすがですな、大杉さん」

仲木がまるで馬鹿にするかのように調子よく俺を持ち上げ始める。

「ここはおっしゃるようにうつろの中。最初からこの宮城の中には何もないのです。いや、正確にはただうつろだけがある。明治維新よりこちら側、国家に関わる人間は皆、知っていたことです」

では、みんなここにあるべきものがあるかのようにふるまってきた、ということか。それでは無政府主義者の立場はない、と思いながら、あの俺の軍隊の旗が黒旗であったことの含蓄にやっと思い当たる。国家は無であるという洒落か頓知か。

「では父殺しはどうなった？」

「ここがうつろであるということをたった今、あなたが見たことが父殺しです。王がいない、という真実を知ることが真の王殺しです。このうつろに立った瞬間、あなたの革命は達成されたのです」

「あたしには映画のスタジオに見えるけれど」

「同じですよ、魔子様。スタジオもまたうつろ。普段は何もない。しかし、一度セットが組まれれば世界はそこに立ち現われる」

「そうやってこの国に王がいるという嘘をつき続けたということか？」

「はい。一体、何のために役者という嘘を演じる者がおり、写真やキネマがあるとお思いですか。皆さん、帝など写真でしか見たことはないでしょうし、その写真さえ禁忌の中で直視されない。全く私たちには簡単なことでした」

「相変わらず尤《もっと》もらしく物事を継接《つぎはぎ》することが仲木は得意ね」

「継接師たるもの寄せ集め継ぎ接ぐ、つまりはモンタージュするのが権能《けんのう》です。フィルムを継接することと世界を継ぎ接ぐことに大差などないのです」

　どこまでも仲木の口は減らない。

「そうだ、いいことを思いついた。大杉のパパとあたしの踊りをロトスコープにしましょう」

　突然、魔子が何かを思いつく。

「ほう、それはおもしろい」

　魔子の意味不明の提案に仲木はたちまち乗ってみせる。

「何を企んでいるのだい？」

「パパとあたしの踊りをフィルムに撮って、それを一枚一枚絵になぞるの。そしてそれをもう一度、撮影して、ディズニーの『白雪姫』みたいに漫画映画をつくるの」

魔子は自分の思いつきに高揚し、饒舌となる。

「すると俺は最後は漫画映画の中の人になるのかい」

少し困って俺は言う。

「素敵でしょう」

よくわからないが、言われてみればそれも悪くない、この際何でもいいという気になって、魔子に捧げたあの唄《うた》を歌い始めた。

そして踊りながら俺は石が降る夢を見た。

びゅん、と音がしたのである。

飛礫《つぶて》が俺の脛《すね》を掠《かす》めたのである。

飛礫は川の向こうから飛んできた。

そうだ、これはまだ俺がずっと小さかった時の話だ。故郷の村と隣りの村を隔てる河原の対岸に子供らが投じた飛礫だ。石ぶんと子供らが呼んだ、要は腰帯を裂いて先を結び半開きの小袋とした道具に、石を入れて振り回し放るのだ。ずっと後になって、パリでキリスト教会の壁のレリーフに牧童ダビデが巨人ゴリアテに投石器で石を放る姿を見て、まるで俺たちのようだ、と思ったものだ。故郷では確か、石を投げ合うのは節句と決まっていた。

しかし、何故、節句なのか。

「それは印地打《いんじうち》だからよ」

魔子が答えたので、踊りながら眠っていた俺の意識はダンスに戻る。

「印地打？」

魔子の手をとってターンをさせながら聞き慣れぬ言葉を繰り返してみると、簀巻きにされて落とされた井戸の奥で俺に飛礫が降り注いでいた時の、ひどく厳粛な心が甦る。

「そうだ。まるで俺は何かの儀式のように石を受けたよ」

「儀式というのはその通りよ、大杉のパパ。だって印地打とは成男戒《せいだんかい》だもの」

「成男戒？」

「少年が一人前の男になるために神話が定めた約束事よ」

「ユダヤ教徒の割礼のような？」

「本質は同じ。死と再生。印地打とは端午の節句に成男戒を受ける少年を河原に飛礫で埋めるの」

「つまり死を偽装するわけか。川は死者のいる場所に通じるというしな」

「よく御存じね」

「ああ、死んだ女を川に流したこともあったよ」

俺は名さえ忘れた、しかし俺を母犬の如く愛玩《あいがん》してくれた女のことをふと思った。

「他の女のことを考えてはだめよ」

魔子がわざと拗ねてみせる。

「嫉妬かい」

ならば嬉しい。

魔子はまさか、という顔で首を竦める。

からかっているだけだ。

「なるほど。簀巻きにされた俺はさながら蛹か」

俺は元の話に戻る。

「穴の中で石に埋もれるという形の上での符合があなたを甦らせてしまった」

「そんな符合はこれまでだっていくらでもあるだろうに。俺のような死に方をしたものは皆、甦ってきたのかい？」

「それは今のこの国では神話の因果律がこの世を支配しているから。隠り世がこの世に充満しているのよ」

「形が同じなら全てが同じか。それではロシア・フォルマリズムだ」

「そんなところね」

知らないくせに知ったように言う女ほど愛らしいものはない。

「すると石ごと埋められた俺はまるであの世とこの世の穴を埋める、西洋のバスタブの底にある栓のようなものだということになる」

「だから大杉のパパが甦ったことで隠り世との穴が開いた、といったところね」

「ならばこの世が映画と現実の区別を止めてしまったのは俺のせいということにはならないかい？」

随分と大層なことをしたものだ、とテロリスト志願者だった俺はちょっと誇らしい気持ちとなる。

「大丈夫よ、大杉のパパにそんな力はない。パパはただのもどきだから」

「も、も、もどき」

「そう。どこかでシテの行ったふるまいをあちらこちらでワキが演じる」

魔子があっさりと水を差す。

「なんだい、するとと俺は主役じゃなくて脇役かい？」

「いいえ、能で言えば脇能。因果律に従って無数に繰り返される物語の一つ」

「なるほど。仲木の奴がカメラを俺に向けようが向けまいが、俺は物語の作中の人物の如き、というわけだ」

「お気に召さなければ、今度はその因果律に反逆してみる？」

俺の心をいつだって見抜いている魔子が、全てを見透かすように耳朶に口唇を寄せて囁く。こそばゆく、何と心地好《よ》いことか。

確かに俺は世の中の規範に一切合切逆らってきた。

「アナキストとかいつも言っていたわ」

「そう、無政府主義者だ。国家などない方がいいとずっと昔から思ってきた。だが」

「だが？」

「こうやって宮城の内、つまりは近代国家の中心としてこの国が据えた場所に何もないことを見せられると考えは変わった。森鷗外だったか、『かのように』という小説があったろう。明治の世、国家を設計した連中は、国家も天皇もそんなもの一切合切本当はあるなどと信じておらず、ただあるかのように、か、か、かのようにふるまったと嘯く者たちの話だ」

一体、鷗外の小説なんて読んだことはあったっけと俺は思いながら言った。

「そう、ここはまさにあるかのようにこの国がふりをしてきた場所。ふり。だからうつぼ船の如くうつろなの。でも、うつろとは神霊の宿る場所。うつろとはかひこのかひ。そのうちからひひるものが宿るのがこの場所といったところ」

「なるほど。さっぱりわからぬ理屈だが、つまりは俺は蛭子だということだけは確かなわけだ」

「そうね」

俺はその魔子の答えで心が決まった。

「ひるこそが王になれるのだな」

もう一度、確かめる。

「そうよ」

答えは簡単なのが一番だ。

「ならば、俺が国家になろう。俺はたった今、心からそう決めた」

その通りだ。王ではなく国家だ。

「それでいいのよ、大杉のパパ。さあ、あたしと契りましょう」

そう言って魔子が俺の口唇に赤い血のような口唇を重ね、蛭の如き舌を差し込んできた。

禁忌に触れた気がした。

その時、俺は悟った。

ああ、この女は俺の母だ、と。俺はエディプス王のように母と契るのだ。父を殺していないことには釈然としないが、まあいい。そこまで気がついていれば魔子を突き放せばよかったのに、俺は俺を甦らせ、今や俺を王にする物語の因果律に不覚にも身を委ねた。

今やこのうつろとしての世界は満ちている。そして、これこそが現世の恐らくは真の姿なのだ、とようやく納得がいった。いや、そう言い聞かせた。

土玉が水死体の研究に関心を寄せたことに、瀬条機関の職務上の必要とは別に幾許かの個人的な動機があったとすれば、月並みだがこの世の、現世の不確かさに耐えかねていたからだ。その意味で土玉はありふれた近代の煩悶青年であった、と言える。

あの木島がまとわりついた折口信夫という学者の書いた論文に、確かこんなことが書いてあった。

今で言ふと、うつの身・うつの心・うつの世と言ふのと同じです。我々は、うつと言へば、空と思つて居ますが、実は、空ではなく、ほんたうに充実して居る時が、うつらしく思はれます。我々が死んだ様な状態か、仮眠状態のやうな、さういふ時には、魂は抜けて居ます。魂が這入つてゐると生きてゐる。で、うつし世は、総ての人の生命を綜合した社会、といふ様な意味に考へられて来ます。うつし身も、現実世界を営んでゐる体、と言う意味です。その時の状態は、中が空つぽであるその中に、魂が充ちてゐるといふ事になります。

なるほど、と、このくだりを読んだ時、ひどく納得がいったものだ。中が空でなく、物が充《み》ちた状態、物が中に籠もっている状態がうつなのであれば、うらうつのうつはまさに得体のしれない感情が頭に充ちてしまっている状態を言うのだ。

考えてみればあの木島の仮面が「うつぼ」なら、その下の者こそが「うつ」だ。人が仮面を被ったのでなく、仮面が「うつ」によって充たされ人になる。そう考えれば木島平八郎がひどく憂鬱《ゆううつ》な男だったことも合点がいく。鬱病患者は皆、心を「虚」で充たしている幸福な者たちということになる。

今や二つの世はミューの到来として、「うつろ」としての現世に押し寄せたものによって充たされている。隠り世によって充たされたことで現世は真の現世になった、というわけだ。

それが瀬条の計画と知りながら、この奇妙に充たされた世界にあって、自分が鬱病の如く頭が重いわけでもないことが、土玉は実は腹立たしかった。

どうやら空の頭を自分で「鬱」にすることと、世界が「うつ」になることで充たされることでは全く違うようだ。一体、国家が鬱になるとはどういう陰謀なのかと土玉は解せない。

そうまでせねば、この国は国家のふりを続けることができぬというのか。

まさしく鬱陶しい。

ふりだけの国家をあるものにしようとするなら、偽満州をあると国際的に言い繕う安江や甘粕の方がずっと誠実だと土玉は思いながら、三面の奇態な姿となったらしい木島の後をついて、江戸の世なら西丸大手門と言った宮城正門に向かう。ぞろぞろと後をついてきた人造人間の兵隊が土玉を追い越していく。全くクウデタアでなくただの百鬼夜行ではないかと思うと、少し気が重くなってきた。これが百恵比須事件の結果かと思うとひどく退屈だ。

ああ、「鬱」がこのままくればいい、と思う。

その先に明治宮殿がある。

そこはまさに「うつろ」の中心で、さて、いったい何がそこを「うつ」として充たしているのか。

どうでもいいと思いつつ、土玉は顔を上げる。

木島たちの姿はもう門の中に消えていた。

奴らは物語の渦中の人物と化しているのだ。王殺しの因果律を止められるのか、それともとり込まれるのか。

ああ一体、物語の外はどこにあるのか。


折口が石に出でるものと書いて「出石」という地名が気に入り、手狭で使い勝手など少しもよくない借家に居を構えたのも、要はうつぼからひひる蛭子に我が身を喩えたからだ。出石は自分の棲み家にふさわしいと考えた。母に愛されぬ子として自らを蛭子にやつすことで生きてきた折口にとって、あの出石の家は蛭子の棲み家にふさわしい、と一人酔うたのだった。

だが無慈悲な師は折口が生き、歌を歌い、学問をするための言うなれば動力機関としてのその感情さえ、折口の内から出たものであることを否定した。ただの物語の因果律の操り人形と嘲笑い、その因果律を復興すべく、常世の国より来た鎮懐石を割って、中の蛭子をこのうつろな世に放ったのは自分だとさえ嘯いてみせたのだから忌々しい。

「何故、蛭子を現世に放ったのです」

折口は空しく師を責める。

「うつせとは元々はうつ、つまり何ものかに充ちていると論じたのはうぬではないか。あれも直感だけで書いたのか」

柳田はこんな時になっても折口を嘲ることを忘れない。

「先生はこの世を蛭子の神話に充たすことで、ようやく真のうつし世になったとおっしゃるのですか」

「いかにも。だからお前とて蛭子の境遇を思うてその虚ろな心を充たし、うつし身としてこの世をかくも生き長らえているではないか」

あまりに心ない言い方である。歌も学問も春洋への妄執さえ、全てが蛭子の物語の因果律によって生まれ、我がうつし身を充たしてくれたのは確かなのだ。だから折口はオリクチノブオでなく、オリクチシノブといううつろをうつし身として生きることができた。

「しかし、どうして、どんな戯れで、この世を蛭子の物語でうつし世にしようと考えたのです？　そこまであなたは詩に憑かれていたのですか。ならば詩を捨てなければよかったではないですか」

折口はとうとう心に溜めていたことを問うた。

すると堰を切ったように師への感情が昂《たか》ぶった。

「あなたが私を疎んじ、からかい、嘲るのは、私の学問が詩と繋がっているからだ。詩を捨てたあなたはそんな私が許せなかったのではないですか」

そこまで言えば師は怒る、と思った。怒らせてみたかった。

だが、戻ってきたのはいつもと変わらぬ冷笑だった。

「それで儂を批判した気になったか。いい気なものだ。何故、お前如きのために世の中を変える必要がある」

ああ、と折口は思う。

そうだ。

世の中だ。

この師にとって重要なのは、詩ではなく、世の中なのだ。

「儂は花袋に誓ったのだ。「もう詩は書かぬ、世の中を作る学問をする。けれど僕は文学が目的ではない、僕の詩はディレッタンチズムだった。もう僕は覚めた。恋歌を作ったって何になる！　その暇があるなら農政学の一頁でも読むが好い」そう言ったと奴の小説にも書いてある。全く、あやつは何でも儂のことを小説に書いてしまう。困った奴だ」

そう言いながら柳田は記憶を愛撫するかの如く微笑する。

「儂は詩を捨て、世の中を、社会を、国家を作ろうと決めた。詩は儂と縁のあった女を不幸にした。詩は男を慰撫《いぶ》するが、しかし男の歌う歌が女を不幸にする。うぬが少しはましなのは、うぬの詩は男しか不幸にしていないところだ」

また春洋への皮肉かと心がくじける。

「他の者が聞いたら折口先生への皮肉以外の何ものともとれませんが、しかしこれは珍しく誉めているのですよ」

北神が折口を気遣ったのか、口を折る。

「儂に気遣いなどするな」

気遣ったのは折口に対してではなかった。北神は柳田が誤解されることを気にしたのだ。

ああ、成程、この男も柳田に何故か心を砕いてしまう質なのだ、と折口は憐れむ。

柳田は当然、そんなことは気に留めるわけもない。

「いいか、詩、つまりは物語の因果律によって世の中が動いている限り、社会はこの国には永遠に到来しない。西欧ではダーウィンの進化論が、神が世界を創ったのではないと証明し、人の手で社会を進化させせんとする社会主義が生まれた」

そうだった。師は官僚に成り立ての頃、自らを社会主義者として新聞記者に語り、周囲を慌てさせたことがあったではないか。

「儂の学問は九州は椎葉《しいば》村の山民の集落の研究に始まった。儂はあの村の耕作地や狩りの共同作業のあり方の先に原始共産制を見たのよ」

柳田はその最初のフィールドワークのことを言っているのだ。

「だがあなたはそこで山人の女ともう一度出会ってしまった。私の母と」

北神はそのことだけは諫めずにはおれないようだ。

「ふん、あれは不覚よ。歌もロオマンスも捨てた儂の心にあれが憑いてしまった。全く山人の女は花袋の言うロオマンスそのものだ。ロオマンスとはロマン主義、この世を拗ねて他郷に憧れ、その他郷が死の国でも外国でもなく古代の神々の世界にすり替わる。おかげで儂は山人がこの列島の先住民とまで一度は言ったものだ」

　柳田はその学問上の仮説であった山人論を自らただのロオマンスだと嘯いた。

「だが、自分にも山人の血が流れていると母に囁いたではないですか」

　なじるのではなく、あったことをただ確かめるように北神は言う。

「自分の解き放った神話の因果律にまず自分が憑かれる必要があったからな」

「やはりそうだったのですね」

　ようやく北神は腑《ふ》に落ちたという顔をした。

「あなたがあの浜辺から後、ロオマンスに足を掬われることなどあり得ないとずっと思っていました」

「そうよ、自分が放った嘘に自分が騙されなければ、この国をあるかのようにはできぬ」

「結局、そういうことでしかないのですね。あなたにとって重要なのは世の中でしかない」

「そもそもこの国の過ちは西洋の近代が神を捨てるところから始めたのに、明治政府を作った田舎武士どもは徳川の権威を否定しようと、京の古刹《こさつ》の僧侶《そうりょ》でしかもはやなかった帝の一族を担ぎ出したところにある。プロシア式の皇帝にするまではいいが、神とまで言い繕い、暦までキリスト教暦に対抗して皇紀なるものを創った。暦など世のあるごとに変わっていくのがこの列島の流儀なのだ。まして、キリスト教暦は西欧ではただの物差しでしかない。だから紀元前という暦の始まりより前の時代がある。しかし一体、皇紀に紀元前はあるのか。ありはしない。神話の時代のその前はないのだ。それは神話と歴史をわざわざ繋げてしまったからだ」

柳田は忌々しげに吐き捨てた。

そして、一呼吸おいてこう言い切った。

「つまりこの国が今やあってはならないものなのだ」

それこそが柳田の仕分けであった。

「神話と歴史を繋げるということは、現実の因果律として物語と詩を用いるということに他ならない。明治国家を作った田舎武士にどこまでその自覚があったか。詩を社会の原理としてしまうなら、一体、それでは自然科学は社会政策は社会科学は何のためにある。河本大作《こうもとだいさく》や石原莞爾《いしわらかんじ》ら関東軍を唆して満州に傀儡《かいらい》国家を作らせたのは、若い国家官吏どもよ。科学という合理で国家を運営することを、神という非合理を担いでこの国の内が阻むなら、その外に神などいない国家を作ろうとする気持ちが痛いほどわかるわ。この国の常民どもは合理的に物事を考えることさえできぬから、普通選挙一つまともにできぬ」

折口は柳田の怒りに数年前、この師が書いた書物を思い出した。柳田は大正の終わり、ジュネーブの国連委員職を辞してこの国に戻り、関東大震災の焦土に立ち尽くした。折口が自警団を称する常民たちの脅えと残虐さを身を以て体験したあの時のことだ。

あの時、師は狂ったように新聞の社説で普通選挙を実現すべしという論陣を張って、大正の末、晴れて普通選挙法が施行された。それは束の間、師がこの国に「合理」を期待したからだが、それはただちに裏切られ、選挙民は魚の群れが考えずに一つの方向に泳ぐように投票した。個人になれず、自ら世界の因果律を探すこともせず、ただ論理より甘美な物語の因果律に身を委ねる。

「それも神話という非合理を歴史という合理と結びつけようとして生じた齟齬《そご》だ。だから合理主義者たちは、虚ろでしかない国家や制度がただあるかのよ、う、に、ふるまうしかなかった」

そうだ、森鷗外翁が小説の作中でこんなやりとりをさせていた、と折口は思い出す。

一人は歴史を書こうとしていたが、全ての事象は証拠立てられない。ただ「あるかのように」ふるまい、全てがその上に建立している、と言う。

もう一人は絵描きである。そんな「かのように」という怪物のことなど考えても意味がない、と言う。


「それは僕も言わずにいる。しかし君は画《え》だけかいて、言わずにいられようが、僕は言う為めに学問をしたのだ。考えずには無論いられない。考えてそれを真直ぐに言わずにいるには、黙ってしまうか、別に嘘を拵《こしら》えて言わなくてはならない。それでは僕の立場がなくなってしまうのだ」

「しかしね、君、その君が言う為めに学問したと云うのは、歴史を書くことだろう。僕が画をかくように、怪物が土台になっていても好いから、構わずにずんずん書けば好いじゃないか」

「そうはいかないよ。書き始めるには、どうしても神話を別にしなくてはならないのだ。別にすると、なぜ別にする、なぜごちゃごちゃにして置かないかと云う疑問が起る。どうしても歴史は、画のように一刹那を捉えて遣っているわけにはいかないのだ」

「それでは僕のかく画には怪物が隠れているから好い。君の書く歴史には怪物が現れて来るからいけないと云うのだね」

「鷗外漁史の小説の作中人物に喩えれば、お前はいわば絵描きだ。怪物がお前の学問に宿ることを気にもかけぬ。しかし、儂は畏《おそ》れる。鷗外の小説の絵描きはそもそも自分は歴史を書かなくてはいけない立場など御免被ると言い放つ。だが儂はそうはいかぬ。神話をあるかのようにしてしまえば、怪物がそこに現われる」

「そこまでわかっていて、何故、蛭子をうつし世に放ったのです」

北神が柳田の真意を問う。

「まだわからぬか。神話を因果律とするには、この国の神話は不完全だということが。何故、フレイザー卿はゴールデンバウを、彼のあの壮大なる学問を、王殺しから始めたのだ。王殺しこそ神話を因果律とする世界に於いて、唯一、歴史を動かす動力機関ではないか」

「だからあなたは一度は山人に肩入れをして、平地人を戦慄《せんりつ》せしめようとしたのですね」

北神は言う。言って空しいと当人が思っている。

「無論、山人の反乱など最初から無駄とわかっていたさ。この国は王殺し、すなわち革命はできぬ国だ」

柳田はそう挑発するように言う。

「結局は起源の時代に、この国の王権は王殺しの神話を封じた。折口信夫、うぬに問う。何故、蛭子は還らなかったのだ」

折口は師の問いに戦慄した。言ってはならぬ答えがその先に待っているからだ。しかし答えずにはおれない。

それは折口がずっと考えてきて、そして結論だけは口に出せなかったことだからだ。

「ひるめを始めひの音のつく神が皆、日の神のゆかりでありながら、ひるこだけは違う。ひ、ひ、るこのひはひるのひです。日の神の子として認められませんでした。生まれたけれど、親神の気に入らず、天葦船《あまのあしぶね》なり天磐櫲樟船《あまのいわくすぶね》に乗せられ、水に流されます」

「そうだ。にも拘わらず、蛭子は父母の許に戻ったか。一体、籠に入れられ海に捨てられ、父親の許に戻らなかったエディプスなどいたか。小箱に入れられ海に流されたユダは、アルゴスのペルセウスは、ギルギハの王トラカーンは、古代北欧のサーガに詠われるジークフリートは、あらゆる文化のあらゆる宗教のあらゆる民族の英雄や王たちは、うつぼ船の如きものに封じられ、川に海に流され、水に運命を委ねられた子はやがて父母たる王夫妻の許に帰還し、母と契り、父を殺し、殺さずともその王位を手中にする。それが神話の因果律だ。だから王殺しの儀礼だけが歴史を動かす。フランスやロシアの革命は民衆による王殺しではないか。それなのに蛭子だけは戻らぬ。常民はそれを奇異に思い、水辺に流れ着く水死体を蛭子の帰還と考え、蛭子を恵比須と呼びもしたが」

柳田は一気にまくし立てる。

「しかし、だから、王殺しがなかったからこそ万世一系の……」

言いかけて折口は口を噤んだ。

「自分で口を折っただけましか。怪物を畏れぬ輩だけが、かのように語られたそのような空疎な言葉を口走る。わかったろう、これで。何故、儂が蛭子をうつぼ船から解放したか」

折口はただ戦慄するしかない。それでも師に圧倒されて、かろうじて頷く。

「ならば言葉にしてみよ」

「それは」

「言え。歌と歴史を考えなしに結びつけ、調子に乗ったわりには、境に合わぬ教養を身につけた者の末路は磔《はりつけ》ものよ、と嘯いた上田秋成《うえだあきなり》ほどの度量もないのか」

折口は師の叱責に打ち拉がれる。

「さあ、言え。放たれた蛭子はどう動く」

「父王を殺します。しかし、父王はとうにおらぬのでその末裔を殺し、替わりに王になります」

声が震える。

「そうよ。国家天皇家の血筋など本当は幾度も途絶えているのに、続いている、とかのように言う。かのように言えばそれが真実の歴史となる。儂はそうやって国の近代が、か、の、よ、う、に神話を歴史と言い繕うなら、それを完璧《かんぺき》にしてやろうとしただけの話だ」

「だから『遠野物語』の序で「これを語りて平地人を戦慄せしめよ」とこの人は書いたのです」

北神が折口を憐れむように言う。

あれはロオマンスを神話や伝説に召喚して人々が戦慄する因果律を作るという宣告であり、宣言であったのか。

「だが蛭子を解放しただけでは王殺しは起きない。だからこの国に民俗学などという罠を仕掛けたのですね」

「わかっているではないか」

その罠にはまったのが折口だと言外に言っている。そうだ。自分は『遠野物語』に煽動されたのだ。

「ふん。儂の本当の学問は社会科学よ。しかし、世の奴らが儂の学問だと勝手に誤解し、民俗学などと呼んだのは花袋の揶揄したロオマンス、つまりロマン主義よ。儂は遠野に山人や天狗などの妖怪変化がいるとは一言も書いておらぬ。ただ、そういう心意現象を信じ、結束する社会の旧弊を社会科学として書いたに過ぎぬのに、皆、そこに古えの神の残滓を見て今と繋げてしまった。折口信夫よ、うぬなども歌と歴史の区別もできぬくせに、『遠野物語』などに手を出すからその罠に落ちる」

折口はただ打ち拉がれ身震いするしかない。

しかし柳田は少しも悪びれず、こう続ける。

「そもそも歴史に神話を接ぎ木などすれば齟齬が生じる。生じたところはたいてい丸石や神像石《かむかたいし》、鎮懐石の類があったところだ。儂は警告もしているぞ」

例の石神及び岐神《くなと》は昔より此の国におはせし神にして　辺防を職掌とせられしやうなれども　此の上に猶道祖《ゆどうそ》と云ひ御霊と云ひ　象頭《ぞうとう》神と云ひ聖人と云ひ　大将軍または赤口・赤舌の神と云ふなど　聞き伝へし限り　有る限りの神を頼みて里の守護を任せるやうに相成り候か　数知らぬ祠《ほこら》と塚と　今は信心も薄らぎて名義を疑ふばかりになり候へども　一として境線の鎮守に縁なき神はおはさぬやうに候　頑迷固陋《がんめいころう》の言なれども　国と国との親交縦には疎く横には厚き今日とて　蕃客往来の繁《しげ》きこと前古未だ其の例を見ず　従つて今迄名も知らざりし色々の悪しき神　之に伴ひて入り来るもの定めて多からんと存ぜられ　品はかはれども国の為里の為に昔の人と等しき不安を抱く者　追々は必ず出来るなるべしと存じ候　験《しるし》あらば十三塚も築きたく　障神《さえのかみ》の祭も改めて勤仕致し度く候　さて新時代の御《み》前神《さきがみ》を祀りて国土万年の祈禱を掛けんには　其の行法は必ずしも在来のものを株守するにも当らざる

べきか　是れ此の書が世に遺すべき小さなる一のモーラルに候

「皆あの一文を外国への護《まも》り、国防への婉曲《えんきょく》なる警句と受けとめたが、そんな意味などなかった。起源の神を祀る神社のみを国家が守護し、名のなき神や迷信として石神や塚を壊し、サエノカミをとり払ってしまえば隠り世との間に通路が穿たれる。そこから隠り世が侵入してくるぞ、と儂はモラルを説いたのだ、予言をしたのだ」

あまりに身勝手な理屈である。

「そうやって仕掛けられた因果律にお前はまんまとはまり、蛭子のつもりで歌と学問を作り、石が出ずる地に居を構え、そしてついにはあの足よろの少女まで側に置いてみせた時には、儂もいささか度が過ぎたと思いはしたがな」

そう口では言うが、明らかに嘲笑っている。愉快そうに肩が震えることに折口は怒りがこみ上げるがどうすることもできない。

「美蘭のことですか。あの娘は鎮懐石の如きものと先ほどおっしゃったではないですか」

「ふん……うつろ船に入れて伊邪那岐と伊邪那美が流したのはもう一人いて、それは女の子であると、これもお前は直感だけで書いている。蛭子が『日本紀竟宴《きょうえん》和歌』にある通り「蛭の子は三年になり足立たずして」とあるなら、蛭子の次に生まれた足よろの娘も同じではないのか」

折口は革紐で固定されたか細い美蘭の足を思って感嘆するしかなかった。

あれも流された子だったのだ。

アワシマと名付けられたと曰く書もあるが、子としての外に置かれた点では蛭子と同じである。私が、蛭子であるならあれいは私の妹だったのだ。

だが柳田は折口を咎める。

「まだ物語に縋るのか。まだわからぬのか。うぬは己《おの》が目で見たろう。妹の間引かれるのを。正しく観察せず、歌で目の前のことを解釈しようとするから誤るのだ。いいか、妹が間引かれたのなら、兄も間引かれたのだ」

「兄も間引かれた？」

柳田の言葉が引き金になって、折口の中で最後の箍が外れた。

そうだ。

やはり私は生まれた時のことを覚えている、と折口は思った。

産湯からとり挙げられた私を母は信夫《のぶお》と呼んだ。すると傍らにいた叔母の顔がわずかに引きつったのだ。信夫は叔母が子に付けるつもりの名だったのだ。だが母がそれを許さず、その子は名付けられぬまま間引かれたのだ。

あれは自分ではなく自分より前、兄が生まれた時の出来事だった。叔母はその出来事を呪詛の如く幼な子の折口に囁き、そしてそれを折口は自分が生まれた時の記憶と思った。妹の兄は自分ではない。生まれた兄は間引かれる運命だった。だから父は顔をそむけたのだ。母である女の腕は強張ったのだ。

間引かれた兄と間引かれた妹がいたのだ。間引かれた兄の名と間引かれた妹の名を折口は同時に名乗っていたのだ。

蛭子らも自分の兄と妹と同じ運命であったか。

「誰も流離などされなかった。二人とも間引かれた」

「そうよ。伊邪那岐と伊邪那美は産んだ兄妹を間引いて流した。死んで流された以上、誰かが拾い育て帰還し父を殺すことなどない」

「つまり貴種流離譚などこの国には最初からない」

「そうだ。だからうぬに父殺しなどできやしないのは道理だ」

柳田はそうやって折口の学問と折口の人生を同時にあってはならない側に仕分けた。

折口はもうこの世にいる意味さえ失った、と思った。絶望というのはこういうことかと思った。死にたいという甘美な感情とは全く違った。

すると、ちらりと舌が動いた。

月の、あの肉片の女の舌である。

「ここにいるのが嫌なら、月と一緒に月に行きましょう」

ああ、それはいい、と折口は思った。

女が囁くと、折口の首がたちまちかくんと傾いた。

そしてくりっと捻られた。

柳田の顔が険しくなった。

「いかん、迦具夜の因果律がまだ残っている。あの女に首ごと持っていかれる」

折口には何が起きたのかわからない。ただ首が捻られた上に吊り上げられようとしている。

「北神！」

柳田が叫ぶと、北神が剣を抜く。

その構えた剣に、刹那、今の自分の姿が映った。

頬の上の月が、あの肉片が風船の如く膨らんでいるのだ。

「こ……これは……」

そうだ。木島がこの月という死んだ恋人を甦らせようとして、死者の国との扉を開いたのだ。木島もまたつまりは石神を動かした一人に過ぎぬのだ。

しかし、木島の女の身体はバルーンの如く膨らみ、そしてはじけた。

はじけた肉片があの男の頬に宿って、今は折口の頬にいる。

ああ、うっかり月が迦具夜姫のように月に還ると言ってしまったから、物語の因果律は蛭子である月を海でなく天に還そうとしていて、自分は首ごと月に持っていかれるのだ、と折口は思った。

それも悪くない、と思った瞬間、首が大きく反対に振れた。

何かがはじけたのである。

尻餅をついた折口の目の前に振り下ろされた北神の剣の先から、一筋、血が滴り落ちた。

「月は……」

折口は思わず訊いた。

「はじけました」

「死んだのか……」

「いえ。恐らくは逃げたのかと」

北神は剣の先を振った。血が床に落ちた。

「いいや、この中よ」

安楽椅子の上で柳田が言った。

その掌の中には、二つに割れていたはずの椰子の実が一つに合わさっていた。

「……蛭子を再び封じるのですか」

北神は理解できない、という顔で柳田を見る。

「いいや、元いたうつろに戻したまでよ。これで王殺しでも社会を変えられなくなった。後はこの国は一度、滅びるしかない」

柳田は件のように言った。

それが柳田が日本という国家に為した仕分けであった。

この国はあってはならぬと仕分けられたのである。


正門へと土玉が踏み出すと、アマビエの声が後ろでした気がした。

「おおい」と聞こえるが、本当は誰も呼んでいないはずだ。土玉はやれやれと溜息をつく。

正門鉄橋、つまりは下乗橋の下の内堀の中に緑色の光がいくつも浮いている。あれはアマビエの頭の提灯鮟鱇《ちょうちんあんこう》のような発光体だ。

水死体を探しに行った時、よく出くわした、あちら側とこちら側を彷徨う物の怪《もののけ》の類だ。黄泉から戻る恵比須としての水死体の後を追い、浜辺の近くまでやってきて、おおい、とまるで人を呼ぶように鳴くのだ。

それは水死体のありかを知らせるかのようだが、ただ意味もなく鳴いているだけだ。そう言っているかのように聞こえるだけだ。

元々アマビエなどという物の怪はいない。尼彦を仮名でアマビコと書いたのをコとエを誰かが誤記した。元である尼彦とて山彦のヤをアと誰かが書き損じたものだ。

だから彼らはただ人がその名があるかのように信じただけのものだ。かのようにの怪物だが、あまりにもいじましい小物である。江戸の妖怪画の類にもその名も姿もない。

しかし、そのアマビエに「おおい」と呼ばれると、まるで行くな、と言われたような気が土玉はした。

そして成程、橋を越えようとする者を誰何《すいか》する門番として誰かがこの堀に放したのか、あるいは勝手に孑孑《ぼうふら》のように湧いて出て健気《けなげ》にもその役目を果たしているのか、いずれにせよ、うまくできたものだと土玉は納得した。

アマビエは虚だ。

だがうつろとしての虚ではなく、嘘としての虚だ。

『源氏物語』を書いた紫式部が地獄に落ちたと言われるのは、仏法では物語ることもまた嘘だからである。

虚を口にすれば嘘になる。それ故に罪なのだ。

誰の仕掛けなのか、その虚という罪で充たされた宮城を、虚の物の怪に守らせる。

しかし、木島も機械の群衆も呼びとめられなかったのに、何故俺だけが、と恨めしく土玉は思った。

そして、ああそうか、俺はただの人だからあちら側に行くことはできぬのだ、とすぐに悟った。

越えられるのは物語の因果律で動かされる蛭子と、それに魚の群れの如く従う大衆だけだ。革命を起こすにはそれで充分だ。だが、自分はそのどちらでもない。

第一、俺は物語の外に出ることを願ったではないか。

そう諦念して、しかし土玉はああそうかこれは虚を虚といううつろで守る仕掛けで、要は俺のようなニヒリズムの持ち主を拒むもので、そんな手の込んだことを思いつくのは結局は瀬条の誰かだ、とようやく思い至ってうんざりした。

全ては瀬条の謀略の上で自分は踊るしかないのか、と何だか悟りを開いた気にさえなった。

そしてやっと鬱になった。

「その通りだよ」

すると、今度は人の声がした。

門の前で、人魚売りが盥の前に腰を下ろしている。会ったことがあるのかないのか忘れたが、人魚売りに違いない。

口が凧糸で縫われ、その隙間から声を出す男だ。

土玉が近づくと、人魚売りは左の耳朶をめくって見せた。

黒い龍の入れ墨があることを人魚売りは土玉にわざわざ確かめさせる。

「あなたも瀬条の人でしたか」

土玉は納得して言う。

「いかにも。私の言うことが気に食わぬので、瀬条景鏡《かげあきら》にこうやって口を綴じられてしまったがね。何しろ私があってはならないものを語りすぎるのでね」

「だってあなたはお見受けするにもどきでしょう。あちら側の、蛭子たちの棲み家の側の声を口にされてしまうのは自然のこと」

「左様。あってはならぬものを聴き分けられるので、今はしがない仕分け屋というわけだ」

それでまた土玉は了解する。

「するとあなたが最初の木島なのですね」

「いかにも。木島平零郎《へいれいろう》が俗世での名だよ。大昔、黄泉比良坂に海で拾った丸石を一つ礎石にして、何とかという歌を捨てた男の本を少しばかり引きとって古書店をやったこともあったが、それは人の手に渡して今は人魚を売っている」

「では、今し方、この橋を渡っていった木島くんたちはもしかすると……」

土玉は尋ねる。

「もちろん仕分けたよ。この盥の中だ」

覗いてみると、宮城の正殿の前に三つの顔になった木島が漂うように立っていた。

まるでアマビエのようだ、と土玉は思った。

「それにしてもこれは卑弥呼《ひみこ》の時代の水鏡か何かの原理ですか」

「今様に言えば、キネマだよ」

人魚売りとは違う声が答えた。

土玉が顔を上げると、人魚売りの隣りに白い麻のスーツ姿の男が立っていた。

「全ての虚をキネマのフィルムの中に光学という科学の力で閉じ込める。それが科学的な仕分けだよ」

男は映画批評家のような口ぶりで言った。

「私の今の雇い主だ」

人魚売りが言う。

「甘粕正彦だ」

麻服の男はハリウッド映画俳優のような声で名乗った。

大杉栄を殺し、その社会主義という絵空事を殺した次は、今の国家を支える神話という絵空事を殺すのか、と土玉はこれも納得がいった。仕分け屋や見届け屋のように、きっと物語を創り、それを殺す職能も土玉が知らないだけであるのだろう。

「全く道理に適っています」

土玉は世辞でなく、心からそう言った。

「道理は好きかい」

「はい」

「君も私の許に来ないかね。科学と合理の国家に」

思いがけないことを甘粕は土玉に言う。

合理でないうつし世は自分には不向き極まりないから、土玉はそれも悪くないと思った。

「あなたは一体、何者なのです」

土玉は新しい雇い主になるやもしれぬ甘粕の、しかし、本性を悟りかねて、愚にもつかぬ質問をした。

しかし、問うてすぐ、自分らしくない、と後悔した。

答えは返ってこない。

問うてしまった手前、答えは自分で捻り出さないわけにはいかなくなった。

「ユング博士が言うところの影《シャドウ》というところですか」

「では、いかなるものの影だと考える」

まるで口頭試問のようになってきた、と土玉は思い、久しぶりに慎重に考えて次の答えを言った。

「時代精神の……といったところでしょうか。普通なら合理の陰画として非合理が影となり跋扈する。しかし、非合理が時代精神の世では合理が影となる」

甘粕は軽くうなずく。

合格らしい。

「では、仕分けの次第を見届けよう。あれを」

甘粕がそう言うと、人魚売りはポップコーンの袋と黒い琥珀《こはく》色の液体の入ったボトルを差し出した。

どうやらそれが合理の証しらしい。

「これは珈琲《コーヒー》ですか」

「いいや。コカ・コーラと言って、コカの葉とコーラの実のソーダだ。映画を観る時はこれに限る」

土玉はそういう流儀なら仕方がないと受けとって、ポップコーンを一口頬張って、道理に反した盥の中を覗き込んだ。

誰かが物語を物語っている。

『古事記』にも聞こえる。だったら、ああ、きっと稗田阿礼だと俺は決め込む。何でもいい。

それより目の前が白いのが奇妙だ。いや、頭の上も脇も、恐らくは尻の下も白く、そしてその向こうから薄い光が透けてくる。

多分、卵殻《らんかく》の内から世界を見上げたらこんな感じに違いない。

俺はここで幾度、魔子と交わったのか。刹那のようにも思える。

「刹那ではなくインドの暦のブランマー・ジーの一〇〇年、一マハー・カルパかもしれないわ。つまり、三一一兆四〇〇億年」

魔子が答える。

「どっちだって同じことだ」

所詮は睦事《むつごと》だ。そして俺たちは互いに互いの身体の形を確かめ合う。

また魔子が先に声を上げて果て、俺が続いて果てる。

「真床襲衾よ。縫い目のないうつろとしての衣。すっぽりと身体の全てを包んで穴や隙の一つもないうつはたといって袋のような衣のこと。日嗣《ひつ》ぎの皇子《みこ》が日の皇子に変わるための物忌をこの真床襲衾の中で過ごし、そして天子の霊が這入《はい》るのを待って、厳かにここから出るの」

魔子は段取りを教えてくれる。

「それから俺はどうすればいい」

「もどくのよ、神の言葉を」

「そんなものは知らぬ。第一、俺の中に何も入ってはこないぞ」

「だって本当はそんなものはないって、大杉のパパに説明したばかりでしょう」

「なるほど。かのように、ということか」

「そう。パパが真床襲衾の外に出れば、世界は完全に虚になる」

魔子は俺の手をとる。

「キネマか。それともブロードウェイの如き舞台か」

俺は勝手に納得し、立ち上がる。

それと同時に、まるで幕が開くように真床襲衾が開く。

俺は外へと這い出た。

そして俺ははめられたとやっと気づく。

開いた女の股間からぬるりと血まみれの山椒魚のようなものがゆっくりと這い出てくる。

木島であった者たちが盥の向こうの世界で最初に見たのは、かくも奇態なる光景だった。

女は股を開き秘所を晒しているのを恥じるでもない。

這い出てきたものは血に濡れている。木島たちはそれが何かをただちに了解する。

「……蛭子だな」

「……蛭子だ」

「……蛭子とは何だ」

三つの顔が同時に顔を顰め、呻く。

「だが何故、蛭子がまた生まれた」

「だって伊邪那岐、伊邪那美の時と同じく、女の方が禁忌を破ったのですもの。あの男、あたしから誘ったのに、それに気づかずにあたしと交わり、あたしが愉悦の声を上げるのを喜んだの。愚かだったけど、可愛い人だった。あの時は、せっかく生まれたのに、あの男ときたら、あたしを間引く天照《あまてらす》に口答え一つできなかった」

「何だって⁉　蛭子は間引かれたのか？」

三人の内、春洋がまず驚愕し、それが残る二人に連鎖する。

「そうよ。あたしは悲しみにくれてあの子を葦船で流したのよ」

誰かが物語の因果律にまた搦《から》めとられた、と三人はそれだけは承知できた。

女は立ち上がる。

「お久しぶりね、木島さん」

「お前など知らぬ」

「あなたの前では美蘭と名乗ったこともあったわ」

ああ、と三人の木島はそれぞれにあの少女を思い出した。

「あの足よろの娘か。てっきり蛭子の次に生まれてきた、神の内に入れぬもう一人の娘かと思っていた」

そう言ったのは多分、春洋であった木島だ。

「しかれども、くみどに興《おこ》して生める子は、水蛭子。この子は船に入れて流し去《さ》てき。つぎに淡島を生みき。こも亦《また》、子の列には入れざりき」

そう古えの物語の一節を暗唱する。

「そうよ。子の列に入れず、というのは失礼な話よね、まったく。男どもは父を殺しに来るのが蛭子だけだと、すっかりあたしを忘れているのが癪に障る。でも、その隙をあたしはつくことができたのだから、感謝しなければね」

「蛭子の後に生まれたとは胞衣、つまり胎盤ではないのか」

「そういう合理の解釈を神話に持ち込まれても困るわ。神話の因果律が動き出したなら、そこに身を委ねれば子の列に入らぬ娘たるあたしも、こうして伊邪那美にとって替わることができる。あたしは母の替わりに母になって、そしてこうして蛭子を産んで差し上げたのよ。ねえ、大杉のパパ」

魔子は慈しむように生まれたばかりの蛭子の名を呼び、抱き上げる。そして大杉にしたように、その頬にキスをする。

「それにしたって、少しばかり来るのが遅かったわね、木島さんたち。神話の因果律はこれでようやく『古事記』の最初に戻ったの。だからってあたしはこの子を間引いたり船で流すなんてことは決してしない。ここからやり直すのよ。ミューがうつろである世を充たし、真のうつし世になって生と死の境もなくなった今、あたしのかわいいこの子がこの場所で初めの王になるのよ。そしてあたしは決してこの子を葦船なんかで流さないから、この子こそが万世一系の祖となるの」

魔子が厳かに言うと、喚声が上がる。

機械仕掛けの群衆たちが、王の誕生に正殿の広間を埋め尽くしている。

その間を縦横に張り巡らされたドリーに乗せられた仲木のカメラが走り回る。

「蛭子をあんたが捨てぬ以上、貴種流離譚は作動せぬ、ということか」

「そう、古い因果律はもういらないの。それを動かそうという男どもの企みがそもそも愚かだったの」

魔子は勝ち誇る。

「だから古い因果律の中で仕分けをしてきた木島という存在ももういらない。いらないから、仕分けてあげる」

「できるものか」

「あら、できるわ。だってここに」

魔子は不敵に微笑むと、玉座の背後で光る金の枝を持った。

いつの間にか書き割りのゴールデンバウの森がセットに組まれている。

「いいタイミングよ、仲木」

魔子がカメラを構える男に言う。

「モブシーンの後は活劇シーンですね。モンタージュを存分に使いましょう」

仲木はカメラを魔子に近づけ、アップショットに捉えて言う。

木島たちは不覚をとったと思った。その手には金の枝がある。

「……天沼矛《あめのぬぼこ》……といったところかしら。浮かぶ脂の如く、漂える水母《くらげ》の如き混沌から陸と海を分かった矛。これであなた方をあってはならぬものかそうでないものかに仕分けてあげるわ」

魔子は金の枝を木島たちに翳《かざ》す。

「消えなさい。あってはならないものたち」

そう告げられ、三人の木島はやっぱりそういう運命かと一様に覚悟した。

そして三人は己れの運命を仕分けた。

一人は「俺は死ぬ定めにとうにある」と名も知らぬ南の島の洞穴の奥で、されこうべになった自分を思った。

一人は「俺はあの日、死に損ねたから死んだようなものだ」と雪の日、帝都に上がったバルーンを思い出した。

一人は「俺は女を幾度も殺し、死者に憑かれたから死んだも同じだ」と思った。そして、あの女がかつて棲みついた仮面の下の頰を最後にもう一度、愛でようとした。

「月……」

三人めの木島がそう女の名を呼んだ。

すると三人の木島は、かつて木島平八郎であった男の顔の頰にぬめりとしたものを感じた。

それが何であるのかすぐにわかった。

月だ。

あの女だ。

「戻ってきたのか」

「だって私の地上での棲み家は木島さんといううつろですもの」

月は言った。

そして呪文のようにこう叫んだ。

——私は月に還りたいのです。

スタジオの隅まで声が通った。

すると、魔子の動きがぴたりと止まった。ゴールデンバウを振りおろせないでいる。

「まだ古い因果律が……貴種流離譚の欠片が残っていたのね。だったら最初にあんたを仕分けてあげるわ」

魔子がもう一度、力を込めて金の枝を振り上げる。

枝は矛に変わった。

だが矛に射貫《いぬ》かれたのは、月ではなく魔子だった。

一瞬早く、魔子は天から落ちてきた矛に貫かれたのである。

無論、木島たちは何が起きたかわからない。

頭上から串刺《くしざ》しになって、硬直した魔子の腕から蛭子が床に落ちた。

まるで母を探すように床を這う。憐れであった。自分たちのようにみっともない生き物だと三人は思った。

「仕分けるぞ。これはあってはならぬものだ」

三人の木島のうちの誰かが叫んだのか、同時なのかはわからない。

仕分けの杖が振り下ろされ、よろよろと立ち上がった蛭子の首を刎ねた。

刎ねた首は卵の内のような白い天井に飛び、恨めしそうに三人の木島を見た。

三人の木島にはそれぞれ、その顔が自分に見えた。


木島平八郎は気がつくと、あの川辺にいた。

後の二人はどうしたのかはわからない。ただ元の仮面を付けた一人の木島に戻っていた。

月を最初に拾い、そして幾度も女を殺して流した、あの葦の繁る水辺だ。

「もう、船はいらないの」

そう頬の上で月が言った。

「月に還るのかい」

「はい」

「月とはどこにある」

「ミューです」

「ああ君はミューから来たのか。しかしミューは海の彼方ではなかったのか」

「海に喩えればニィル、地に喩えれば黄泉、天に喩えれば月」

「ああそうだ。同じことだったね」

「私はミューで罪を犯し、そして六つに裂かれて五人の女になって流されました」

「迦具夜は斬り殺されたオオゲツヒメの如き女神でもあったのか」

「はい。オオゲツヒメの因果律で動くのが私への罰でありました」

自分も科人《とがにん》だからどんな罪かは聞きかねた。

「木島さんに六度殺してもらえば、迦具夜と同じ六度の求婚を拒んだことになる。それで六つに裂かれた身体は一つになって、私の罪が消えるはずでした」

「だが、君は六度目は自分で死んだ」

「はい。私は木島さんを愛してしまって、六度目は自分で死んで月に還らず、木島さんの許に留まったのです。そして蛭子の因果律にとり込まれました」

「だから美蘭から蛭子が生まれるように、ぼくに彼女を殺させもしたわけだ」

「はい。けれど蛭子の因果律はあってはならないものに仕分けされました」

「最初から王殺しの因果律などなく、あったのは折口先生が言った貴種流離譚、つまり流された姫がただ元いた場所に戻る、往きて還りし物語だということだね」

「はい。月はだからもうその因果律に抗う必要はありません。だから木島さんと私を仕分けて下さいな。お別れです」

木島は仮面の下に手を入れ、月を愛でる。

月の口唇が木島の指をはむ。

「できない」

木島はいたく情けない声で呟く。

「でも、私はこれから天に昇るのよ」

木島は自分の首が傾き、そのまま上に引き上げられるような感覚にとらわれる。

「仕分けねば、どうなる」

「私はまた風船のように膨らみ、はじけます。今度はじけてしまえば、もうあなたの頬の上で生きることさえできません」

「それは嫌だ。では仕分けるしかないな」

木島は心に決めて言った。

「さようなら、木島さん」

仮面の下の月の口唇が別れを口にする。

「いいや……一緒に行くんだ」

そう言うや、木島は杖を振り上げて、仮面ごと自分の首を刎ねた。


盥の水面が波紋で揺れた。

その中心で垂直に杖が刺さっている。

土玉はその杖を握っている手を見て、そして次に振り返って、その主の顔を見た。

肺病患者の如き蒼ざめた顔が蒼い月に照らされて、さらに蒼い。

八坂堂に木島が棲まわせた人喰《ひとく》いの青年の名を思い出して尋ねる。

「確か……根津くん……だったね」

根津は頷きさえしない。

「蛭子の妹も本当は流されたのではなく間引かれたのだから間引いた」

意味不明のことを呟いたが、きっと何かの仕分けだろう。

「君もまた幾人めかの……いや最後の木島だった、というわけか」

根津は盥から杖を抜いた。

その先で人魚が串刺しにされている。

根津はそれを確かめろとでも言うように土玉に突き出した。それはもはや人魚ではなかった。

「よく見ればただの竜の落とし子だ」

土玉は溜息をついた。

根津はしばらくそれを見つめ、そして指で摘《つま》みとって口に放り込んで、むしゃむしゃと食べた。

「食うのか」

土玉は呆れたが、人を食うぐらい何でもなかった男だから竜の落とし子ぐらいでは、食ったところで腹さえ壊さぬだろう。

土玉は立ち上がる。

風が土玉の頬を撫でた。

秋の風だ、と思った。

うつで充たされたうつせはただのうつろな現実に戻った。

ミューは去ったのだろう、と思った。

人魚売りも、甘粕の姿もなかった。

全てはキネマだとキネマの中の甘粕は言った、というわけか。

まるでクレタ人の嘘ではないか。

やれやれ。非合理に充たされた世界が去って、合理と非合理が半端に共存するつまらぬ世界がまた戻ってきただけだ。

だったら瀬条機関もなければいいのにと思いかけて、首を竦めた。

これからもずっとあるだろう。

あれだけは誰がどうしたって、あってはならぬくせに堂々とこの世に居座っているものだ。

土玉は溜息をつく。

そしてもう一度、空の月を見上げた。

するとよろよろと仮面を付けた風船が天へと昇っていく。

まるで木島平八郎の生首が離魂病にでもなって飛んでいくような気がしたが、目の錯覚だろう。

そして少しだけ迷ったが「どっとはらい」と呟いた。

祖母が昔語りをする時、最後に必ず口にした呪文だ。昔語りという虚構が、現実に侵入することを防生涯でただ一度だけ、非合理で迷信深いことをした自分に土玉はただ苦笑いするしかなかった。

そして、久しぶりに声に出して「うひゃひゃひゃひゃひゃ」と笑ってみた。

笑うしかない。

ぐ呪文だ。

（終）

人喰い異聞

「ははは、木島よ、人喰いが出たぞ」

瀬条景鏡《せじょうかげあきら》の豪放《ごうほう》で傲慢《ごうまん》でもある笑い声が、コルビュジエの顔を札束で張って有無を言わさず設計させたと噂の自慢の研究室の廊下の高い天井に響く。瀬条は瀬条機関と呼ばれる私設の研究組織の主宰者である。学術の分野の枠を超えた知性と評価する者もいるが、むしろ破壊者に等しい。あらゆる領域を心なく蹂躙するのがこの人の特技である。しかし軍閥や財閥、政界の派閥とおよそ閥《ばつ》なるものには内地だけでなく大陸や西欧のそれにさえ食い込んでいるのでその言動に不満があっても誰も口に出せない。

その瀬条が珍しく言うなれば下界である研究室に高笑いとともに文字通り降臨したのである。

木島と呼ばれたのは木島平八郎《きじまへいはちろう》。瀬条に雇われた研究員の一人である。先日の、い、い、い一件以来、瀬条は木島をいたく気にかけているのだ。

瀬条が木島に近づくと、他の研究員は亀のように首を縮めて自らの気配を消して空気の中に身を潜ませる。

名を呼ばれた木島以外、瀬条の話に加わることは許されない。

ビーカーや試験管にひたすら目を凝らし耳を遮断する。ここでは研究員は機械と同じであって、気紛れに名指しされた者以外は瀬条ら幹部と話すどころか、話が耳に流れ込んでくることさえ許されない。だから研究員たちは瀬条らの言葉を耳を素通りさせる術《すべ》に慣れている。第一、迂闊《うかつ》に記憶に残してしまえばそれは知らぬ方がよかったと後悔する、人倫《じんりん》に反する実験であったり、一生口外できないような国家機密であるからたまったものではない。

瀬条はしかしそんな周りの脅えなど気にしないで大声で話を続ける。

今回も人喰いという物騒極まりない話に高揚して、瀬条は声を張り上げているのだ。

そしてただ一人、今回もまた瀬条の話し相手として名指しされた木島は嫌がるでもなく相槌を打つ。木島が頷くと右頬にへばりついた肉片が揺れる。それが肉片でも頷いているように見えるらしく、瀬条がこのところ木島を気に入っている理由の一つだ。他愛がないといえば他愛がない。しかしおよそ研究内容で瀬条の関心を引くことなど不可能である。だから奇態《きたい》な容姿が理由であっても入所して二、三年の若手研究者の中で、木島だけが瀬条の話し相手という恩恵に浴していたのは奇跡であった。

一方的に瀬条が声を張り上げていると、白衣に頭から白い覆面で顔を覆い目のところだけ望遠鏡のようなレンズを突き出した研究員が、瀬条に近づき耳打ちする。彼らは瀬条の研究室の者で、木島らよりはるかに上席《じょうせき》である。

「汽車の時間だ」

そう言って唐突に会話を打ち切ると、瀬条はステッキを一回、旋回させると軽やかな足取りで研究室を出ていく。

浮き足立っているのだ。

「人喰い」とはかくもお気に入りの実験らしいとわかる。

木島はといえば慌てて白衣を脱ぐと瀬条の後に小走りで続く。そして木島の後ろ姿が扉に消えたところで、研究室内に羨望と同情の入り混じったため息がガラス棒がフラスコの内側をリズミカルに叩く音に混じって響くのであった。


東京駅から列車に乗ると瀬条は早々と自分たちの客室に入りドアを閉めた。皇室が使うのと同じ特別仕様の客車が瀬条のために一両、連結しているのである。

そして個室はたちまち講義室と化す。講義といってもただの一人言、要は脳内の思考が言葉となって洩《も》れ出すのに等しい。木島はそれをただひたすら浴びるのである。それが目的地まで一対一で続くのである。木島が瀬条のお供を命じられるのはその奇怪な容貌に加えて、この二人きりの濃密な講義に、頭が麻痺することも卒倒することもなくついてくることができると明らかになったからでもある。

その瀬条の研究テーマの一つに〝超人の誕生と人喰い〟というものがある。ポリネシアやアステカで有名な食人文化で、いわゆる勇者の肉体を食すことによりその能力を受け継ぐという野蛮極まりない原始信仰である。しかし瀬条の勝手な定義によると、超人とは「常人が持ち得ないある種の酵素やホルモンを有する一団」である。勇者の肉や臓器を摂取することにより常人はその酵素等を得て、その働きを以て超人の力を得る。うまくいけば食人によって体内においてその酵素の生成機構が確立し、継続的に超人の力を発現できるようにさえなるという理屈だ。

この超人研究は他の研究同様、瀬条のただの趣味である。大義も理念も何もない。しかし、瀬条機関は来たるべき大戦が科学戦であるところから兵士の超人化の実験を陸軍から莫大な予算で請け負っていた。超人と言えば聞こえはいいが、要は殺人兵器である。いっそそう言い切った方が曖昧でなくていいと物事に白黒をつける質《たち》の木島は思う。

しかし、その木島の顔の右頰には反魂《はんごん》の術が失敗して破裂して四散した恋人だった女の肉片が一切れへばりつき、しかも息をしているのだから、彼という存在そのものが死者と生者の白黒もつかず、全く理に適っていないのである。その常識と非常識のどちらともつかなさが瀬条景鏡のおめがねにかなったのは、幸いであったか不幸であったか。

今のところ定かではない。

さて、瀬条の異常な興奮は久しぶりの臨床例だからである。

科学者である以上、瀬条は実験を至上とする。その実験が人倫に抵触するか否かは瀬条の意には介しない。

二度、汽車を乗り換えした後、目的地である寒村の最寄り駅に着いた。駅の待合室には瀬条より身体の大きい紳士がストーブの前で身を縮こまらせ、不機嫌そうに木島らを見上げた。

「やっと来たか」

待っていたのは西園大樹《にしぞのだいじゅ》教授である。木島の反魂の実験に手を貸した曽根良冬《そねよしとう》教授を加えて俗に「東方三博士」と呼ばれる一人だ。瀬条と同様に巨体であるが寒がりであり、その上に幾重にも衣服を着込んでいる。武術の達人でもあるとされる。

「待つのが嫌なら同じ列車で来ればいいのに」

「君と同じ客室も同じ列車も御免だ」

二人が半端ではない犬猿の仲というより互いに心底嫌い合っているのは嘘ではない。そしてそれを互いに隠さぬことが奇妙な信頼となっている。

その証拠にひとしきり罵り合った後で二人の紳士は互いを認め合うようにくくくと笑うのだ。

そこでようやく西園は、頬に朱色の肉片をへばりつけた男に気づく。

「ほう、こいつがあの」

「ああ。木島平八郎君だ。最近、ぼくの手伝いをしてもらっている」

「君の新しい実験体というわけか」

「いや、彼が勝手な実験をしてこうなったのだ」

「それは見所がある」

再び笑い出す二人。木島も戸惑いながら愛想笑いをするしかない。

そもそも木島クラスの研究員など本来は西園博士を紹介される価値さえないが、肉片というわかり易い聖痕と痴話《ちわ》といってもさしつかえない、そうなった理由は瀬条機関で知らぬ者はいなかった。

さて、改めて、木島の前にいる西園は身長一九〇センチを超える大男である。脳医学の専門家であり、超人計画の共同研究者であることは車中の講義で知れていた。人格改造、後に言うロボトミーの権威でもある。ホルモンの分泌を促し、いわば内科的に超人を作ろうとする瀬条に対して、メスの力でそれは可能だと考えるのが西園だ。

「それで現場にはいつ行けるのだ?」

「もうそろそろだと思うがね。道を再び通すのに苦労しているらしい。何しろ一つの集落を餓死者が出るほどに孤立させるのは簡単ではなかったからね」

その集落への唯一の道を人為的に起こした二重の崖崩れで塞いで人喰いの実験場としたのである。

知らせを聞いてその先の段取りも決めぬ間に高揚のままに車中の人となったと知れるが、それを西園博士はなじるわけでもなかった。そういった日常のレベルの些細な合理など二人の壮大なる世界観にあっては何の意味も持たない。

結局その日は宿をとり、次の日の朝、二時間ほど待たされてから迎えの車は来た。目的地までは何とか車で行けるということであった。この日を想定して手前までは林道を整備しておいたのは瀬条の手引きであった。瀬条の電話どころか伝言一つで地方の官吏《かんり》などどうにでも動くのである。歩いての山越えを覚悟していた木島は安堵した。そしてそういう些細なことが一瞬でも気になる自分はやはり小物だと自嘲した。

頬の上の肉片はといえば昨日から妙に機嫌が良い。旅行を喜んでいるのか。肉の欠片となっても女は女だと木島は思う。

現場は四方を山に囲まれた十一世帯ほどのちっぽけな集落だった。阿欲と書いて「あよ」と読む。鬼の子孫という伝承が残っている。古代の文献に記された最古の鬼が出た場所と同じ地名だ。伝説も土地の名も水面に石を投げた波紋のように広がるから、同じものがいくらでも見つかる。それを線で結べば年輪のごとき図形が列島の地図の上に浮かび上がる、と木島は聞いたことがある。

鬼は人喰いで、村を襲った鬼に食われた子供が、自分の両親が自分を見捨てて竹藪に隠れているのに気づいて、あよ、あよ、と泣いて阿欲《あよ》という地名となった、と瀬条は愉快そうに語った。

追いつめられれば親は子供を見捨てる土地柄なのだ。

そう、この土地が選ばれた理由を瀬条は説明した。そして鬼とは人を食う超人であり、その血脈がこの地に残っているかもしれぬというのが瀬条の仮説でもある。

この村に通じるただ一つの道が二度の崖崩れに——無論、人為的に——遭いまさに陸の孤島となったのが去年の八月である。この村は鬼の子孫や人喰いの子孫と一種差別もされ、他の集落とあまり交流を持たずにいた。加えて近年の不作による食糧備蓄の不足により食うものが尽きてとうとう人喰いが起きたと報告があったという。

報告してきたのは村に潜入させた調査員だが、次は自分の番だと切羽詰まった無電が来たのが数日前だという。それから道を塞ぐ岩の破壊に数日を要したのである。食われるかもしれぬとわかっていて人喰いの村に送り込まれた調査員の心情を木島は想像してみたが、やはりわずかにさえ心は動かなかった。頬の上の女の肉片も反応しない。瀬条機関に来る者は皆、良心が涸れきってしまっているのだ。

その点で木島も例外ではなかった。

集落の中心にある広場に三台の車が停まる。前の車両は陸軍の軍用車であり、瀬条の護衛であると知れた。木島はともかく瀬条と西園に何かあればやはり国家的損失なのだ。後ろの一台には看護婦が数名乗っているが当然、人道的意味ではない。

研究員の寄せてきた報告では食人が始まったのが去年の十二月。十一ある家の一つから犠牲者が選ばれたという。食人の対象を選ぶ仕組みがあるようだったが、民俗学の素養のない調査員はそれを報告できていない。あったところで調査員は身分を隠して県の土地改良委員を名乗って住みついたが、どうと り繕っても他所の者だ。異郷者である。次は自分かもしれぬと切羽詰まって思い、調査が進まぬのは当然であった。

「ここが食人鬼たちの食卓かな」

そうわかるのは十一の家の中で唯一囲炉裏端《いろりばた》に火が残っているからだ。

木島が判断した。

「超人誕生の聖地といったところだ」

愉快そうに瀬条は笑う。

「少し探索するかい」

木島を誘って瀬条はぶらりと集落を見て回る。

集落の人は首から続柄《つづきがら》を書いた札をかけ、家の前に家族ごとに並ばせてられいるのである。

村人は兵士に銃を突きつけられ看護婦から身体検査をされている。皆、呆然としていて、廃人のようである。飢えで極度に衰弱していたのに加えて、人喰いをした事実を受け入れられず誰もが怯えていた。

痩せ衰えた人々の姿を見て瀬条は顔を曇らせる。

「ふん、少し来るのが早すぎたか。いっそ互いに食い合って最後の一人が残るのを待つべきだった」

冗談とも本気ともつかぬ口調だが実際、この人物にそんな区別などはあるはずもない。

「なるほど、犬神憑《いぬがみつ》きの犬神を作る作法と同じですな」

西園は感心して頷く。

「しかし草木一つ、何もありませんな」

西園は村の風景をぐるりと見て言う。冬とはいえおよそ生命の気配がない。鳥の声さえしないのは、食われたのではなく、食うものがないため近づくに値しない地だからである。

「どうにも失敗だな。人を食っても雑魚は所詮雑魚だ」瀬条はいきなり大声で嘆く。

瀬条は家を一軒一軒回って村人の瞼《まぶた》をめくり舌を出させたりしていたが、すぐに飽きてしまったのだ。

そして瀬条は最初に指示したはずの一人一人検分《けんぶん》するのはあっさりあきらめる。

「面倒臭い。一箇所に集めてくれ」と命じた。

ただちに陸軍の兵士たちによって広場に集められる村人は、誰一人自分の足で動けない。

「痩せてしまって人相だけではもう人ともとれぬか。しかし飢餓状態で人を食った者のデータだけはそれなりに貴重だ」

命じられ、仮設されたテントの中で改めて血液や脳波の検査が行われる。光や痛みに対する反応もだ。

当たり前だがどの数字も超人どころか平人《へいにん》にも劣る。瀬条はさすがに不機嫌になる。

西園は「やはり自然に超人を発生させるのは難しい。脳の改造が改めて必要だということだな」と自説を口にした。

「改造?」

「そうだな瀬条君、人を食うという人倫に反して初めて人を超えると言うが、それは脳にメスを入れることでも可能だ」

「しかし、絶望だけなら何も人を食わなくても、むしろ身内が食われた方がはるかに絶望するのではないでしょうか」

木島はつい二人の会話に割り込む形となって、その失策に背筋が凍った。瀬条に意見して、喉仏を鷲摑みにされて砕かれ悶絶死した大学院生の噂を聞いたことがあった。しかし木島の思いつきは幸いにも瀬条の琴線に触れた。

「なるほどな、この土地の名の由来か。食われるのも食われる者を見るのも食うのに比べればはるかに地獄かもしれぬ」

そこで瀬条の目がぎろりと木島を睨む。

「しかしその理屈では超人は食われてしまったことにもなる」

「そもそも食う者と食われる者をどうやって分かつのか。食われる者の選ばれる仕組みを調べてみました…調査員の報告では食われる者は最初から決まっていたようですがその徴《しるし》がこれでは」

そう言って杖を差し出す。

「先ほどの食人の跡があった家の台所、遺体の五体をハイヌェレかアマノジャクの如くに切り刻んだ真《ま》菜板《ないた》の脇にありました」

「蹇《あしなえ》の者か」

杖から瀬条は木島の言わんとするところをただちに察した。

「今は全員足腰が立ちませんが、蹇は根津《ねづ》という家の娘だけです」

そう言って痩せこけた男が抱えられるようにして突き出される。この者が父親らしい。

「あんたは娘を食ったのか?」

男は震えるようにかぶりを振る。

「どうやらこの集落は飢饉が近づくと食人の供物となる者を一名決めて、どこにも行けぬように足を折り、そして飢饉の時は最後まで残った食料をその者だけに食わせ、いよいよ尽きるとその者を食う為来《しき》たりだったようです」

瀬条は木島の報告に頷く。

「鍋の中はどうなっていた」

瀬条が木島に指示を出す。木島が周到に腓骨《ひこつ》とおぼしき骨片を示す。

「足が折れて繋がっています。形状から見て、食われたのはやはり十二、三歳ほどの少女かと」

地面に鍋からさらってきた骨を人の形に並べて言う。

「首は？」

「ありません」

「探せ。誰かが食らったのかもしれぬ。脳を食うというのは食人の習慣でも最も重要な儀式だ」

先の木島の理屈なら食われることを覚悟した少女の脳にこそ超人のホルモンがたっぷり分泌されたことにもなる。

瀬条が高揚して立ち上がる。

その時である。

ごろんと床に何かが転った。

小さな髑髏《どくろ》である。

その髑髏の頭頂に小さな穴が穿《うが》たれていたのを瀬条は見逃さなかった。

「誰かがあの少女の脳をすすったぞ!!」

瀬条の叫びと同時に獣のような影が床に転った髑髏を奪うように拾うと走り去った。

「見たか…今の動き。人を超えていた」

瀬条は恍惚として言った。

「追え」

瀬条は命じる。

そう言われて木島は表に立つと、地面を指さして言った。

「追うのは至って簡単でしょう」

日が落ちた山道には山に向かって光の痕が点々と灯っていた。

「光苔《ひかりごけ》か」

西園が興味深そうに呟いた。


山際の岩肌の朽ちかけた社の背後に石窟《せっくつ》があるのがすぐに見つかった。人工のものであろう。足を踏み入れた瀬条は思わずそこにあるものに唸《うな》った。巨大な即身仏が屈葬のように膝を曲げて坐しているのだ。

「立てば三メートルほどはあるか」

西園は見上げる。

「脚は一本です」

木島は言う。左脚の臑《すね》がない。

「しかも見たまえ」

西園博士は手にしていたカンテラで木乃伊《ミイラ》の顔を照らす。

顔の中央に一つだけ大きな穴が穿たれている。

「一つ目か。異形に生まれた者を神に祀《まつ》ったのだ」

西園博士は民俗学に多少の造詣があるらしく続ける。

「一体いつのものか」

「木乃伊が抱いている古剣《こけん》の形状からすれば大和の時代かその前でしょうか」

木島は錆の浮き出た剣を指でなぞる。

「それでさっきの超人はどこだ」

「この木乃伊の後ろでしょう」

木島はためらわず木乃伊を蹴り倒す。瀬条にとって考古学的価値は科学的価値に数えられないのである。

そこに少年が背後の壁にもたれ込むように座っていた。一片の肉さえもないような手足をし、顔色は死人のそれをし、他の村人と同じようにぷるぷると震えながら、その手にはさきほどの髑髏を持ち、深く窪んだ眼窩《がんか》の奥から木島たちを睨みつけていた。

「こいつも人を食ったか」

瀬条の目が輝き、少年を覗き込んだ。

少年は獣のように呻《うめ》きながら逃げようとするが、衰弱により動けない。

「先ほどの瞬発力はどこへ行ったのやら」

「しかし…この少年は戸籍にはないのではないか」

瀬条は不明者は少女一人のみと報告を受けていた。

「はい、それは先ほど確かめました」

木島が答える。

瀬条は少年に訊《き》く。

「誰を食った？」

少年がぴくりと身体を震わす。

「い…妹」

「？　妹と言ったか」

瀬条は少年の答えに歓喜の声を上げる。その瞬間、少年は奇声を発しながら瀬条に襲いかかる。

手には錆びた刀が握られているが、正確に瀬条の喉元に突き立てられようとした。

その刹那、ぱあん、と乾いた音が響く。

木島がピストルで少年の足を撃ち抜いたのである。

次の瞬間、大きな影が横切ったかと思うと、少年を体落《たいお》としの要領で地面に叩きつけた西園が木島の目に入る。

「ふむ、見事な連係であるが、西園君に取り押さえられるほどに弱いか」

そして瀬条は少年の顔をおもむろに踏みつける。

うう、と犬のように唸る。

「常人よりは多少動けるが、せいぜい犬並《いぬなみ》とみた」

そしてふいと少年から視線を背《そむ》ける。興味を失くしたのである。

「つまらぬ」

瀬条は少年を睨みつけながら言い捨てたかと思うとさっさと石窟から出ていった。

「どうやら食われるやもしれぬ生贄《いけにえ》の血筋の家の子は、食っても戸籍の上でわからぬよう一人減らして戸籍に書くようです」

「先ほどから君、見てきたように詳しいな」

「なあに、瀬条機関の調査員のフィールドノートを見つけたまでですよ」

木島は小さな手帖を示した。

「そいつも食われたのか」

「食われるもんですか。生贄の徴のない、鬼の子孫でもない者を食って何になるのです。村人の中に混じってしっかりと生き残っていますよ。もっとも、村人と一緒に人肉をむさぼって自責のあまり気が触れていた様子でしたが」

やれやれと西園博士は苦笑いした。

「ちなみにこの少年はどうするんだ」

西園が木島に訊く。

「さあ、教授はすっかり関心を失くされている」

「では…私がもらうとするか」


さて、瀬条の車と入れ替わりにトラックが集落に着いた。荷台には大きな熊の死体が乗せてあった。木島の手配であった。

怯える村人に熊の死体を見せ、集落の周辺のあちこちにこの熊の仕業であろうと納得するように傷をそれとなくつけ、家屋を破壊した。そして因果を含める。

疲弊しきったこの集落をある日飢えた大熊が襲った。憐れにも集落の少女が一人食われたが、熊はかけつけた軍に射殺された。そういう筋書きに異議を唱える正気を村人は誰一人持っていなかった。


帰路は木島は西園と一緒となった。

「見事だな。君は実に手際が良い」

改めて感心して西園が言う。

「研究よりもこういう仕事が君には向いているかもしれぬ」

「確かに気楽かもしれません」

実際、木島には妙な充実感があった。

「時に君、その肉片、剝き出しで…その…恥ずかしくはないかい?」

図星であった。初めて言われた。

「実は裸で人前に立つような羞恥があります」

木島は告白する。

「ふむ、では私が何とかしよう」

西園博士から仮面が届いたのは一月ほど後のことである。そして木島は瀬条の研究室を離れ独立するが、その詳細ときっかけの事件はいずれ語られるだろう。


木島が仮面の古書店主となってからいくつかの事件を解決したある日のことである。

八坂堂《やさかどう》と看板を出した店にずかずかと入り込んできたのは、瀬条機関の研究員である土玉理《どたまさとし》である。

「木島君、入るぞ」

入り込んでから言った。

しんと静まり返った店内。

「客がいないね。やっていけるのかい、この店は」

大声で言うと奥のガラス戸が開き、仮面の木島が顔を出す。

「聞こえているぞ」

「久しぶりだな」

「相変わらず迷わずにここに来るのは君だけだ」

「何故《なぜ》迷う。ただ坂を上るだけではないか」

その坂の上り口が常人にはわからぬ場所にあるのだが、土玉に説明しても無駄である。

「で、今日は何の用だ。暇だが君の相手をする気はない」

「全く、唯一の親友にその口の利き方はないだろう。西園教授からのお祝いの品を持ってきた」

と言うと、半開きのままのステンドグラスの扉の前に、いつの間にか見慣れぬ青年が立っている。

「根津伸之《ねづのぶゆき》君。君のボディーガードということだ」

訝《いぶ》かしげに根津を見る木島。

「いらないよ、そんなの」

「いや西園教授の指図でね。君、瀬条機関の工作員とやらを引き受けたんだろう。それで西園さんはえらく心配している」

「西園教授が？」

そして木島はこの青年があの人喰いの少年だと気づく。

根津は仮面の木島を見ても無反応である。

「使えるのかい？」

「という話だよ。何でも新しい人格を与えたって話だ。それに一応、剣術は仕込んだらしい。西園先生はそっちの達人だから」

なるほど。仕込み杖を手にしている。あるいはあの日、抱えていた刀を打ち直したものかもしれない、と木島は思った。

木島は改めて根津を見る。相変わらず暗い目をしている。よく見ると額の生え際に横一文字の傷があり、ああ、西園教授は持論を実行したのだと思った。

「まあいいか。ちょうど留守番が欲しかったところだ」

そう言って木島は立ち上がった。

「何事かい」

「何事って、瀬条教授の呼び出しだよ」

「ほう、工作員の仕事かい？　さっき暇だと言ったくせに。ならば僕もつきあわせてくれないか」

「構わんよ」

そう言うと木島は根津を振り返り、「留守番をしてくれ。俺以外の人間が来たら斬っていい」と命じた。

「食べていい？」

根津は目を輝かせるが「駄目だ」と言うと、ふてくされてそのまま店の隅に行って膝を抱えた。


（終）

あとがき

本書『木島日記　もどき開口』は、『木島日記』『木島日記　乞丐相』『木島日記　うつろ舟』の後に位置する、シリーズとしては第四作に相当する。

『木島日記　もどき開口』は連載時や旧版単行本刊行時には「完結編」と銘打たれていた。これは作者の意志というよりもまんが版がとうに終了しているので、小説版も早急に打ち止めにしたいという出版社の意向がいささか反映されもしていて、とにかくも「終わり」を書くことだけが要求された奇妙な連載だった。あと何作かシリーズを重ねた後で終わりたかったが、事情は許してくれない。この辺りは普通の小説と違う、まんがの副産物に過ぎない本シリーズの宿命ではあり仕方ないが。

しかし、中断し未刊行の『うつろ舟』の最後のくだりを踏まえて、ようやく、『もどき開口』の位置付けが暗示される趣向となっていた。ただでさえ『もどき開口』は、これ単体でも混沌としている小説なので、よけいに分かりにくい印象が否めないが、『うつろ舟』刊行は見送られた。そして、『もどき開口』だけが、あたふたと、そしてひっそりと刊行された。

だから、やっと、去年、『うつろ舟』が刊行になったところで、ようやく本書の辻褄が合うようにはなった。あまりネタバレになっても仕方がないが、『うつろ船』のラストで、物理的法則が歪んだツングースカで甘粕正彦が映画を撮ると宣言した、その世界線の上に本書はあるのかもしれない、とひとまず、記しておく。どう「仕分け」するかは無論、読者次第である。

『木島日記』は、まんが版では描かれなかったが、ラストで木島は瀬条機関から上海に逃れるという構想で、奉天の兵頭北神とともに大陸に流謫され、しかし、それさえ「第一部完」のイメージであった。だが、いきなり「完結編」となったので、構想とは違う「終わり方」を捻り出すため、『もどき開口』はそれまでの三作とはかなり違った趣向となっている。

そもそも、小説『木島日記』は、ベタとも言える初心者向けの偽史やオカルト的題材を「世界」にかなり極端に作り込まれたキャラクターが「怪奇」を「趣向」として演じる（もっとも喜劇色が次第に強まるが）、いわゆる「キャラクター小説」として設計されていた。まず、キャラクターありきのエンターテインメントである。

しかし、そういうルーティンは本作では放棄した。

代わりに、作中のキャラクター相互の「語り」が拮抗し、それが転がる先に結末の到来を委ねることにした。

この小説が登場人物たちによる物語を介したマウントのとり合い、いわば「物語戦」として仕掛けられているのはそれ故である。「貴種流離譚」なる語など、まるで「呪文」のごとく使われる。

しかし、物語がある種の「戦い」のツール足りうることは苦し紛れの思いつきというわけでもない。物語の古式には「物語合戦」と言って、二手に分かれて物語を語り合い優劣を決めるもの、あるいは「火廻し」と言って線香に火をつけ、これを手にしながら順に座にあるものが昔語りし、火の消えた時に、さて…という後の「百物語」に通じる趣向など、物語と物語が互いに競い合い一つの磁場というか世界線に収斂していくような形式がある。そういう、今ふうに言えば「物語バトル」の系譜があり、これは『北神伝綺』小説版の趣向としてもともと仕掛けてあったが、その『北神伝綺』の主要キャラクターが合流することで、それが本作の基調になっている。

無論、それは誰が他の物語を支配するのかという愚かな戦いであるが、しかし、考えてみれば私たちはそのような「言論戦」にオンライン上でも現実でもひどく熱心であり、本書に『うつろ舟』同様に商業的需要はなくとも幾許かの社会的意味があるとすれば、そのような世相の多少の反映として、ということに尽きる。

「批評」とまでは言わないが。

僕は、しばしば「物語の構造に合わせて物語る」などと、もっともらしい創作論を語るが、本書は全くそうではないことはお分かりだろう。「語り」と「語り」が、語り手の固有性を無視して語られ、拮抗し、一方の物語やキャラクターが他方を平然と侵食する。それがどこに向かうのか、物語バトルの行方は分からない。いつ終わるかも分からない。

僕も分からなかった。

その中で誰が生き残るかといえば、あの面々であって、というのは読者の楽しみに委ねよう。

だから本書は、登場人物一人一人が物語の能力戦に無自覚に参加して、文化人類学者の川田順造が唱えた「シンローグ」、つまり、先の「物語合戦」や「火廻し」のように、参加者が集合的に一つの物語に収斂しようとする意志のあるものとはならない。各自勝手なことを勝手な方向に喚き散らす喧騒の中で、しかし、耳を澄ませば恐らく錯覚が空耳なのか、ぼんやりと物語めいたものが聞こえた気もして、しかし再びかき消える「ポリローグ」として多分、本書はある。

だから、本書に「物語」めいたものが垣間見えた気がしても、それは多分、錯覚である。


とはいえ、本来の「結末」や、何となく「大陸編」と自分では呼んでいる構想がないわけではないし、偽史三部作のうち『八雲百怪』も「原作」の一部が小説形式で書かれてもいるので、それをコラージュすればひとまとまりの小説の体を成さないわけではない。だから、というわけでもないが、上巻に収録した「根津しんぶん」は、藤井春洋が木島役、岡田建文という知る人ぞ知る怪人が柳田國男や折口信夫の役割、記録係が根津という趣向のスピンオフとして、読んでいただき、作者というのは自分の創り上げた世界線に読者からオワコンと蔑まれようが、かくも未練がましくあれこれと考えるものであると嗤っていただければ幸いである。

ちなみに、下巻の「人喰い異聞」は『木島日記』の企画書に付されたテスト版のストーリーで、小説の体を成していないが、木島や根津の初期設定を喜んでくださるかもしれないニッチなファンにのみ向けて掲載したものである。

本書の来歴について最小限記すと、二〇一七年に刊行された『木島日記　もどき開口』(KADOKAWA)を復刊したもので、それを、上下巻に分割し、それぞれに書き下ろし、未発表の短編を新たに付した。旧版の誤植やルビの位置などを訂正したが、加筆はしていない。旧版の刊行からさして間がなく他社からの復刊となったのは、未刊行だった『木島日記　うつろ舟』を二十年目にして刊行したところ、絶版になっていたKADOKAWA版の復刊がごく少数の、二十何年か前『木島日記』『木島日記　乞丐相』をハードカバーで購入して今も愛蔵して下さる方などから、「紙の本」で揃えたいという声として上がったからだ。幸いにも偽史三部作に属する『北神伝綺』『北神伝綺　妹の力』も前後して刊行してくれた星海社が、復刊を買って出てくれた。

しかし、一冊でハードカバーだと鈍器本の厚さで、しかもさして売れなかった本の復刊であるのに加え、紙の高騰もあって全一冊では学術書並みの定価となることが分かり、二分冊にしても合計すれば高価格で、ならばお詫びに短編その他を収録すると当り前だが更に定価に跳ね返った。印税も一部カットしてもらい、出版社ともども最大限の努力をした結果がお手許にある形である。

書店で手にとってためらわれて当然である。お詫び申し上げたい。

本書刊行に当たっては刊行を企画してくれた太田克史さん、進行を途中から引き継いでくれた前田和宏さん、表紙イラストだけでなく挿画も寄せて下さった森美夏さん、装本の円と球さんにお世話になった。本が作りにくくなった時代に一緒に本を作ってくれたことに何より感謝します。

引用資料

作中には以下の資料を引用しています。

ただし、短歌等、旧漢字や仮名遣いを一部、改めたものがあります。

資料に関心を持たれる方は本作での引用の文脈でなく、原典で必ずご鑑賞ください。

また、持田叙子『折口信夫独身漂流』（一九九九年、人文書院）、富岡多恵子『釋迢空ノート』（二〇〇〇年、岩波書店）からは特に多くの示唆を得ました。感謝します。


（上）

三三〜三五頁　釋迢空「砂けぶり」「日光」第一巻第三号（一九二四年六月）（村井紀『増補・改訂　南島イデオロギーの発生　柳田国男と植民地主義』一九九五年、太田出版）

五三頁　釋迢空「氣多はふりの家」、折口博士記念古代研究所編『折口信夫全集　第廿一巻』一九七五年、中央公論社

五九頁　折口信夫「妣が國へ・常世へ」、折口博士記念古代研究所編『折口信夫全集　第二巻』一九七五年、中央公論社

一〇九頁　石川啄木『啄木歌集』一九四六年、岩波書店
一四一頁　柳田國男「海上の道」『柳田國男全集1』一九八九年、筑摩書房
一五四頁　中原中也「帰郷」初稿
一五五頁　難波大助調書、中原静子『難波大助・虎ノ門事件—愛を求めたテロリスト』二〇〇二年、影書房
一九六〜一九七頁『古事記』倉野憲司校注、一九六三年、岩波書店
二〇四頁　折口信夫「幼き春」、折口博士記念古代研究所編『折口信夫全集　第廿三巻』一九七五年、中央公論社
二〇六〜二一〇頁　折口信夫「贖罪」、折口博士記念古代研究所編『折口信夫全集　第廿三巻』一九七五年、中央公論社
二三一頁　紫式部『源氏物語（3）』玉上琢弥訳・註、角川ソフィア文庫、一九九六年
二五一〜二五二頁　伊藤清盛「解題　戦時流言と憲兵」（南博編『近代庶民生活誌　第四巻』一九八五年、三一書房より再引用）
三〇四頁　釋迢空「氣多はふりの家」、折口博士記念古代研究所編『折口信夫全集　第廿一巻』一九七五年、中央公論社
三一六頁『竹取物語』阪倉篤義校訂、一九七〇年、岩波書店

（下）

九頁　折口信夫「漂着石神論計画」「民俗学」第一巻第一号、『古代研究Ⅳ』一九七六年、角川書店
七六〜七七頁　折口信夫「遠野物語」、折口博士記念古代研究所編『折口信夫全集　第廿三巻』一九七五年、中央公論社
七八頁　柳田國男「遠野物語」『柳田國男全集4』一九八九年、筑摩書房
八九〜九〇頁　大杉栄「日本脱出記」『大杉栄全集　第十三巻』一九六五年、現代思潮社
一〇六頁　折口信夫「国文学の発生」（第二稿）「日光」第一巻第三・五・七号（一九二四年六・八・十月）、『古代研究Ⅴ』一九七七年、角川書店
一二七頁　柳田國男「石神問答」『柳田國男全集15』一九九〇年、筑摩書房
一二八〜一三〇頁　折口信夫「贖罪」、折口博士記念古代研究所編『折口信夫全集　第廿三巻』一九七五年、中央公論社
一八〇頁　折口信夫「口ぶえ」、折口博士記念古代研究所編『折口信夫全集　第廿四巻』一九七五年、中央公論社
一八一〜一八二頁　『古事記』倉野憲司校注、一九六三年、岩波書店
一九五〜一九六頁　荒木繁・山本吉左右編『説経節　山椒太夫・小栗判官他』一九七三年、東洋文庫
二〇三頁　オットー・ランク『英雄誕生の神話』一九八六年、人文書院　※一部改変。
二三八頁　折口信夫「雪再び至る」『中央公論』一九三六年四月号

二五二頁　折口信夫「天地に宣る」、折口博士記念古代研究所編『折口信夫全集　第廿二巻』一九七五年、中央公論社
二五五頁　柳田國男「兄嫁の思ひ出」「故郷七十年」（改訂版）『定本　柳田國男集　別巻第三』一九六四年、筑摩書房
二五六頁　柳田國男「野辺のゆきゝ」『柳田國男全集32』一九九一年、筑摩書房
二六七頁　田山花袋『南船北馬』一九八九年、博文館
二七〇～二七一頁　折口信夫「贖罪」、折口博士記念古代研究所編『折口信夫全集　第廿三巻』一九七五年、中央公論社
二八一頁　折口信夫「石に出で入るもの」、折口博士記念古代研究所編『折口信夫全集　第十五巻』一九七六年、中央公論社
二八九頁　森鷗外「かのように」『阿部一族・舞姫』一九六八年、新潮社
二九三～二九四頁　柳田國男「石神問答」『柳田國男全集15』一九九〇年、筑摩書房

本書に於いては作中人物・出来事・場所・説話等、全て虚構の側に仕分けられます。現代のコンプライアンスを基準とした時、必ずしも適切でない表現が含まれる場合、作中の時代背景や世界観の描写には不可分であることから著者の責任に於いて底本のままとしています。

本書は、『木島日記　もどき開口』（ＫＡＤＯＫＡＷＡ、２０１７年）を底本として修正を行い、分冊して出版したものです。「人喰い異聞」は、未発表であった短編小説を収録したものです。

装画　森美夏
装丁　円と球
フォントディレクション　紺野慎一

木《き》島《じま》日記《にっき》　もどき開口《かいこう》　下《げ》

2023年4月24日　第1刷発行

著者　大塚英志《おおつかえいじ》 © Eiji Otsuka 2023

発行者　太田克史《おおたかつし》

編集担当　太田克史

編集副担当　前田和宏《まえだかずひろ》

ブックデザイン　円《えん》と球《きゅう》

校閲　鷗来堂《おうらいどう》

発行所　株式会社星海社
〒112-0013
東京都文京区音羽1-17-14　音羽YKビル4F
TEL　03-6902-1730
FAX　03-6902-1731
https://www.seikaisha.co.jp

発売元　株式会社講談社
〒112-8001　東京都文京区音羽2-12-21
販売　03-5395-5817
業務　03-5395-3615

印刷所　凸版印刷株式会社

製本所　大口製本印刷株式会社

定価はカバーに表示してあります。

落丁本・乱丁本は購入書店名を明記の上、講談社業務あてにお送りください。

送料負担にてお取り替え致します。なお、この本についてのお問い合わせは、星海社あてにお願い致します。


ISBN978-4-06-531621-4　N.D.C.913　351p　19cm　Printed in Japan